KB166670

방패용사
성공담
17
아네코 유사기
Aneko Yusagi
박용국 옮김

리시아
미야지 히데마사
크리스
글래스

라르크베르크
카와스미 이츠키
이와타니 나오후미
라프짱
인물소개
방패 용사 성공담 17

이츠키는 약초를 입에 대고 풀피리를 불기 시작했다.
그러자 주위에 마법의 빛이 켜졌다.

목차

프롤로그 즉위

"메르티 여왕 폐하 납시오—!"

포브레이와의 전투에서 승리한 메르로마르크는 실질적으로 세계에서 가장 큰 나라가 됐다.

실트벨트는 방패 용사와 양호한 관계를 구축하고 자신들과의 우호를 다진 메르로마르크 전대 여왕의 실적을 높이 평가하고 있었다.

오랜 세월 동안 으르렁댔던 게 거짓말이었던 것처럼 탄탄한 동맹 관계였다.

다만, 양자 간의 예속 문제에 대해서는 언급하지 않는 방향으로 진행되고 있다.

이 문제는 언젠가 다시 의논하기로 하고, 현재는 파도에 대항하기 위해 동맹을 맺은 것에 불과했다.

이것들은 모두, 파도의 첨병이라는 채찍의 칠성용사 타쿠토와 그 일파를 처치한 영향이었다.

타쿠토는 봉황과의 싸움에 훼방을 놓고 아트라를 비롯해 다수의 연합군을 희생시킨 악행의 주모자였다.

소집에 응하지 않고 전투에도 참여하지 않는 칠성용사들을 숙청하기 위해 포브레이로 간 우리는 사건의 주모자인 타쿠토의 함정에 빠져 중상을 입고 여왕을 잃었다.

나도 생사의 경계선을 넘나들어야 했다. 그 와중에 나는 방패 정령이라는 녀석의 인도에 따라, 정신만 존재하는 상태로 아트라 · 오스트와 해후할 수 있었다.

여왕을 잃고 의기소침한 쓰레기는 여왕 본인의 유언과 내 다그침을 듣고 지팡이의 칠성용사로 각성.

우리는 쓰레기와 함께 타쿠토가 이끄는 포브레이군과 싸웠다.

결과는 왕년에 지혜의 현왕으로서 명성을 떨쳤던 쓰레기가 세운 작전으로 승리.

나 역시 내 힘으로 타쿠토를 가루가 되도록 두들겨 패서 승리했다.

생포한 타쿠토와 그 패거리 여자들을 고문해서 파도의 흑막이 누구인지 자백을 받으려 했지만, 애석하게도 타쿠토가 영혼까지 모조리 파괴되는 바람에 끝끝내 정보를 얻을 수 없었다.

아, 그리도 또 하나, 타쿠토의 파벌에 속한 나라 가운데 자유를 찬양하는 실드프리덴이라는 나라가 있었다.

하지만 타쿠토 일당이 패배한 사실을 알자마자 손바닥 뒤집듯 파벌 대표를 경질했다고 했다.

그 후 모든 책임을 그 녀석에게 떠넘기는 식의 태도로 우리 편에 붙으려 들었다.

무슨 그딴 식의 자유주의 국가가 다 있담. 상황이 불리해진 걸 알아채자마자 이런 수단을 취하다니.

원래는 그대로 전쟁을 선포해도 이상할 게 없었지만, 지금은 싸울 때가 아니라는 쓰레기의 제안에 따라 조용히 넘어가기로 했다.

그런 이유로 일단 분쟁은 일어나지 않았지만, 앞으로도 그들을 신뢰할 일은 없을 것이다.

참고로 패전국인 포브레이와 실드프리덴은 메르로마르크와 실트벨트에 엄청난 배상금을 물게 됐고, 그 금전의 대부분은 세계 평화라는 명목으로 파도와의 싸움에 쓰일 예정이다.

실드프리덴이 앞으로 걷게 될 길을 상상하는 건 그리 어렵지 않았다.

평화를 되찾은 이후에도 갖가지 이유로 양국으로부터 금전을 청구받을 것이다.

타쿠토와 쿄를 비롯한 적 세력…… 파도의 배후에 있는 자들은 대체 무엇인가……. 그런 생각을 하고 있을 때, 중상을 입은 에스노바르트가 내 영지에서 발견됐다.

에스노바르트의 이야기에 따르면 키즈나 쪽 세계에서도 엄청난 일이 벌어지고 있다고 했다.

타이밍이 좋은 건지 나쁜 건지, 우리가 도망칠 수 있는 시간을 벌기 위해 타쿠토에게 붙잡혔던 라프타리아는 도(刀)의 권속기의 소환을 통해 피난하는 형태로 키즈나 쪽 세계로 이동된 상태였다.

그래서 우리는 라프타리아를 데리러 키즈나 쪽 세계로 가야 할 상황이었고…… 지금은 한창 그 준비를 하는 중이다.

본론으로 돌아와서, 포브레이 문제를 정리해 보는 게 좋겠군.

지금까지 일어난 일들을 정리해 보자면, 타쿠토는 자기 뜻을 거스르는 왕족들은 모조리 처형해 버렸다.

살아남은 자들은 패배한 타쿠토를 따랐다는 이유로 권력을 상실한 상태였다.

포브레이 왕족의 피를 잇는 쓰레기는 용사로서 국가를 지원하겠다고 발표했다.

결국, 쓰레기의 딸이자 차기 여왕 후보였던 메르티가 메르로마르크의 새 지도자로 뽑혔다.

이렇게 해서 메르티를 새로운 여왕으로 모신 메르로마르크는 대국으로 명성을 떨치게 됐다.

"메르티 여왕님 만세!"

메르로마르크에서 메르티의 대관식이 대대적으로 거행됐고, 국민들은 물론 연합군까지 나서서 모두 축하해 주고 있었다.

적국이었던 실트벨트에서 사자로 온 겐무 종 노인도 참가해서 박수를 치며 칭송하고 있었다.

대관식은 광장에서 잘 보이는 테라스에서 치러졌으며, 나도 용사로서 그 자리에 동석했다.

대관식의 진행을 맡은 쓰레기는 왕관을 든 채 옥좌의 방에서 메르티를 기다리고 있었다.

"지금부터 메르로마르크의 여왕 즉위식을 시작하겠다."

메르티는 걷기 힘들어 보이는 호화로운 드레스로 갈아입은 모습으로 정숙하게 쓰레기가 있는 쪽으로 걸어갔다.

그리고 옥좌 앞에서 멈추고 옆에 있는 쓰레기에게 머리를 숙였다.

"그럼, 메르티 메르로마르크."

"네."

"그대는 지금까지 방패 용사님이 다스리는 영지의 치안을 유지하고 경영해 왔다. 그 활동 덕분에 버려져 있던 영지가 풍요로움을 되찾았다고 들었다. 그건 아무나 이룰 수 있는 업적이 아니다. 국민 일동은, 그대가 우리 메르로마르크에 더 많은 약진을 가져다줄 것을 기대하고 있다."

국민들의 응원 소리가 들려왔다.

"그대는 오늘을 기해 메르로마르크의 여왕으로서 나라를 이끌어가야 할 것이다. 이제부터 그대의 이름은 메르티 Q. 메르로마르크가 될 것이다."

"황공하옵니다."

"그럼 왕관을."

쓰레기가 메르티의 머리에 왕관을 얹어 주고 한 발짝 물러섰다.

"이로써 메르티 Q. 메르로마르크의 즉위를 인정하노라."

갈채가 터져 나왔다.

메르로마르크의 새로운 여왕이 탄생한 순간이니 그러는 게 당연하겠지.

그리고 메르티는 국민들이 잘 볼 수 있도록 테라스에서 광장 쪽으로 몸을 내밀고 손을 흔들었다.

"메르티 새 여왕님 만세!"

"여왕님 만세!"

"메르로마르크는 영원 불패!"

국민들 사이에서 그런 지지의 목소리가 들려왔다.

아직 어린 여자아이이지만, 메르티는 국민들의 기대를 한 몸에 받고 있었다.

"여러분! 메르로마르크의 여왕으로 즉위한 메르티 Q. 메르로마르크라고 합니다. 앞으로 국민들을 위해, 세계를 위해, 함께 싸워 나갑시다!"

"""오—!"""

"세계는 지금, 파도에 맞서서 일치단결해야 할 때! 전대 여왕님께서 염원하고 설파해 오셨던 말씀을 저도 지지하고, 그 뜻을 이어받을 것을 이 자리에서 선언합니다!"

다시 갈채가 터져 나왔다.

대관식…… 달리 말하면 국민들에 대한 선전 활동은 그렇게 종료됐다.

"후우……."

성안 옥좌의 방에서, 피로에 찌든 메르티가 옥좌에 기대어 앉아 있었다.

용사와 국가의 중진들, 그리고 연합군 대표들이 함께 축하하는 식전이었던 것이다. 피곤한 것도 이해됐다.

"메르 진짜 굉장했어. 모두 축하하더라니까—."

필로가 그 옆에서 칭찬하는 말을 늘어놓았다. 순수하게 친구를 축하하는 벗의 태도였다.

"고마워, 필로."

"높은 사람이 됐군, 메르티. 세계 최강국의 여왕이라니 엄청난 출세잖아. 완전 성공한 인생이라니까."

나는 이죽거리며 메르티에게 축하의 말을 건넸다.

"뭐야, 그 태도는."

"내가 뭘? 세계에서 가장 큰 나라 메르로마르크에서, 메르티 여왕 폐하께서 어떤 활약을 보이실지 궁금해한 것뿐이야."

"나 참……. 내가 왜 이런 신세가 돼야 하는 건지 몰라."

메르티는 불만 어린 표정으로 중얼중얼 뇌까렸다.

메르티는 출세욕이 부족하다니까. 애초에 국왕의 딸이었으니까 이걸 딱히 출세라고 할 것도 없겠지만.

언니는 그렇게 권력자에게 아부하는 걸 좋아하는데 말이지.

"앞으로는 고생이 많을 거야. 국가를 위해서, 세계를 위해서, 여러모로 성가신 일들을 처리해야 할 테니까."

"그건 나오후미도 마찬가지잖아!"

"나는 파도가 끝날 때까지만 하면 되지만, 너는 평생이라고. 게다가 그냥 싸우기만 하면 되는 나와는 달리, 너는 후방에서 해야 할 일이 산더미처럼 쌓여 있으니까. 이것 참, 용사는 편해서 좋다니까!"

"우……. 말을 해도 참 얄밉게 한다니까. 어디 한번 두고 보자구!"

메르티는 당찬 표정으로 일어서서, 양손을 들어 모두의 주목을 모으고 우렁차게 선언했다.

"이번 전란에서 쌓은 활약에 따라, 방패 용사인 나오후미 이와타니에게 대공의 지위를 수여한다!"

뭐야——. 대공이라니, 지위가 높아지면 또 귀찮은 일이 늘어나잖아!

"이걸 그냥!"
"아하하하하하! 나한테 귀찮은 일을 모조리 떠넘길 수 있을 거라고 생각했다면 오산이라구!"
"죽어도 싫어! 당장 철회하지 못해?!"
"내가 철회할 줄 알구? 이건 운명이야! 한층 더 관록을 붙여주지!"
오오—! 하고 연합국 대표들이 손뼉을 쳤다.
어째서 이렇게 칠칠치 못하게 굴거나 유치하게 대꾸하는 메르티의 태도를 지적하지 않는 거냐.
"그럼 이번 싸움에서 손에 넣은 포브레이의 여러 영지들을 이와타니 공에게 증여하도록 하죠. 타쿠토가 남긴 상흔이 끔찍하긴 하지만 세금은 징수할 수 있을 테니까."
싹싹남 귀족이 지도를 펼치고, 나에게 줄 영지를 적어 나갔다.
대공이라는 지위에 걸맞게 상당한 크기의 영토였다.
"누구 마음대로?!"
그러자 쓰레기가 안 어울리게 미소를 지으며 가볍게 손을 들어 대꾸했다.
"하지만 이와타니 공이 활약하셔서 전쟁에 승리한 건 틀림없는 사실. 보상을 주지 않으면 국가의 위신이 손상될 거요."
"쓰레기! 그건 너도 마찬가지잖아!"
이번 전쟁에서 최고의 공로자는 내가 아니라 쓰레기였다. 아무리 용사 칭호를 갖고 있다고 해도 멋대로 결정하지 말란 말이다.
"나는 국가의 대표로서 행동했을 뿐. 예나 지금이나 달라진 건 없소."

하긴 실질적인 지위로 따지면 쓰레기는 여왕 다음으로 높으니까……. 대충 총무 정도의 지위는 되겠지. 하지만 납득이 가지 않았다.

"대공인 나오후미가 해야 할 일은 아직 더 산더미처럼 쌓여 있으니까 그런 줄 알아!"

"시끄러! 성가신 일을 나한테 떠넘기지 마! 대공 따윈 안 해!"

"나도 마음 같아서는 여왕이 되기 싫었다구! 그래도 어쩔 수 없으니까 받아들인 거잖아!"

"후에에에……. 두 분 다, 출세하는 걸 그렇게 싫어하실 것까지는 없을 것 같은데……."

리시아가 우리의 대화를 듣고 얼빠진 목소리로 뇌까렸다.

알 게 뭐야. 원래 내가 영지를 원했던 이유는, 내가 원래 세계로 돌아간 뒤에 남게 될 라프타리아가 죽을 때까지 평화롭게 살 수 있는 곳을 마련해 주고 싶어서였단 말이다.

내가 뭐가 아쉬워서 서류 더미와 격투를 벌여야 하는 신세가 돼야 한다는 거냐.

그건 메르티도 마찬가지일 것이다. 지금까지는 내 영지에서만 서류 더미와 싸웠지만, 대국의 여왕이 되면 그 양이 한없이 늘어나리라는 것쯤은 손쉽게 예상할 수 있었다.

"포브레이의 왕은 어떤 식으로 국가를 경영했었지?"

타쿠토는 즉위한 지 얼마 되지 않은 상태였으니 논외다.

아마 떨거지 여자들 중 유능한 녀석에게 일임했었겠지.

"기본 방침을 제시하는 것 말고는 부하들이 알아서 처리했다더군."

쓰레기가 설명했다.

그러고 보니 쓰레기도 한때 포브레이 성에서 지낸 적이 있었을 테니 그 점도 알고 있겠지.

"하지만 국가를, 그리고 백성을 생각하는 유능한 왕이라면 자기가 솔선해서 모든 일에 대응하려고 해야지. 아내가 그랬던 것처럼……."

아련한 표정으로 중얼거리는 쓰레기의 말에 메르티는 입을 다물었다.

하긴, 메르티는 여왕을 곁에서 계속 지켜봤을 테니까.

"메르 힘들어?"

필로리알의 차기 여왕님은 어쩜 이렇게 여유만만하신지…….

"여러모로 힘들 거야. 필로도 메르티를 잘 도와주도록 해."

"응! 필로 응원할게."

"필로, 고마워……."

어머니를 잃고, 그 어머니를 죽인 자들을 대부분 처형했다.

당차게 행동하고 있지만 메르티도 힘들 게 분명했다.

현왕으로 돌아온 쓰레기가 도와주기는 하겠지만, 그래도 필로가 가까이 있으면 부담이 좀 더 줄어들 것이다.

"그나저나 이와타니 공에게 대공의 작위를 내리다니……. 역시 메르티, 나까지 우쭐해지는군."

"네? 아!"

메르티가 아차! 하는 표정으로 나를 쳐다보았다.

내가 알기로, 대공이라면 귀족 중에 최상위일 터.

뭐, 이 세계에서 그게 어느 정도 지위인지는 잘 모르겠지만.

"이와타니 님이 아시는지 어떤지 모르겠으니 설명해 드리지. 이 나라에서 대공은 여왕 다음으로 높은, 왕의 위치에 해당하는 작위요."

으음……. 그러고 보니 메르로마르크는 여왕제였지?

그리고 대리이기는 하지만 쓰레기도 일단은 임금님이었다.

"으음. 과거의 나는 대공의 작위를 가진 대리왕이었소."

"뭐라고?"

"아직도 모르시겠소? 즉, 메르티 여왕 폐하는 이와타니 공을 자신의 약혼자로 인정했다는 뜻이오."

"에엑!"

메르티는 '그러고 보니 그랬었지!' 라는 표정으로 머리를 붙잡고 있었다.

"방패 용사라는 지위의 특성상 실트벨트 분들의 양해를 얻을 필요가 있긴 하지만…… 별문제는 없지 않겠소?"

쓰레기의 물음에 실트벨트 대표가 고개를 끄덕였다.

"문제될 것 없습니다. 단, 우리 쪽에서도 몇 명쯤 방패 용사님과 혼인 관계를 맺는 걸 허락해 주신다면 말이죠."

기회다! 여기서 메르로마르크에 불리한 이야기를 하면 이 이야기는 없었던 걸로 만들 수 있어!

"싫어!"

"라고 말씀하실 테니, 방패 용사님의 자제분들과 혼인하는 조건으로 승인하겠습니다."

"싫어!"

"그건 파도와의 싸움이 끝난 뒤에 이야기하죠. 방패 용사님께서도 영지 주민들과의 결혼은 생각하고 계신 것 같으니.”

으……. 아트라를 잃고 침울했을 때, 그리고 회복된 뒤에 내가 보인 태도가 그런 오해를 부른 모양이다.

이제 와서 거부할 생각은 없다. 훗날을 위해 마을 녀석들로 나의……. 생각만 해도 얼굴이 화끈거리는군.

“이 이야기는…….”

메르티가 이야기를 매듭지으려 했을 때.

“메르티 여왕 폐하가 이와타니 공과 혼약할 의사가 없다면, 따로 추천하고 싶은 인재가 있었소만.”

그렇게 말하면서, 쓰레기가 포울을 쳐다보았다.

왜 포울을 고른 거냐.

“이익?!”

쓰레기의 시선을 받은 포울은 등골이 얼어붙은 것처럼 굳었다가 몸을 홱 젖혔다.

싫은 거냐. 하긴 그렇겠지.

겐무 종 노인은 그 모습을 보고 뭔가 감이 잡혔는지, 고개를 끄덕였다.

“하쿠코의 유복자이자 아트라의 오라비, 더불어 건틀릿의 용사라면 괜찮겠지요. 양국 사이의 가교가 될 수도 있을 테니.”

“형!”

포울이 ‘살려 줘!’ 라는 눈빛으로 나를 쳐다보았다.

그런 불쌍한 눈으로 쳐다보지 말라고.

백호 아인인 포울이 눈물을 글썽거리는 새끼 고양이처럼 보이잖아.

"나오후미!"

으음……. 내가 이 혼약을 거절하면 강제적으로 맺어져야 하는 두 사람이 애원하듯 나를 쳐다보고 있었다.

뭐, 메르티와는 형식적으로만 결혼을 약속하고 관계는 안 맺는 식으로 하면 되니까.

쓰레기에게는 여동생이 있었고, 그 여동생의 자식이 바로 포울이다. 그래서 쓰레기는 포울에게도 여러모로 손을 써 주려 하는 모양이었다.

"그럼 포울 공, 이와타니 공과 함께 활약했으니 작위를 내려야겠구려. 만약 나에게 무슨 일이 생겼을 때는 대리가 되어 나라를 다스릴 수도 있을 정도의 인재임이 밝혀졌으니――."

"형! 진짜 부탁할게! 제발 좀!"

아아, 나 참, 환장하겠네.

"알았으니까 좀 진정해라. 메르티 여왕 폐하는 아직 어리니까, 아직 아이를 낳을 수 있는 몸이 아니잖아?"

"이――!"

메르티가 매섭게 나를 째려보았다.

나도 어쩔 수 없었다고.

이런 말이라도 안 하면 갖가지 이유를 붙여서 결혼 약속을 해야 하는 신세가 될 테니까.

"그 점은 안심하시오. 메르티는 이미 아이를 가질 수 있는 몸이니까."

엄청나게 조숙하잖아. 잠깐만, 쓰레기. 지금 그게 문제가 아니잖아.

"아버지가 왜 그걸 알고 있는 건데요?!"

"아내의 수기에 메르티 이야기도 있었으니까……."

이봐, 그게 무슨 훈훈한 이야기라고 그렇게 감개무량한 표정을 짓는 거냐.

그나저나 그 여왕은 윗치의 처녀성에 대해서도 알고 있더니, 메르티에 대해서도 알고 있었던 거냐.

대체 얼마나 관찰한 거야?

그 이전에, 그런 걸 수기에 남겨서 어쩌자는 거냐.

"아, 아니, 메르티의 몸을 생각해서라도 좀 더 미루고 싶어. 일국의 여왕이니까. 안전이 제일이지. 무엇보다 내 기준으로는 아직 젖내 나는 꼬맹이라서 말이야."

그냥 아예 이 이야기를 흐지부지 얼버무리고, 원래 세계로 돌아가서 없던 일로 만들고 싶었다.

"뭐가 어째?! 나는 이미 충분히 어른이라구!"

"멍청아! 좀 잠자코 있어!"

쓰레기가 미소 띤 얼굴로 고개를 끄덕였다.

"그럼 문제될 것 없겠군. 이번 대관식을 통해 메르티 여왕 폐하는 어른으로 취급받게 됐소. 그러니…… 이와타니 공, 메르티를 잘 부탁하오. 빨리 손자 얼굴이 보고 싶군."

"누가 나 좀 여기서 빼 줘—!"

자기 발로 초대형 지뢰를 밟아 놓고, 무슨 도움을 청하는 거냐.

"메르 도망치고 싶어?"

메르티의 절규를 귀담아들은 사람은 분위기를 파악 못하는 필로뿐이었다.

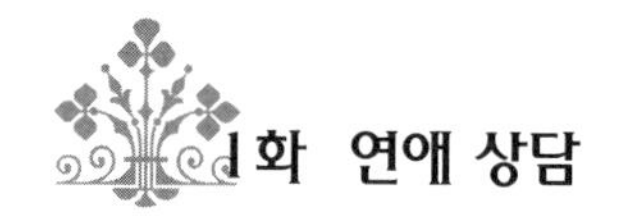

1화 연애 상담

메르티의 즉위식을 마치고 마을로 돌아왔다.

아직도 여러모로 바쁜 일이 많았다. 이세계로 출발하려고 준비 중이었으니까.

그래도 역시 익숙한 이 마을에 있을 때가 가장 마음 편히 지낼 수 있었다.

응? 렌과 에클레르가 같이 있잖아.

에클레르는 메르티의 호위를 맡아서, 앞으로 왕성으로 떠나기로 정해진 상태다.

"그쪽은 좀 어땠지?"

"아주 잘 풀리고 있어. 이걸 통해서 조금이나마 레벨업에 보탬이 되면 좋을 텐데."

나는 에클레르 쪽을 쳐다보았다.

"렌에게 이것저것 가르쳐 주겠다고 했으면서, 이제 네가 배우는 입장이 됐군. 레벨 100을 넘는 데 필요한 클래스업을 할 수 있게 된 걸 고맙게 생각하라고."

"왜 이와타니 공이 거기서 잘난 체하는 거야?!"

"이제 나는 대공이야. 잘난 척할 수 있는 지위지. 그 점을 좀 가르쳐 줄까 해서."

"뭐…… 대공이라고?!"

“출세한 거야? 그런 것치고는 썩 기뻐 보이지가 않는데.”

“그래, 원치 않은 지위니까…….”

어쩌다가 일이 이렇게 된 거람.

“뭐, 에클레르는 메르티 호위 임무나 잘 수행하라고.”

“당연하지. 메르티 여왕 폐하의 통치 수완을 참고해서, 나도 제대로 된 정치를 익히고 말겠어!”

하긴, 전투는 그럭저럭 잘하지만 영지 경영은 엉망진창인 녀석이니까.

앞으로 좀 더 노력하지 않으면, 마을에서는 신인인 루프트에게까지 밀려날지도 모른다.

“에클레르는 항상 진취적이군. 나도 그 태도를 배워야겠어.”

렌이 에클레르를 칭찬해 주었다.

이런저런 우여곡절이 있었지만, 렌은 에클레르를 존경하고 윈디아를 돌봐 주려 애쓰고 있다.

그 점은 변하지 않았다.

윈디아는 아주 진절머리를 치는 것 같았지만.

나는 렌에게 손짓해서 얼굴을 가까이 대고 귓가에 속삭였다.

“고백할 거냐?”

“무슨…… 그런 거 아니야!”

“아아, 너는 작은 애들을 더 좋아하나 보지?”

“그, 그건──.”

렌은 뭔가 말하려다가 중간에 멈췄다.

그건 너나 그렇다고 말하려고 했나? 애석하지만 틀렸다고.

……아니, 꼭 틀렸다고 할 수도 없으려나?

메르티와 사실상 결혼을 약속한 셈이니, 자칫 잘못하면 로리콘 확정이다.

무엇보다 내 주위에는 몸은 성장했지만 나이는 어린 녀석들이 많았다.

라프타리아며 필로며 실디나며 키르며, 그리고 아트라까지.

그렇게 생각하면 기분이 어째 좀 묘하단 말이지…….

"맞아, 나오후미는…… 아니, 아무것도 아니야."

"뭔가 할 말이 있는 모양이군. 무슨 말을 하려던 거지?"

"아니, 그게……."

렌이 마을에서 훈련 중인 노예들을 가르치고 있는 포울을 쳐다보았다.

왜 포울을 쳐다보는 거지?

"무슨 착각을 하는 거야?"

"응? 그야 나오후미는 양쪽 다——."

"알았어, 그만 됐어, 그냥 닥쳐!"

나 참, 별 해괴한 오해를 다 받네.

내가 포울과 같이 자려고 한 적이 있는 건 사실이지만, 여러모로 오해가 있었다.

뭐, 투박하기는 해도 촉감 자체는 나쁘지 않았다. 아트라의 잔향 같은 게 느껴졌던 것 같기도 하고.

"뭐, 뭐야?!"

그렇게 생각한 직후, 포울이 뭔가를 감지했는지 고개를 돌려 주위를 둘러보았다.

너는 왜 그런 쪽 감각에 그토록 민감한 거냐!

“연애는 자유야. 나도 최근에 배웠어.”

아트라의 유언 하나 때문에 이러는 건 아니지만, 후회하지 않으려면 연애도 필요하다는 걸 깨달았다.

아무것도 안 하는 바람에 후회하는 결과가 생길 줄은 꿈에도 생각 못 했었다.

“렌.”

“왜 그러지?”

“세계가 평화를 되찾고 나면, 너는 어떻게 할 거지?”

“글쎄…….”

렌은 내가 말하고자 하는 의미를 알아채고 마을 쪽으로 시선을 옮겼다.

성무기의 정령은 원래 세계로 돌아갈지 이 세계에 남을지 선택권을 주겠다고 했다.

나는 돌아갈 생각이지만, 렌에게는 여기 남는 것도 나쁘지 않은 선택일 것 같았다.

“남을 거냐?”

“모르겠어……. 에클레르, 너는 내가 어떻게 했으면 좋겠어?”

“나? 왜 나에게 묻는지 모르겠지만, 너에게는 돌아가야 할 곳이 있잖아?”

“그래……. 원래 세계가 있지. 이상향인 이곳에 온 뒤로 까맣게 잊고 있었어.”

“어떻게 할지는 네가 결정할 일이니까 내가 함부로 말할 수는 없어. 다만, 그곳에 미련이 있다면 돌아가는 것도 한 방법이겠지. 세계를 구한다고 해서 죄가 용서받을 수 있을지 어떨지 나로서는 단언할 수 없지만, 다른 이를——.”

“다른 이를 위해 행동하는 게 속죄가 된다는 거지? 나도 알아.”

이 둘도 제법 오래 알고 지낸 사이니까. 마음이 통하는 사이라 해도 되는 걸까?

보아하니 렌의 연애는 갈 길이 먼 것 같군.

“아예 생각을 뒤집어 봐, 렌.”

“무슨 소리지……?”

“윈디아로 만족하는 건 어때?”

“갸우?!”

그 말을 들은 가엘리온이 나를 매섭게 째려보았다.

아아, 역시 싫은 건가. 네놈에게 내 딸을 줄 순 없다! 라고 외치는 것만 같았다.

“윈디아는…… 책임을 지고 싶지만…….”

관계에 진전이 없다는 거군. 렌도 나름대로 고생이 많군.

“나오후미—.”

저 멀리서 사디나가 친한 척 손을 힘차게 흔들고 있었다.

“이게 나와 나오후미의 차이인가…….”

음…… 사디나도 머릿수에 들어가는 거야?

정말로 나를 좋아하는지 어떤지 알 수 없는 녀석이라고, 사디나는.

“이봐, 렌……. 지금은 네가 대상을 잘못 골라서 잘 안 풀리는 거지만, 너를 좋아하는 녀석들도 꽤 많다고.”

에클레르와 윈디아는 말이지……. 둘 다 연애에 관심이 없는 녀석들이니 대상을 잘못 고른 셈이었다.

렌은 키르나 무기상 아저씨 라인의 녀석들과 사이가 좋았지.

"남들의 평판이 신경 쓰여서 그래?"

"그런 건 아니야. 그런 때의 우선순위가 문제라는 거지."

"흐음, 전투에서는 정신적 측면도 중요하지. 지키고 싶은 상대와 함께 싸우면 한층 더 힘을 발휘할 수 있다는 이야기도 있고."

이쯤 되니 에클레르도 우리가 무슨 이야기를 하는 건지 알아챈 모양이었다.

여기서 파문을 일으키는 건 내 역할이겠지?

"에클레르, 누군가가 너를 좋아한다고 한다면 어쩔 거지?"

"그 마음은 솔직히 기쁘게 받아들이겠지. 하지만, 애석하게도 나는 연애를 즐길 여유가 없어. 정중하게 거절하는 수밖에."

"만약에 그 상대가 렌이라고 해도?"

"그래."

아아…… 렌의 표정이 엄청나게 침울해졌다. 고백하기도 전에 폭사라니.

말로는 잡아뗐지만, 역시 좋아했던 모양이군.

그러나 이걸로 다 끝난 건 아닐 것이다.

실연 때문에 너무 풀이 죽어 버리면 곤란하니까.

"렌."

"……왜 그래?"

"저런 타입은 연애에 둔감한 법이야. 실제로 그런 사태에 맞닥뜨리면 당황해서 어쩔 줄 모를지도 몰라. 운이 좋으면 자기한테 고백한 이성을 의식하기 시작할 수도 있고. 그러니까 아직 포기하긴 일러."

"아, 알았어."

"그래도 분위기 파악은 하라고. 지금 당장 고백해 봤자 받아들여 주지 않을 테니까. 더 친해진 다음에 고백하는 게 좋을 거야. 예를 들어…… 세계를 구한 직후에, 흥분한 분위기를 타서 말하는 게 좋을지도 모르겠군."

"아…… 그렇군!"

렌은 내 말을 듣고 힘차게 고개를 끄덕였다. 의외로 단순한 녀석이다.

뭐, 나도 이런 경험은 미소녀 게임이 전부니까 함부로 말하기 어렵지만.

차라리 모토야스에게 물어보면 유익한 정보를 얻을 수 있을 것도 같지만, 그 녀석은 지금 워낙 맛이 간 상태이니…….

참고로 나는 '~지도 모른다', '~할 것이다' 라는 식으로 애매모호하게 이야기했을 뿐 딱히 단언한 건 아니니, 실패하더라도 책임질 일은 없었다.

"그럼 이와타니 공, 지금까지 가르쳐 준 것들에 대한 보답은 언젠가 반드시 하지. 그럼 이만."

이렇게 에클레르는 렌의 포털을 타고 성 쪽으로 이동했다.

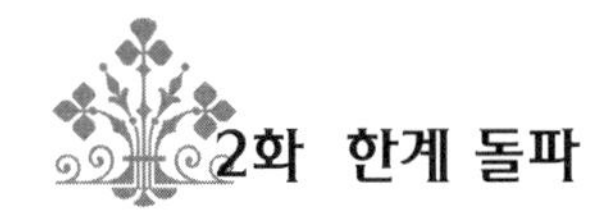

2화 한계 돌파

사디나는 에스노바르트와 함께 있는 모양이었다.

아까부터 사디나가 나를 손짓해 부르고 있었다.

"나오후미, 몸은 좀 어때?"

"어떻긴 뭘……."

참고로 메르로마르크의 파도는 타쿠토의 처형식을 갖기도 전에 끝났다.

사성용사와 칠성 중 지팡이, 건틀릿, 투척구의 용사가 제대로 강화된 상태라면, 파도에서 나오는 적쯤은 딱히 위협이 되지 않는다는 이야기다.

파도 개시 10분 만에 상황이 거의 정리됐다. 파도에서 나온 적들 중에 위협적으로 여겨지는 녀석은 하나도 없었다.

용사들이 그만큼 강해졌다는 뜻이리라.

운이 안 좋은 건지, 이번 파도에서는 키즈나 쪽 세계와 매치되지 않았다.

키즈나 쪽 세계와 매치됐더라면 거기에 맞추어 파도의 균열을 통해 라프타리아가 돌아올 수도 있을 거라 생각했었다.

앞으로는 각국에서 파도가 발생할 테니, 용사들이 세계 곳곳으로 흩어져서 파도를 잠재워야만 한다.

그런 마당에 키즈나 쪽 세계를 구해야 한다니, 제법 귀찮고 버거운 상황이었다.

에스노바르트의 이야기에 따르면, 키즈나 쪽 세계에서는 키즈나를 제외한 사성용사들이 살해당하고, 타쿠토처럼 무기를 빼앗는 능력을 가진 파도의 첨병 놈들에게 밀리고 있다고 한다.

"그럼 에스노바르트, 확인해 보고 싶은 게 있는데, 키즈나 쪽 세계로 넘어가려면 언제쯤이 좋을 것 같아?"

에스노바르트에게 받은 닻 모양 액세서리는 이미 반납했다.
이 액세서리를 쓰면 키즈나 쪽 세계로 넘어갈 수 있다고 했다.
하지만 지금은 시기적인 문제가 있어서 때를 기다리고 있는 상황이었다.
뭐, 그동안에도 할 수 있는 일은 최대한 하고 있지만.
아아, 한시라도 빨리 라프타리아를 구하러 가고 싶다.
"앞으로 사흘은 더 필요할 거예요. 그때 액세서리의 힘을 사용하면…… 나오후미 씨 일행을 우리 세계로 데려갈 수 있어요."
"그렇군. 그럼 그때까지 조금이라도 더 준비를 갖춰 두도록 해야지. 가엘리온!"
"뀨아아아아아!"
가엘리온이 내 부름을 받고 날아왔다.
최근에는 윈디아와 개별 행동을 하는 경우가 늘어난 것 같았다.
타쿠토의 용제에게서 핵석을 빼앗은 덕분에, 가엘리온은 현재 이 세계 최강의 용제라는 지위까지 올라갔다는 모양이었다.
그리고 이 가엘리온은 레벨의 한계 돌파 방법을 알고 있다고 했다.
한계 돌파에 대해 설명하자면, 먼저 레벨이라는 게 존재하는 이 세계에 대해 이야기할 필요가 있으리라.
알기 쉽게 이야기하자면, 이 세계는 게임처럼 레벨이라는 요소가 있어서 마물 등을 처치하면 경험치가 들어오고, 그걸 통해 레벨을 올릴 수 있다.
하지만 용사를 제외한 다른 자들은 레벨에 상한선이 있어서, 처음에는 40, 다음에는 100까지밖에 올리지 못한다고 한다.

레벨 40의 상한선을 돌파할 때 필요한 클래스업이라는 의식은 국가의 허가만 얻으면 용각의 모래시계라는 시설을 통해 할 수 있지만, 레벨 100의 한계 돌파 방법은 지금까지 소실됐었다.

가엘리온은 이 한계 돌파 방법을 안다고 했다.

"앞으로 찾아올 싸움에 대비해서 한계 돌파를 할 수 있는 녀석들을 모아 둬."

"뀨아!"

내게 도움이 될 수 있다는 게 기쁜 건지, 가엘리온은 신이 난 목소리로 울었다.

마물들의 클래스업 때는 못 볼 꼴을 봐야 했었지.

"나오후미 님 세계에는 제법 흥미로운 기술이 있네요."

"키즈나 쪽 세계는 어떤데?"

"마찬가지로 레벨 상한선은 존재해요. 그 기술을 가져갈 수만 있으면 위기를 극복할 수 있을지도 모르겠네요."

"뭐, 구조의 차이 같은 게 있을 것 같긴 하지만."

우리 세계와 키즈나 쪽 세계는, 일단 서로 다른 세계에 해당한다.

칠성무기와 권속기의 취급이 다른 것처럼, 상한선을 돌파하는 방법도 다를지 모른다.

애초에 그쪽 세계로 갔을 때 나는 레벨 1로 돌아갔었고 말이지.

"하여간 이제부터 한계 돌파 클래스업을 하러 용각의 모래시계로 갈 테니까, 조건이 맞는 녀석들은 준비하고 와."

건틀릿의 칠성무기에서 얻은 강화방법을 이용해서 스킬에 포인트를 배분할 수 있게 됐다.

포털 실드의 스킬 레벨을 올려서, 등록할 수 있는 위치며 함께 이동시킬 인원을 늘릴 수도 있게 된 것이다.

"네에네—에. 실디나, 어서 가자."

"알았어."

그리고 이 범고래 자매는 지금부터 클래스업 실험에 참가하게 될 두 명이었다.

둘 다 제법 강한 데다가, 레벨도 상한선인 100에 달했다.

이 둘의 레벨이 높은 것은, 어째선지 바닷속 마물들이 다른 마물들보다 많은 경험치를 주기 때문이었다.

"라프~."

"다프~."

라프짱과 라프짱 2호도 소란을 듣고 다가왔다.

이 두 마리도 이제 슬슬 클래스업을 할 수 있는 시기가 됐겠군.

라프짱 2호 쪽은 여러모로 문제가 있긴 하지만, 일단 적은 아니니 클래스업을 해 둬서 손해 볼 일은…… 없겠지.

"같이 가—!"

루프트가 라프짱 2인조를 쫓아 달려왔다.

"오오, 루프트잖아. 레벨업은 잘 하고 있어?"

"응. 조금만 더 하면 레벨 40이 될 수 있을 것 같아."

"그렇군."

최근 들어 루프트도 제법 키가 자랐다. 얼굴도 어쩐지 어른스러워진 것 같았다.

"그러면 라프짱이 클래스업을 해 주는 거지? 빨리 하고 싶다."

"라프?"

으음……. 이건 내 교육 방법이 잘못된 걸까?

라프타리아는 질색을 하면서도, 루프트가 언급한 라프짱 클래스업에는 일단 동의했었다.

"실디나, 방패 형들이랑 같이 가나 보네."

"그럴 생각이야."

"그럼 클래스업하거든, 레벨업할 때 나도 끼워줘."

실디나가 내 쪽으로 시선을 돌렸다.

가능하면 루프트는 어린 모습 그대로 조금씩 성장해 주기를 바랐었지만, 최근에 이런저런 일들을 겪으면서 루프트도 느끼는 바가 있었던 것이리라.

여러 사람들에게서 싸우는 방법을 열심히 배우고 있었다. 그 의욕을 무시할 수는 없었다.

내가 고개를 끄덕이자 실디나도 수긍했다.

"위험하지 않은 범위 안에서라면 괜찮아."

"응, 부탁할게."

뭐랄까…… 루프트의 정신적 성장 속도는 라프타리아를 연상케 했다.

루프트의 성장 속도는 그만큼 빨랐다. 역시 라프타리아의 사촌 동생이라니까.

"다프?"

루프트는 라프짱 2호를 안아 들었다.

흐음…… 딱 좋군.

"라프짱 2호, 루프트를 잘 돌봐 줘야 해."

라프짱 2호 안에 들어 있는 것은 과거의 천명.

위험이 생기면 과거 천명의 모습으로 변신해서 싸워 줄 것이다. 전투력은 보증된 셈이다.

제한 시간이 있는 것 같긴 하지만.

"……다프."

"에헤헤, 얘랑 같이 있으면 무지하게 마음이 편해. 라프타리아 씨랑 같이 있을 때보다도……. 어머니가 살아 있다면 이런 느낌일까 하는 느낌이 들 정도라니까."

그야 조상님이니까. 말하자면 먼 친척뻘 할머니 같은 거겠지.

"다프……."

라프짱 2호도 어떻게 반응하면 좋을지 몰라서 뺨을 긁적이다가, 루프트의 어깨 위에 올라타서 머리를 쓰다듬어 주고 있었다.

……루프트 전용 라프짱이라는 문자가 머릿속에 떠올랐다.

갑자기 든 생각인데, 라프짱 2호 안에 들어 있는 건 과거의 천명……. 그럼 라프짱 본인은 어떨까?

역시 누군가의 혼이 그 안에 내포되어 있는 걸까?

"라프~."

자기 차례가 왔다는 듯 라프짱이 포즈를 취했다.

뭐, 마물과 대화할 줄 아는 자들도 특별한 이야기는 안 했으니까, 딱히 문제는 없겠지.

"그럼 우선 클래스업을 한 다음에, 바로 레벨업을 하러 가자."

이렇게 해서, 나는 클래스업을 원하는 녀석들을 용각의 모래시계로 전송했다.

거기서 클래스업 의식이 시작됐다.

"그럼 시작한다!"

"뀨아!"

사디나가 용각의 모래시계를 만지고, 가엘리온이 마법을 영창하기 시작했다.

『나, 이 자리에서…… 용제가 명한다. 용사와 함께 세계를 지켜야 할 전사에게 새로운 역할을 부여하라. 세계여, 용맥이여, 섭리여, 저자의 힘을 해방하라!』

나한테만 들리게 텔레파시로 영창하지 말라고.

가엘리온은 꺄우꺄우 울고 있었다.

그 영창이 끝나는가 싶더니 용각의 모래시계에서 한 줄기 빛이 내 방패로 뻗어 나오고, 인증을 마쳤다는 듯 방패가 번쩍였다.

그리고 클래스업을 할 때면 항상 그랬듯, 어떤 길을 걷게 할지를 고르는 항목이 출현했다.

이번에는 특수 클래스에 대한 배율 변화는 없는 건가?

그렇게 생각하며 사디나의 클래스업 방향을 확인한다.

으음…… 크게 분류하자면 인간형일 때의 능력을 올리느냐, 수인형일 때의 능력을 올리느냐 하는 거군.

특수 능력 부여 같은 것도 있는 모양이다.

일반적인 클래스업과는 느낌이 좀 달랐다.

일반 클래스업은 세세한 스테이터스를 지정하는 느낌이었다. 물론 특수 능력도 포함되어 있긴 했지만.

마물의 클래스업에 가까운 것 같기도 했다.

보통은 반대 아닌가? 하는 생각도 들었지만…… 이건 가엘리온의 가호 때문인지도 모른다.

나는 곧바로 결정권을 사디나에게 넘겼다.

"어머나~? 어떤 걸로 할지 고민되는걸. 나오후미는 어떤 게 좋아?"

"네가 정해."

"참, 여자는 좋아하는 사람이 정해 주기를 바라는 법이라구."

"그런 거야?"

하지만 사디나의 인생을 내가 멋대로 정하는 건 좀…….

"안 그러면, 나오후미랑 재밌는 일을 해서 아이를 잔뜩 낳을 수 있는 걸 고를 거야."

"엑?!"

그런 것도 있는 거냐? 하는 생각이 들었지만, 잘 찾아보니 비슷한 항목이 있었다.

"사디나? 나오후미를 상대로 장난이 너무 심한 거 아니야?"

"알았어. 그냥 좀 놀린 걸 가지고 뭘 그래?"

"아이를 잔뜩 낳을 수 있도록 하는 건 내가 할 거야."

"어머나~."

"자매끼리 장난 좀 작작 쳐!"

사디나와 실디나는 사이가 좋은 건지 나쁜 건지 아리송한 사이면서도, 나에 대한 성희롱은 쏙 빼닮았잖아!

나 원 참…… 계속 휘둘리기만 하는 것 같다니까.

사디나가 성장 방향을 결정했는지 모래시계가 강렬한 빛을 내뿜고, 그 빛이 사디나에게 물들어 갔다.

이윽고 빛이 사라지자, 사디나는 웃고 있었다.

"뭐, 이 정도면 되려나? 나오후미, 확인 부탁할게."

"알았어."

나는 사디나의 스테이터스를 확인했다.

으…… 장난 아니게 상승했잖아. 예전의 두 배쯤 되려나?

여기에 내 가호까지 걸리게 되니, 어쩌면 용사 수준의 공격력을 갖게 될지도 모르겠다.

레벨 100일 때 클래스업의 배율은…… 퍼센티지로 표시되는 모양이군. 사디나가 어떤 걸 선택한 건지는 잘 모르겠지만, 균등하게 성장해 있던 스테이터스에 격차가 생겨나 있었다.

물론 선택한 방향성에 따라 차이가 생긴 것일 수도 있겠지만.

"뭘 선택한 거지?"

"민첩과 완력, 그리고 마력을 골랐어."

"그랬군."

여기에 변환무쌍류까지 배우기 시작한 상태다. 완전 괴물이 따로 없군.

이런 식으로, 내 관리하에 있는 고레벨 마을 주민들의 한계 돌파 클래스업을 모두 마쳤다.

이러면 레벨의 상한선은 사라진다…… 는 모양이었다.

"라프~."

"다프~."

라프짱과 라프짱 2호에게도 각각 클래스업을 해 주었다.

가엘리온은 영 떨떠름한 표정이었지만.

하긴…… 라프짱도 이제 곧 할 수 있게 될 테니까.

가엘리온은 이렇게, 용사들이 신뢰할 만하다고 판단한 인물들의 클래스업을 거들어 주기로 되어 있었다.

지금 우리에게는 많은 전력이 필요한 것이다.

파도에 대비할 수 있도록, 신뢰할 수 있는 녀석들은 조금이라도 더 강화하고 싶었다.

"그럼…… 오늘은 나와 범고래 자매의 주도로 레벨업을 할 거야. 기본 실력 향상을 위한 훈련도 겸할 테니까 다들 각오하도록."

클래스업을 마친 우리는 곧바로 마을로 돌아가서 사흘 후의 출발에 대비해 행동을 시작했다.

키즈나 쪽 세계에 가면, 지난번에 한번 갔던 적이 있는 녀석들 이외에는 어차피 레벨 1로 돌아갈 건데?

알 게 뭐냐. 그리고 다시 이쪽으로 돌아왔을 때 뒤처지면 의미가 없다.

특히 범고래 자매는 원래부터가 강했는데도 레벨 100에서 발목이 잡혀 있었다. 그건 아깝기 짝이 없는 일이다.

겸사겸사 루프트의 레벨도 올리면 좋을 것이다.

그리고 사디나 자매에게 에스노바르트의 단련도 맡길 작정이었다.

지금의 에스노바르트는 세계를 건너오는 바람에, 토끼 모양 마물인 우사피르 수준의 힘밖에 없는 상태인 것이다.

원래 세계에서는 도서토(圖書兎)라는 마물이라는 모양이지만.

범고래와 토끼……. 뭔가 이나바의 *흰토끼가 뇌리를 스치는 조합이군.

그 신화 속에서는 범고래가 아니라 상어인가 악어였던 것 같

* 이나바의 흰토끼 : 『고사기』에 나오는 일본 신화 「오오쿠니누시의 나라 만들기」에 등장하는 토끼. 이나바의 여신을 만나러 가고 싶었던 오키 섬의 토끼가 상어를 꼬드겨서 그 등에 타고 바다를 건넌다. 바다를 거의 다 건넜을 때 흰토끼는 '너는 나에게 속았다.' 라고 상어를 놀렸다가 털가죽이 다 벗겨지는 신세가 되고, 육지에서 울고 있다가 오오쿠니누시와 만나게 된다.

지만.

“그리고 에스노바르트는 이걸 착용해서 강해지도록.”

나는 에스노바르트에게 수중 장비인 페클 인형옷을 건넸다.

“어…… 크리스의 인형옷인가요?”

……하긴, 그렇게 생각할 수밖에 없는 디자인이긴 하지. 우연의 일치일 뿐이지만.

“모델이 된 대상은 달라. 한 지역에 서식하는 마물 보스에게서 나온 물건이야.”

“주문 제작한 물건은 아니라는 거군요……. 그런데도 이런 디자인이라니, 제법 흥미로운데요.”

“나는 오히려 네 성질이 더 흥미로워.”

나는 에스노바르트가 리시아와 같은 성장 자질을 갖고 있을 거라 분석하고 있었다.

그래서 변환무쌍류 할망구의 진단을 받아 봤더니, 내 예상 그대로였다.

에스노바르트의 몸을 여러 번 확인해 본 할망구가 리시아 때와 마찬가지로 “백 년에 한 번 나올 수재야. 마물이라도 상관없어! 올해는 풍작이라 기쁘구먼!”이라고 외쳤던 걸 보면 의심할 여지가 없었다.

저쪽 세계에는 에스노바르트와 같은 자질을 가진 자들이 종족 단위로 있다고 할망구에게 이야기해 줬더니, 내 여행에 동행할지 심각하게 고민하는 듯 머리를 싸쥐고 있었다.

아마도 할망구는 쓰레기를 돕기 위해 이 세계에서 자질이 있는 자들을 단련시키고 싶은 모양이었다.

타쿠토와 싸웠을 때, 할망구의 시원찮은 아들도 할망구가 궁지에 몰렸다는 걸 알고 싸울 의욕을 보였다는 모양이다. 그래서 그 아들도 육성하고 싶다고 했다.

뭐, 알지도 못하는 재능 보유자들보다는 자기 아들을 더 귀하게 여기는 게 부모 마음이겠지.

나이가 엄청나게 차이 나는 모자지간이지만 말이지.

듣자니 리시아에게 도서토 집단 육성을 맡기기로 하겠다는 모양이었다.

그리고 나에게는, 일이 끝나거든 몇 마리를 데려와 달라고 부탁했다.

결국은 키워 보고 싶다는 거잖아.

"리시아 씨에게 뒤처지지 않으려고 나름대로 몸을 단련하긴 했지만…… 자질을 개화시키는 정도까지는 다다르지 못했어요. 마침 좋은 기회이니, 짧은 기간이나마 최선을 다해 볼게요!"

"권속기 소지자는 기 연습이 어려워서 말이지……."

불가능한 건 아니지만 SP라는 항목 때문에 요령을 파악하기 힘들다.

그 점이 기량의 개화를 방해한다는 점이 좀…….

"기왕 이렇게 된 거, 짧아도 최선을 다해서 노력해 봐. 그쪽 세계로 넘어가서도 계속 연습하면 되니까."

"잘 부탁드려요!"

엘리트 마법사 계열인 에스노바르트가 리시아와 마찬가지로 무술을 익히는 건, 오타쿠 게이머였던 내 입장에서는 좀 아깝다는 느낌도 들었다.

키즈나 쪽 세계는 이쪽과는 다른 세계이기에 세계의 규칙도 다르다.

마법으로 변환이 가능할지 어떨지는 실제로 해 보기 전에는 알 수 없다.

뭐, 어찌 됐건 근접 격투가 가능해져서 나쁠 건 없을 테니까.

그렇게 해서 우리는 범고래 자매를 선두로 해서 바다에서 레벨업을 하기로 했다.

"포브레이와 싸우기 전에 나오후미랑 사냥을 왔었는데, 이번에는 그때보다 더 깊이 갈 수 있을 것 같아."

"하긴. 식은 죽 먹기겠지."

사냥터에 도착한 후, 나는 알 레벌레이션 아우라 영창에 들어갔다.

이번에는 타쿠토를 해치웠을 때 썼던 X를 쓸 테니, 힘은 충분하고도 남을 것이다.

예전의 렌이나 이츠키, 모토야스의 기준으로 따지면 엄청난 사기 마법이라는 생각이 들 만큼 강력한 지원마법이었다.

이것만 걸어 두면 어지간한 마물들은 다 잔챙이가 된다.

상대도 살아 있는 생물인 만큼 비록 잔챙이라고는 해도 장난처럼 상대할 생각은 없지만.

"알 레벌레이션 아우라 X!"

나는 같이 온 자들 전원에게 지원마법을 걸었다.

"이건…… 굉장하네요. 이세계로 넘어와서 레벨이 낮아진 제가 이렇게 강력한 힘을 낼 수 있다니."

인형옷을 착용한 에스노바르트가 뇌까렸다.

"이 힘을 쓰면 손쉽게 키즈나 씨를 구할 수 있을 것 같네요."

"그러게……."

나도 저쪽 세계의 문제는 척척 처리해 버리면 그만이라 생각하고 있다.

그런 이야기를 나누는 동안, 범고래 남매는 우리를 태우고 빠른 속도로 먼바다를 향해 헤엄쳐 나갔다.

"그럼 바다로 들어간다~! 다들 꽉 붙들고 있으라구."

"우왓!"

사디나와 실디나가 각각 우리를 태운 채로, 사냥터가 될 해저를 향해 깊숙이 잠수해 들어갔다.

빠르다! 포브레이에 가기 전에 사냥했을 때보다 몇 배는 더 빠른 속도로 눈 깜짝할 사이에 잠수했다. 제트 엔진으로 해저에 파고드는 것 같은 속도잖아.

"우……."

"범고래 자매, 스톱! 수압을 좀 생각해! 동료들이 견딜 수 있을지 어떨지를!"

에스노바르트와 루프트가 고통스러운 신음을 흘렸다.

"어머나?! 이 누나들이 깜짝 놀랄 만큼 빠르게 잠수했나 보네!"

"어라…… 너무 가볍잖아."

장난 아닌데. 혹시 모르니 유성벽을 전개시켜 두자.

이 스킬은 아트라가 나에게 준 자비의 방패에 내포된 스킬.

효과는…… 일정 범위 안에 있는 이들 중, 내가 아군이라 판단하는 모든 이들에게 유성방패를 전개해 주는 고도의 스킬이었다.

게다가 진형을 짜고 있으면 그 범위가 눈에 띄게 확대되기까지 한다.

하지만 문제점도 있었다. 내구 한계를 넘으면 모조리 부서진다. 어디까지나 전체에 거는 유성방패 수준에 불과한 것이다.

그뿐만 아니라 공격을 버틸 수는 있지만 근접 공격을 할 때는 공격 범위에 문제가 생긴다.

검 같은 걸로 근접 공격을 할 때면, 결계에 적이 밀려 나가는 바람에 적절한 거리를 파악하기가 힘들어지는 것이다.

뭐…… 그래도 유성벽을 전개한 덕분에 수압은 어느 정도 완화할 수 있었다.

"커헉……. 하아…… 하아……. 죽는 줄 알았어요."

"나, 나도."

에스노바르트와 루프트가 나란히 가볍게 피를 토하고 있었다. 역시 못 버틴 모양이다.

두 사람에게 회복마법을 걸어 주었다.

여기는 이세계이기도 하고, 나나 라프타리아, 세인은 딱히 의식한 적이 없었기에 무시하고 있었지만, 해저 급속 잠항은 역시 저레벨에게 대미지가 컸다.

자칫 잘못했으면 죽을 뻔했잖아.

"유성벽을 전개해 둘 테니까 레벨업을 하면서 잠수하자."

"아아~앙, 나오후미의 무리한 주문 때문에 이 누나 어쩌면 좋을지 모르겠어."

"바람 마법으로 공기를 모아서 수압을 완화시키고…… 나오후미가 루프트랑 다른 사람을 안고 다니는 식으로 할 수도 있어."

실디나 쪽은 현실적인 작전이군. 사디나는 이런 마당에 무슨 장난을 치는 거람.

"산소도 아직 충분히 있어. 신중하게 잠수해 들어가자."

이번 사냥을 통해서, 수중 스킬인 버블 실드에 포인트를 배분해 두면 산소 보존량이 늘어날 뿐 아니라, 3포인트 이상을 배분하면 거품의 막…… 유성방패의 공기 버전이 생성된다는 것이 판명됐다.

이것도 제법 편리한 스킬이었군.

그렇게 해서 우리는 해저에 도착했고, 범고래 자매가 지난번보다 더 많은 마물을 사냥해 주었다.

"이제 이 누나들한테 한계는 없다구. 자, 가자, 실디나."

"지시하지 마. 사디나한테는 안 져."

"싸우지 좀 마."

범고래 자매가 헤엄치는 광경을 바라보며, 루프트와 에스노바르트, 라프짱과 라프짱 2호를 데리고 해저를 걸어간다.

아, 중간에 레벨이 오른 덕분인지, 에스노바르트가 독자적인 마법으로 조명을 만들어 주었다.

"저 두 분은 엄청나게 강해 보이네요."

"그래, 키즈나 쪽 세계에서 돌아온 뒤에 부하가 된 녀석들이야. 용사를 제외하면 전 세계에서도 손꼽히는 강자지."

"그렇군요. 나오후미 님 쪽은 전력이 상당히 증강된 모양이네요. 마음이 놓여요."

"그렇지 뭐."

생각해 보면 키즈나 일행과 작별하고 난 이후로 상당히 긴 여정을 거쳐 왔다.

고작 넉 달 정도라곤 믿을 수 없을 만큼 밀도 높은 나날이었다.

"라프~."

"다프~."

사디나의 어깨에 올라탄 라프짱이, 루프트에게 안겨 있는 2호 쪽으로 손을 흔들고 있었다.

"수룡의 무녀 자매가 각자 헤엄치는 광경…… 수룡님도 능가하는 건 시간문제일지도 모르겠네, 방패 형."

"어라~, 루프트…… 그건 좀 오버 아닐까?"

질문조로 대답하지 마.

하지만…… 여기서 자만해서는 안 되겠지.

이렇게 우리는 레벨업을 위한 사냥을 계속했다.

해저 탐색을 하는 동안 에스노바르트의 레벨은 쑥쑥 올라갔다.

루프트와 에스노바르트의 레벨을 중점적으로 올리는 게 목적이었기에, 강한 마물과는 아직 싸우지 않았다. 해저에는 정말로 끝없이 강한 마물들이 서식하고 있다는 모양인데 말이지.

"아, 형. 나, 레벨 40이 됐어."

"그래? 그럼 루프트는 일단 돌아갈래?"

"그러는 게 좋겠어. 더 이상 있으면 시간 낭비만 되고, 발목만 붙잡게 될 수도 있으니까."

"알았어. 그럼 포털로 보내줄 테니까 마을에 돌아가 있어."

"응. 그쪽에서 훈련에 참가하고 있을게."

루프트도 참 성실한 놈이라니까.

"그럼 가 볼게."

루프트가 손을 흔드는 걸 확인하고, 나는 포털을 사용해서 루프트를 마을로 보냈다.

"그럼…… 에스노바르트는 레벨 40 때의 클래스업은 안 해도 되지?"

"네, 이래 봬도 권속기 소지자가 되기 전에는 관장이 되기 위한 훈련을 받았었으니까……. 레벨 40 제한은 이 세계의 독자적인 요소일 테고, 적어도 저는 40에서 멈추는 것 같지는 않아요."

"그렇군."

나는 루프트가 두고 간 라프짱 2호를 양손으로 쓰다듬으며 중얼거렸다.

루프트는 필요 없지만, 에스노바르트가 클래스업을 하게 되면 라프짱 형태로 변신할 수 있게 하고 싶었는데.

어떤 식의 변화가 있을지 살짝 궁금했다.

"이상하네요……. 키즈나 씨가 못된 꿍꿍이를 꾸밀 때와 비슷한 분위기가 나오후미 씨에게서 느껴지는데요."

"그래?"

용사가 못된 꿍꿍이를 꾸미면 그렇게 티가 나는 걸까?

"다프~!"

라프짱 2호가 내 생각을 읽기라도 한 듯, 내 머리 위에 올라타서 머리를 탁탁 때렸다.

뭐, 됐어. 지금은 라프타리아가 있을 때 하던 못된 꿍꿍이는 하지 말아야지.

"그럼 나오후미, 그 애를 잘 지켜. 이 누나들은 강한 마물들에게 도전하러 갈 테니까."

"알았어."

그렇게 해서 우리는 사디나 자매와 함께 상당히 깊은 바다의 바닥까지 내려갔다.

처치했을 때 들어오는 경험치를 통해 추정하면 대략 레벨 150쯤 되어 보이는 마물들을, 사디나와 실디나는 잇따라 처치해 나갔다.

에스노바르트는 그 박력을 보고 약간 겁먹은 듯했다.

참고로 그 마물들은 영귀보다는 약할 것이다…… 아마도. 그것들이 영귀보다 강한 녀석들이었다면 오스트가 불쌍해진다.

뭐, 우리는 자칭 레벨 350이라는 가짜 용사도 처치했지만.

그렇게 원래는 험난했어야 했을 싸움을 거듭해 나가서, 에스노바르트의 레벨이 60을 넘었을 무렵.

"저기…… 죄송해요. 배가 좀……."

에스노바르트가 배를 부여잡고 내게 하소연했다.

배에서 꼬르륵 소리가 났다.

인간화한 상태라서 표시가 안 나긴 하지만, 에스노바르트는 이세계로 넘어오는 바람에 필로와 마찬가지로 도서토에서 우사피르 중 래쉬언트 종이라는 마물로 변이된 상태였다. 에스노바르트의 연령상 급성장은 하지 않은 것 같지만, 그래도 약간 육체적인 성장 요소가 있었을 것이다.

"그럼 돌아갈까. 소재도 제법 얻었고 사냥도 할 만큼 했으니."

해저에 서식하는 거대한 마물이며 특이한 마물은 빨리 해체하는 게 좋다.

일단 방패에 넣어서 용각의 모래시계에서 꺼낼까 하는 생각도 했지만, 사냥감 중에 그 자리에서 꺼냈다가는 건물이 무너져 버릴 만큼 큰 마물도 있다는 게 문제였다.

얌전히 드롭 아이템만 얻고 만족하는 게 낫겠군. 좋은 무기도 얻었고 하니까.

그렇게 해서 우리는 사냥을 중단하고 귀환했다.

사냥의 성과를 보자면, 사디나와 실디나의 레벨이 똑같이 120까지 올랐다.

하루에 20이나 오르다니 완전 카르밀라 섬 수준이 아닌가 싶을 만큼 놀라운 성장 속도였다.

그리고 마을에 돌아온 나는 루프트를 데리고 용각의 모래시계로 가서 라프짱식 클래스업을 실시했다. 라프타리아 때처럼 연기가 피어올랐지만, 이렇다 할 변화는 없었다.

"어때, 루프트?"

루프트가 자신의 몸 상태를 빤히 살펴보다가, 고개를 갸웃거렸다.

"강해진 것 같은 느낌은 드는데…… 잘 모르겠어."

"그런가."

"나도 실디나 자매처럼 변신할 수 있을 줄 알았는데."

"더 노력하면 할 수 있게 될지도 몰라!"

"알았어! 연습해 볼게!"

"라프타리아가 이 광경을 보면 어떤 표정을 지을지 몰라."

보나 마나 화내겠지……. 무서운 사람이 없는 틈에 하고 싶은 일은 다 해 놓고 봐야겠다.

상관없다. 장래를 생각하면 루프트의 활약도 어느 정도는 필요하니까.

"그럼 방패 형, 나는 메르티 씨한테 가 있으면 돼?"

"그렇게 해. 성에는 쓰레기도 있으니, 여러모로 공부가 될 테니까. 틈틈이 레벨업에도 참가시키긴 하겠지만, 일단은 공부에 매진하도록 해."

"응."

루프트를 메르티 쪽으로 보내고, 나는 마을로 돌아왔다.

이렇게 출발 날까지 사흘 동안은 매일같이 준비, 즉 레벨업을 했다.

멤버들은 그때마다 달라졌지만, 나와 에스노바르트는 고정적으로 참가했다.

그밖에 사디나의 지인들도 데려갔었다.

에스노바르트의 성장 정도를 살펴보니, 리시아보다 약간 늦기는 했지만 리시아와 마찬가지로 레벨 98 근처부터 스테이터스가 급속도로 상승하기 시작한 것 같았다.

다만…… 출발 전 단계에서 성장 한계에 달해서 더 이상 성장하지 않게 됐다. 100에서 멈추는 건 똑같은 건가?

지금은 권속기를 빼앗겨서 한계가 있고, SP도 소실돼 버렸다고 한다.

그래서…… 한계 돌파를 시행해서 한층 더 강화시켰다.

그나저나, 사흘 만에 100 근처까지 레벨을 올린 것에 대해서는, 나도 놀라서 말이 안 나올 지경이었다.

범고래 자매가 권하는 해저 레벨업에는 도대체 얼마나 많은 가능성이 잠들어 있는 걸까?

듣자 하니 용사와 동행하면 더 많은 경험치가 들어온다고 했다.

에스노바르트도 처음 마을에 왔을 때보다 더 성장해서…… 도서토일 때와 비슷한 크기까지 자랐다.

나? 나는 150까지 올랐지. 가짜 용사 녀석의 350에는 훨씬 못 미치지만.

그런 나날들 사이에 메르로마르크의 무기상에도 들렀다.

"오! 이거 형씨 아니야! 나도 봤수다. 왕녀가 여왕님 자리에 앉는 대관식 말이우."

변함없이 미소로 맞이해 주는 아저씨의 태도를 보니 어쩐지 마음이 놓였다.

"이번 싸움에서 아저씨가 만들어 준 무기가 아주 큰 도움이 됐어. 그 감사를 표하러 온 거야."

"그거 다행이구려."

"응? 어이, 이 자식…… 아트라의 원수는 갚았겠지?"

그때 무기상 아저씨의 스승, 모토야스 2호가 가게 안쪽에서 나오며 물었다.

"그래, 타쿠토 일파에게는 확실히 죗값을 치르게 해 줬어. 전 세계 나라들이 다 힘을 합쳐서 한 거지만."

"미소녀에게 둘러싸여서 세계 정복 싸움을 벌이다니, 야망을 낭비하는 녀석이 있으니 개판이 되는군. 나라면 사이좋게 하렘을 만들 텐데."

네 주위에 여자가 있긴 했냐? 기껏해야 술과 돈을 써서 즐긴 여자들뿐이겠지.

하지만 모토야스 2호가 하렘 따위는 꿈같은 소리……라고 잘라 말하기도 힘들 만큼의 대장장이 실력을 갖고 있는 건 사실이란 말이지.

문제는 성격인가? 조금 더 진지하게 대장장이 일에 매진하는 모습을 보여 주면 호의를 가지는 녀석도 나타날 것 같은데…….

"그 여자들도 자기편의 세력을 잘 확인했으면 그런 꼴을 당할 일도 없었을 텐데."

"너라면 아무리 적이라도 여자는 죽이지 말라고 할 줄 알았는데."

타쿠토 일파의 여자들은 태반이 처형당했다. 모토야스 2호의 성격상 그 점에 대해 볼멘소리를 할 줄 알았었다.

그러자 모토야스 2호는 훗 하고 아련한 눈으로 먼 길을 바라보다가, 시선을 돌렸다.

"나도 그 정도는 분별할 줄 아는 놈이라고."

……그게 자랑할 일이냐?

"나도 지금껏 살면서 지독한 여자들을 하늘의 별만큼 많이 만나 왔어. 일일이 마음에 두다간 끝이 없다고."

"스승님은 여자 편력이 끔찍하니까."

"닥쳐. 난생 처음 보는 여자의 목숨보다, 자기가 아는 여자를 우선시하는 게 당연한 거잖아. 녀석들은 그렇게 기특하던 아트라의 목숨을 앗아가고, 온 세상 여자들을 괴롭히려 했어."

"온 세상 여자들을 괴롭힌다니……."

"세상의 반은 여자란 말이다! 세계 정복 같은 짓을 하면 얼마나 많은 여자들이 슬퍼할지 알기나 해?!"

무기상에서 할 이야기는 아닌 것 같은데……. 그나저나, 모토야스 2호도 생각보다 냉정한 녀석이군. 예전의 모토야스와 비교하면 여성에 대한 의식 차이가 다소 눈에 띄는 느낌이었다.

"만약에 타쿠토의 여자 중에 아는 여자가 있었다면, 너라면 어떻게 했을 거지?"

"무슨 헛소리냐. 당연히 죽이지 말라고 했겠지."

알고 있는 여자는 옹호한다……. 뭐, 명확해서 마음에 드는 대답이군.

"그나저나 여긴 뭐 하러 온 거지?"

"스승님, 좀 물러나 있어. 스승님이 형씨와 오래 이야기하면 이야기가 복잡해질 게 뻔하잖아."

"우억!"

아저씨에게 떠밀린 모토야스 2호는 이미아의 숙부에 의해 가게 안쪽으로 연행됐다.

"그나저나 형씨, 기린 소재라는 걸 좀 보고 싶은데, 아는 것 좀 없수?"

"아쉽지만 포브레이에서도 기린 소재가 어디 갔는지 수색 중이야."

타쿠토가 토벌했다는 기린의 소재는 아직 찾지 못한 상태다.

어떻게든 확보해서 다음 싸움에 쓸 무기 제작을 아저씨 일행에게 맡기고 싶었는데 말이지.

"발견하거든 우선적으로 우리에게 나눠 달라고 이야기해 뒀으니까, 내가 자리를 비운 사이에 소재가 도착하거든 알아서 처리해 달라고 부탁 좀 할까 해서."

"자리를 비우다니, 어디 가기라도 하는 거유?"

"그래. 그걸 의논하러 온 거야."

나는 조만간 키즈나 쪽 세계에 갈 거라고 아저씨에게 설명했다.

"그랬구려……. 한마디로 다른 세계에서 통할 법한 장비를 만들어 달라는 거군."

"그래. 짧은 기간이지만, 어떻게 좀 안 될까?"

"지금 형씨가 쓰는 갑옷은 그런 쪽에서 호환성이 좋은 편이라 오래는 안 걸릴 거요. 지난번에 가져온 부품을 덧붙이면 될 테니까……. 저주받은 곳만 빼면 어떻게든 될 테니 걱정 마슈."

그거 괜찮은데. 바르바로이 아머는 너무 옥죄어서 입기가 불편했단 말이지.

"영귀 소재는 저쪽 세계에서 작동했수?"

"영귀의 마음 방패를 쓸 수 있었으니까, 아마 괜찮을 거야."

"그럼 문제될 게 별로 없겠군. 지난번에 형씨가 이세계에서 돌아왔을 때 확인했던 건데, 부품에 사용된 거…… 뭐, 불법으로 확인한 거긴 하지만, 사령(四靈)의 아인 소재와 비슷한 성질을 갖고 있더군."

사성수(四聖獸) 말인가. 실트벨트의 간부 종족이 거기에 해당된다는 건 알고 있다.

"뭐, 형씨가 원하면 아인종들은 기꺼이 몸을 바칠 테지만."

"나는 죽어도 거부할 테지만."

이런…… 극복한 줄 알았던 아트라 관련 사건들이 뇌리에 떠올라서 손이 부들부들 떨렸다.

마물 사성수와 아인종의 사성은 다르다고 주장하고 싶은 심정이다.

"그렇겠지. 내가 못할 소리를 했군. 미안하게 됐수다, 형씨."

"사과할 것 없어……. 난 그런 짓은 절대로 안 할 테지만."

그것만은 절대로 안 할 것이다. 아저씨도 그 점을 이해하고 사과하는 것일 테고.

"혹시 문제가 있거든, 그쪽 세계 대장장이에게 맡기면 어느 정도는 해결될 거유. 그리고 일이 끝나거든, 뭔가 재미있는 걸 가져다가 좀 보여 주슈."

"알았어."

참고로 용사들은 모두 아저씨 일행이 만든 무기를 쓰고 있다.

이쯤 되면 전속 장인이라 해도 과언이 아니군.

"봉황 소재로 방패를 만들어 주고 싶었는데…… 애석하구려."

"영귀갑 방패가 제법 성능이 좋으니까 그걸로 해결할 수 있을 거야."

렌이 갖고 있는 검을 참고해 보면, 봉황 소재 방패와 영귀갑 방패의 성능은 아마 비슷할 것이라 추측됐다.

기본적인 수치로만 따지면 봉황 쪽이 더 뛰어나지만, 내 경우는 오스트의 가호 덕분에 배율이 좀 달라지니까.

"형씨, 힘들겠지만 아가씨를 위해 애 좀 써 주슈."

"지금까지 라프타리아가 나를 지탱해 줬으니까, 당연히 그래야지."

그리고 나는 아저씨에게 손을 흔들어 주고서 가게를 떠났다.

3화 멤버 선정

그리고 어느덧 키즈나 쪽 세계로 가는 출발 전야.

마을 식당에서 용사 전원이 모여 회의하기로 했다.

주제는 내일 누가 키즈나 쪽 세계에 가고, 누가 이쪽 세계에 남는가 하는 것.

내가 가는 건 확정이지만.

"먼저 확인해 두고 싶은 게 있어. 나는 방패가 허가해 주어서 키즈나 쪽 세계로 갈 수 있는 건데…… 너희는 갈 수 있는 거야?"

렌, 모토야스, 이츠키에게 물었다.

"확실하게 장담할 수는 없겠는데."

"여기와는 다른 이세계 말입니까?"

"모르겠다는 대답밖에 드릴 수가 없겠네요."

요컨대 이 세계의 기둥인 사성용사가 모두 다 이세계로 갈 수 있느냐 하는 문제였다.

상식적으로 생각하면, 오스트 때처럼 특별한 허가가 없으면 갈 수 없겠지.

사성용사들이 하나같이 끙끙대고 있으려니, 방패의 보석이 몇 번 빛났다.

"뭐지?"

뒤이어 다른 용사들의 보석들도 다 같이 빛났다.

뭐랄까…… 방패 정령과 직접 이야기할 수가 없으니 난처하단 말이지.

아트라의 목소리가 들려올 때도 가끔 있긴 한데, 지금은 안 들렸다.

하는 수 없다. 마물들과 대화할 때처럼 물어보는 수밖에 없다.

"나 빼고는 못 간다."

……반응이 없었다.

"나 이외의 사성용사를 데려가는 건 가능한가?"

빛났다.

보아하니 빛나면 '예스' 라는 의미인 모양이군.

"전원을 다 데려간다."

빛나지 않았다.

"이거 성가시게 됐는데……."

"나오후미, 그 정도 가지고 귀찮아하지 마."

"알았어, 알았어. 하긴, 사성용사들이 다 가는 것도 좀 그렇긴 해……. 도망친 윗치에 대한 수색도 아직 시원찮은 상황인데."

타쿠토를 버리고 도망친 윗치가 이 세계 어딘가에 잠복한 채 또 뭔가 꾸미고 있을 가능성이 있다. 아니, 의심할 여지가 없을 것이다.

그래서 메르로마르크는 물론, 세계 각국에서 생사를 불문한 지명수배령을 내려 둔 상태였다.

발견하는 즉시 용사가 토벌하러 가는 것까지 결정되어 있다.

라프타리아가 키즈나 쪽 세계에 소환되지 않았더라면, 나도 윗치 수색에 나섰을 것이다.

까놓고 말하자면, 솔직히…… 키즈나 일행을 도우러 갈 시간이 없었다.

하지만 그래도 그쪽 일을 어떻게든 해결해야 하는 상황이니까.

경험치 효율이 좋은 쿠텐로에 갈 때도, 라프타리아가 없으면 실트벨트의 항구를 통해서 가는 수밖에 없다.

사디나 자매 덕분에 경험치 효율이 좋은 바다에서 레벨업을 하고 있긴 하지만, 렌은 맥주병이라 참가하지 못하는 상태다.

그렇기에 강한 마물이 있는 지역을 착실하게 돌아다니면서 힘을 기르고 있다.

이츠키는 리시아와 함께 배를 타고 인근 해안을 돌고 있다고 했던가?

모토야스는 필로리알들을 데리고 산속에서 폭주하고 있었다. 넌 헤엄도 칠 줄 아니까 바다로 가라고!

서로 협조하기 시작한 뒤로도 따로 노는 건 여전하다니까.

유일한 위안이 있다면, 전원이 따로따로 움직이는 덕분에 각지의 소재를 구할 수 있다는 점 정도겠지.

"일단 누구를 데려갈지 생각해 보는 게 좋겠어."

으음……. 나는 그 자리에 있는 자들을 둘러보았다.

"쓰레기."

"왜 그러시오?"

메르티와 루프트, 그리고 포울 쪽을 자상한 눈길로 쳐다보던 쓰레기가 내 쪽을 돌아보았다.

"참고삼아 네 의견을 듣고 싶은데."

지난번 싸움…… 타쿠토가 이끄는 포브레이군을 괴멸시켰던

지혜의 현왕의 의견을 물어봐서 손해 볼 건 없겠지.

참고로 쓰레기는 이쪽에 남겨 둘 예정이었다.

지식이라는 면에서는 지금의 쓰레기만큼 믿음직한 녀석이 없으니까.

내가 없더라도 어지간한 일들은 다 해결해 줄 터였다.

데려가는 것도 괜찮겠다는 생각도 들긴 하지만, 그랬다가 이쪽의 방비가 허술해지면 말짱 도루묵이다.

"이와타니 공에게서 들은 정보를 종합적으로 생각해 보면…… 그쪽 세계에 가면 레벨이 1로 떨어져 버린다고 하던데?"

"그래."

"보아하니 아주 긴급을 요하는 상황인 것 같은데, 레벨업을 할 여유가 있겠소?"

음…… 뼈아픈 지적을 하는군.

에스노바르트의 이야기에 따르면 그쪽 세계로 갈 때 안전한 곳을 골라서 전이할 수도 있다고 하니까 다짜고짜 싸워야 하는 사태는 일어나지 않을 것이다. 하지만 시간적인 문제는 여전히 남아 있다.

"적의 위험도를 고려하면, 이와타니 공 이외의 용사가 필요한 건 틀림없는 사실……. 하나 내 개인적인 의견으로는, 지난번에 이와타니 공과 함께 갔던 자들을 기준으로 편성하는 게 좋을 것 같소이다."

"흐음……. 그렇다면."

나는 필로와 리시아 쪽으로 눈길을 돌렸다.

필로는 메르티를 방패 삼아 모토야스의 시야에 들어가지 않도록 애쓰고 있었다.

상황이 상황인지라 어쩔 수 없이 이 자리에 있는 느낌이랄까.

"필로 열심히 할게~. 메르도 같이 갈래?"

"필로. 애석하지만 나는 혼란에 빠진 세계를 안정시키는 일을 해야 하니까 같이 갈 수는 없어. 가능하면 아버지에게 맡기고 보좌하고 싶은 심정이지만."

"핫핫핫."

뭐냐, 그 웃음은. 팔불출 아버지처럼 웃지 말라고.

정말이지, 나에 대한 응어리를 버리고 나서는 완전 다른 사람 같은 표정을 짓는다니까.

"하지만 필로, 메르를 지켜야 하는데?"

"괜찮아, 필로. 이번에는 나오후미 곁에 있어."

"응. 알았어!"

"그래, 좋아. 필로가 가는 건 확정이라 치고——."

"필로땅이 간다면 나도 가겠습니다—!"

모토야스가 벌떡 일어나서 소리쳤다.

"싫어! 오지 마~!"

아, 필로가 도망쳤다.

그런 필로를 쫓아가려 하는 모토야스를 가로막듯이 메르티가 앞을 막아섰다.

"진정해, 모토야스!"

"하지만 이 모토야스, 필로땅이 가는 곳이라면 세상 어디든지 달려갈 겁니다!"

필로가 진저리를 치니까 좀 오지 말라고!

하지만 모토야스는 그렇게 딱 잘라 거절하기 힘들 만큼의 전투력을 갖고 있단 말이지——. 이대로 가면 모토야스는 죽어도 따라올 것이다.

……모토야스를 키즈나 쪽 세계에 데려갔을 경우를 생각해 본다.

폭주해서 필로를 쫓아다니는 모토야스를 말리기 위해 연신 고함을 쳐 대는 내 모습이 뇌리에 떠올랐다.

안 그래도 그쪽은 성가신 상황인데 모토야스까지 있으면…… 내 위장에 구멍이 날 것 같았다.

"""우우……."""

모토야스의 부하인 삼색 필로리알들의 표정에 불만이 가득해 보였다.

이 경우, 모토야스를 데려가면 당연히 필로리알들도 동행하고 싶어 하겠지.

두고 갔다가는 재앙의 화근을 남기는 꼴이 될 것 같군.

"안 돼. 모토야스, 너를 데려가면 여러모로 말썽이 생길 것 같으니까 여기 남아 있어. 렌이나 이츠키에게 너를 돌보게 시킬 테니까."

"뭐라고?!"

렌이 불안한 듯 미간을 찌푸렸다.

"하지만 장인어른! 이 모토야스, 필로땅을 위해 싸우기로 다짐했습니다. 어디든지 따라갈 생각이란 말입니다."

쿠텐로 소동 때 나타나 줬더라면 그 말도 설득력 있게 들렸을 텐데 말이지.

애석하게도 너는 그때 아무것도 안 했다. 마을을 지킨 것에 대해서는 높이 평가하지만.

"간다면 네 부하 필로리알들도 데려갈 거잖아?"

"그렇겠죠."

"그럼 포기해. 그쪽으로 가면 다른 마물로 변이되니까."

"뭐, 뭐라고요?!"

필로가 허밍 페어리라는 마물로 변이했던 것이 떠올랐다.

*출세어처럼 모습이 마구 뒤바뀌지만, 그중에 필로리알은 없었다.

적어도 그쪽 세계에서 필로가 필로리알의 모습으로 변할 수 있는 건, 이 세계와 매치되는 파도 때밖에 없는 것이다.

"괜찮습니다! 필로땅만 있다면, 이 모토야스는 문제없습니다!"

"뿌~! 가까이 오지 마!"

"잔말 말고 좀 진정해. 이야기 아직 안 끝났어. 전원의 의견을 정리해서 다시 선정할 거야. 그 논의 결과에 따라서는 포기해야 할 수도 있고."

"하지만——."

끈질긴 놈 같으니. 귀찮으니까 요령껏 이야기를 유도하는 수밖에 없겠지.

"모토야스, 너에게 있어 사랑이라는 건 필로 뒤꽁무니를 쫓아다니는 거냐? 필로가 돌아올 자리를 지키는 것도…… 사랑이라고 할 수 있지 않을까?"

모토야스는 퍼뜩 정신이 든 표정으로 내게 경례했다.

* 출세어(出世魚) : 성장해 가면서 이름이 바뀌는 물고기.

"알겠습니다, 장인어른. 이 모토야스, 필로땅의 구역을 기필코 사수하겠습니다."

"뿌~!"

필로, 더 말하지 마. 괜히 건드렸다간 모토야스가 쫓아올걸.

"나오후미, 모토야스를 다루는 실력이 늘었네."

"그야 뭐."

기분이 영 찜찜했다. 예전의 모토야스가 그나마 나았던 것 같다는 생각까지 들었다.

다루기는 지금이 더 편하지만, 그래도 형다운 여유를 보여 주기도 했던 예전의 모토야스가…… 조금이나마 의지가 됐을 텐데.

그런 모토야스를 본 건 소환 첫날뿐이었지만.

뭐…… 적절한 인재를 찾아보고, 그래도 정 없거든 모토야스를 데려갈지 어쩔지를 생각해 봐야겠다.

무턱대고 데려갔다가는 나나 필로가 곤란해질 테니까.

그렇게 되면 좀 무리해서라도 메르티를 데려가야 하겠지.

"나오후미, 아까 나를 훑어본 것에 대해서 나중에 한번 따져야겠어."

"생각이 지나친 거 아니야, 메르티?"

"과연 그럴까? 내 생각엔 전혀 안 그런 거 같은데?"

메르티도 직감이 제법 날카로워졌군.

"뀨아…… 뀨아!"

"가엘리온, 진정해!"

그때 가엘리온과 윈디아가 떠들기 시작했다.

"필로가 간다니까 그렇게 떼쓰면 안 돼. 네가 가면 사람들 클래스업은 누가 시켜 줄 건데?"

가엘리온이 라프짱을 응시했다.

자기가 없더라도 어차피 라프짱이 할 수 있지 않느냐 하는 태도였다.

"라프~?"

"흐흐—응."

필로와 가엘리온이 눈싸움을 벌이기 시작했다.

"필로, 도발하지 마. 라트한테 보내서 건강검진 받게 하는 수가 있어."

"싫어~!"

"뀨아뀨아!"

가엘리온이 파닥파닥 날아와서 내 귓가에 대고 속닥거렸다.

『가고 싶어 난리가 난 것 같지만, 내가 진정시키겠다. 그보다 그대에게는 다른 세계에 가려면 꼭 가져가야 할 것이 있지 않나?』

"뭘 말이지?"

『벌써 잊은 거냐? 당연히 마룡의 핵을 말하는 거다. 다른 세계의 핵석 말이다.』

아아, 그 핵석 말이지.

그러고 보면 그 핵석은 키즈나 쪽 세계의 용제였었지. 참 성가신 물건을 가져왔다니까.

어떻게 처분해야 할지 난감하던 참이니 가져가는 게 낫겠지.

가엘리온은 나에게 충고를 해 주고 윈디아 쪽으로 돌아갔다.

"어디 보자…… 여기 있는 사람들 중에 지난번에 나와 같이 갔던 건, 필로를 제외하면 리시아밖에 없군."

쿄를 상대로 선전을 펼친 리시아의 모습은 매우 인상적이었다.

허구한 날 약하다는 소리만 듣다가 중요한 상황에서 대활약을 펼치는 주인공 같은 녀석이라니까.

저쪽 세계에서는 스테이터스 각성을 아직 하지 못했지만, 기 연습은 이미 해 둔 상태다.

게다가 투척구의 칠성용사이기까지 하다.

적어도 지난번보다는 더 활약할 수 있을 테니, 이만큼 적절한 인재도 없다 할 수 있으리라.

"후에에에에……."

리시아는 나와 이츠키를 번갈아 쳐다보고 있었다.

그쪽 세계 일은 남 일도 아니고, 키즈나 일파와도 우호적인 관계였던 만큼 다소 의욕은 있는 것 같았지만, 이츠키에게서 눈을 뗄 수 없다는 뜻이리라.

이츠키도 저주 자체는 거의 풀린 상태겠지만, 인격이 좀처럼 돌아오지 않는단 말이지.

필로도 그렇고 리시아도 그렇고, 전력에는 분명 보탬이 되지만 문제점을 안고 있군.

이츠키 쪽은 여전히 멍한 느낌이고…….

"리시아 씨가 간다면 저도 동행하는 게 좋을 것 같네요."

이츠키가 분위기를 파악한 건가?

"응."

그때 세인이 손을 들었다.

"아아, 그러고 보니 세인은 파도가 일어날 때까지만 여기서 신세를 지겠다고 그랬었지. 왜 지난번 파도 때 떠나지 않은 거지?"

"거기서——."

"왜 타박을 듣는 거죠?"

사역마가 나에게 항의했다.

하긴, '파도가 왔으니까 역할은 끝났어. 그럼 안녕.' 이라는 식이라면 투덜댈 만도 하지.

"세인 님께서는 나오후미 님의 출격에 동행하기를 원한다고 하십니다. 어쩌면 한 번 지나친 세계일지도 모르니까요."

"아아, 그럴 가능성도 있다는 거군……."

세인은 다른 세계의…… 봉재 도구의 권속기 소지자다.

이미 세계가 멸망하는 바람에 파도를 통해 여러 세계를 돌아다니고 있었다.

그렇다면 이미 키즈나 쪽 세계에서도 레벨업을 한 상태일 가능성도 있겠군.

문제점은…… 부서지기 직전인 권속기로 가까스로 싸우고 있는 상태라 그리 강하지 않다는 점이군.

하지만, 그렇다고 해도 세인은 분명 적임자일 것이다.

내가 걸어 준, 신뢰라는 이름의 강화며 가호 덕분에 스테이터스도 약간 상승한 상태일 테고 말이지.

"알았어, 세인. 같이 가자."

"응."

멤버 선정이 어느 정도 진행됐을 때, 라프짱이 손을 들었다.

"라프라프! 라프~."

"그래그래, 라프짱도 참가할 거지? 말 안 해도 알아."

키즈나 쪽 세계에서 태어난 라프짱.

그 시절에는 라프짱에게 레벨이라는 개념이 없었지만, 그쪽에서 강화한 항목은 쓸모가 있을 것이다. 그러니 라프짱도 당연히 데려가야 한다.

애초에…… 라프짱에게는 라프타리아를 탐지할 수 있는 능력이 있으니 두고 간다는 건 말도 안 된다.

"다프~."

라프짱 2호가 라프짱에게 손을 흔들고 있었다.

그 행동으로 보아 라프짱 2호는 마을에 남을 생각인 듯하다.

"쓰레기의 의견을 참고해 보면, 즉시 전력으로 투입할 수 있는 건 이 정도겠군……. 포울은 갈 거야?"

혹시나 해서 물어보자 포울은 고개를 가로저었다.

"누님에게 가고 싶은 마음은 굴뚝같지만…… 나는 아트라가 맡기고 간 마을을 지키고 싶어."

경우에 따라서는 데려가는 것도 나쁘지 않겠다고 생각했지만, 포울이 가고 싶지 않다면 하는 수 없다. 용사를 너무 많이 데려갔다가 이쪽 전력이 줄어들면 곤란하니까.

"그렇군. 네가 지켜 준다면 안심할 수 있겠군."

"형……."

나는 포울을 제법 신뢰하고 있다.

병에 걸린 여동생을 위해 목숨을 걸고 제르토블에서 끊임없이 싸워 왔다는 건 상당히 큰 실적이었다.

능력과 정신 모든 면에서 믿음직하다는 의미에서 데려가고 싶다는 생각도 했었지만, 반대로 생각할 수도 있었다.

포울이라면 깡으로라도 마을을 지킬 것이다.

우리가 다른 세계에 가 있는 동안, 뒷탈을 생각하지 않고 이 세계를 맡길 수 있다.

"나오후미, 나오후미, 이 누나들은?"

사디나와 실디나가 기대하는 눈치로 자신들을 가리키며 물었다.

"응? 너희도 따라오려고? 가능하면 마을 녀석들의 힘을 키우는 일을 맡아 줬으면 좋겠는데……."

바다에서 그만큼 엄청난 효율로 레벨업을 할 수 있는 것이다. 내가 없더라도 이 자매들이 레벨업을 맡으면, 파도나 뜻하지 않은 사태에도 대처할 수 있을 것이다.

"나오후미, 이 누나가 뭘 원하는지 알잖니? 라프타리아가 위험에 처한 마당에 이 누나가 편히 지내고 싶을 것 같아?"

사디나는 라프타리아의 부모님과 인연이 있어서 라프타리아를 지켜 주고자 하는 의지가 강하다. 낯선 세계로 떠난 라프타리아를 생각하면 마을에 남는 게 내키지 않겠지.

"그리고 이 누나에게는 믿음직한 친구도 있는걸! 사사랑 에르메로 말이야!"

아아, 그 용병들 말이지. 판다가 은근히 죽이 잘 맞을 것 같다는 느낌이 들었었지.

그 녀석들에게 뒷일을 맡기겠다는 건가?

"하는 수 없지. 사디나는 동행하도록 해."

"나는~?"

실디나가 사디나를 쳐다보며 뚱한 표정으로 손을 들었다.

"너는 여기 남아 있어. 루프트를 비롯해서, 신뢰할 수 있는 녀석들을 단련시켜 줘."

"어라~! 싫어~! 사디나만 같이 가는 건 싫어~."

떼쓰지 마! 하고 다그치고 싶은 심정이지만, 실디나는 외모와는 달리 실제 나이는 라프타리아와 별반 다르지 않았었지. 게다가 언니인 사디나에 대해 상당히 강한 콤플렉스가 있으니까, 평등하게 대해 주지 않으면 이런 반응을 보이는 것이다.

원래부터 억압받으며 자랐다는 모양이니까…….

유아 퇴행이라고 볼 수도 있지만, 마을에 적응한 거라고 볼 수도 있으려나?

이 응석둥이 같은 반응은 내 남동생을 연상케 했다.

어쩌면 동생은 나를 아주 불쾌하게 생각한 게 아닐까?

학원이나 부모님의 기대, 그 밖에 여러 면에서 따지면 동생 쪽이 나보다 뛰어났었지만…….

"실디나…… 진정해. 방패 형은 실디나한테 마을을 맡긴 거야. 실디나는 자기가 언니보다 더 신뢰받는다고 생각할 순 없어?"

오? 이때 루프트가 실디나의 어깨에 손을 얹고 타일렀다.

"어라……."

좀 진정된 것 같잖아? 루프트도 실디나를 잘 다루는데.

"어머나~? 과연 그럴까~?"

언니 쪽은 좀 닥치고 있어!

"다프~."

라프짱 2호가 다가와서 루프트의 어깨 위에 올라탔다.

실디나가 화들짝 놀라며 일어서서 내 등 뒤에 숨었다. 껄끄러워하는 것도 정도껏 하라고.

"다프~, 다프다프."

떼쓰지 말라고 꾸짖기라도 하듯이, 라프짱 2호가 실디나를 삿대질하며 울고 있었다.

"……알았어. 사람들을 도우면서 나오후미가 돌아오기를 기다릴게."

"잘 생각했어."

"그만큼 나중에 많이 놀아 줘야 해."

"알았어, 알았어."

그때, 뭔가 빛나는 것이 실디나 주위를 지나갔다.

뭐지? 에스노바르트가 갖고 있는 닻 모양 액세서리에서 아련한 빛이 흘러나오잖아?

몇 번 눈을 깜박이고 나니 더 이상은 보이지 않았다. 내가 잘못 본 건가?

뭐, 상관없겠지……. 이제 어느 정도 후보가 추려진 셈이군.

"형, 형! 나는~?"

키르가 기다렸다는 듯 꼬리를 흔들며 지원하고 나섰다.

지난번에는 영귀의 사역마의 숙주가 되어 부상을 입는 바람에 마을에 남았었지.

"너무 많이 가는 것도 좀 그런데……. 그리고 가자마자 싸움이 벌어질 가능성도 있다고 아까 이야기했잖아."

정 가고 싶다면 말리지는 않겠지만, 마을의 방어도 어느 정도는 확보해 두고 싶단 말이지.

"사디나는 레벨이 낮아도 이길 수 있잖아. 금방 강해질 수 있을 테니까."

"하긴. 사디나 누나라면 레벨 1일 때도 강할 것 같아!"

"그럼 키르, 너는 레벨 1 상태에서 싸울 자신 있어?"

"으~음……. 알았어, 나는 포울 형을 돕고 있을게!"

"그, 그래."

키르가 포울의 팔을 붙잡고 대답했다.

여기서 '지난번에 안 데려갔으니까 이번에는 꼭 갈 거야!' 라는 식으로 나왔더라면 좀 더 생각해 봤을 텐데.

뭐, 키르에게는 행상 일을 맡기고 있고, 그 소질도 괜찮은 편이니까 앞으로도 그쪽 방면에서 활약해 주길 바라야겠다.

막대한 영지와 금전이 손에 들어온 상태이긴 하지만, 앞날을 생각하면 행상 일을 하면서 각지 사정을 살피고 인근의 치안도 유지해 줬으면 좋겠군.

"열심히 해 봐."

"오오! 형이 새로운 과자를 만들어 줄 수 있을 만큼 돈을 잔뜩 벌어 둘게!"

……원하는 보상이 고작 과자라니. 정말이지, 내가 마을 녀석들 잘못 가르친 걸지도 모르겠군.

"인원이 이만큼 있으면 되려나?"

키즈나 쪽 세계의 상황을 고려하면, 무턱대고 많은 인원을 데려갈 수는 없다.

머릿수는 곧 힘이지만, 쓸데없이 데려갔다가 전사하기라도 하면 곤란하다.

만약에 나나 리시아의 힘으로 대처할 수 없는 상대와 조우하면, 같이 데려간 인원 중 태반은 지키지 못할 수도 있다.

……희생은 최소한으로 억제하고 싶었다.

"일단 데려갈 인원은 정해진 셈이군."

데려갈 사람은 필로와 리시아, 이츠키는 갈 수 있으면 데려가기로 하고, 사디나와 라프짱, 그리고 세인.

여기에 나와 에스노바르트 정도인가.

많은 것 같기도, 적은 것 같기도 한 인원이지만, 이쪽 세계에서 일어나는 파도며 이런저런 말썽들도 해결해야 한다. 이 정도로 만족하는 수밖에 없겠지.

"그럼…… 사성용사 중에서는 이츠키를 데려가지. 어때?"

방패에 물어보자 빛났다. 보아하니 허가가 떨어진 모양이군.

뭐, 가능하면 곧바로 라프타리아와 합류해서 키즈나를 구출하고, 말썽을 일으킨 권속기 소지자를 냉큼 처분하고 돌아왔으면 좋겠다.

"그럼 다 정해진 셈이군. 다들 앞으로의 활동에 대비해 줘."

이렇게 해서 함께 갈 인원이 정해졌다.

이튿날, 에스노바르트가 닻 모양 액세서리에 의식을 집중하며 연신 뭔가를 확인하고 있었다.

출격 준비는 충분히 갖춰졌다.

글래스와 재회했을 때 강화시켜 줄 수 있도록 용사 전원이 혼유수(魂癒水)를 양산해 두었다.

"형들, 잘 다녀와."

"메르, 다녀올게."
"그래, 다녀오렴, 필로."
키르를 비롯한 마을 녀석들이 우리를 배웅해 주었다.
"저, 저기…… 무사히 다녀오시기를 기원하며 만든 액세서리예요. 부디 부적 삼아 가져가 주세요."
그렇게 말하며 이미아가 내게 액세서리를 건네주었다.

이령(二靈)의 부적
사성의 가호, 전능력 증가(중), 임의 부가 부여
품질 고품질

파스텔 다이아라는 보석을 바탕으로 영귀 소재와 봉황 소재를 조합해서 만든 것이라고 했다.
그나저나 이거…… 마력을 더 부여할 수 있는 여유가 있어 보이는데.
임의 부가 부여라는 건 마법 부여를 통해 효과를 더 늘릴 수 있게 되어 있는 것이었다. 부여를 할 때마다 성능을 임의로 변경할 수 있는, 우수한 효과를 갖고 있었다.
굉장한데. 나도 상태 이상을 대비해서 액세서리를 만든 적이 있었지만, 이만한 물건을 만들 자신은 없다. 액세서리 제작에 매진한 이미아이기에 만들 수 있는 물건이겠지.
"고마워."
나는 이미아에게서 액세서리를 받아 들고, 이미아의 머리를 쓰다듬어 주었다.

이미아의 뺨이 약간 붉어진 걸 알 수 있었다.
“요전 일은 미안해. 괜히 오해하게 해서.”
“괜찮아요. 마음 쓰실 것 없어요. 라프타리아 씨를 데리고 꼭 무사히 돌아오세요.”
“그래, 다녀올게. 라프타리아를 데리러.”
나는 준비가 끝난 것을 확인하고 에스노바르트에게 지시를 내렸다.
“잘 다녀와~.”
“꼭 돌아와야 해.”
“다프~.”
모두의 배웅을 받으며, 우리는 손을 흔들어 인사했다.
“짧은 시간이지만, 그동안 고마웠어요. 이 보답은 언젠가 반드시……. 그럼 이만 출발하죠.”
에스노바르트가 닻 모양 액세서리를 들어 올리자, 액세서리가 빛을 내뿜고, 포근한 빛이 우리를 감쌌다. 그리고 포털을 사용했을 때와 비슷한 감각으로 시야가 전환됐다.
이렇게 우리는 키즈나 쪽 세계로 출발했다.

4화 참전

주위를 둘러보았다. 처음에 키즈나 쪽 세계에 갔을 때처럼 빛의 터널을 통해 가는 것 같다.

"어머나~?"

"……어라~."

그때 별안간 여기에 있어서는 안 되는 녀석의 목소리가 들려왔기에, 그쪽을 돌아보았다.

"후에?"

"으음?"

"어라~?"

목소리의 주인공도 놀란 표정으로 두리번두리번 주위를 둘러보고 있었다.

"마을에 남기로 했던 네가 왜 같이 있는 거야?"

적어도 내가 마지막에 본 시점까지는 루프트 곁에서 우리를 배웅하듯 손을 흔들고 있었는데.

"설마, 우리가 떠나는 걸 보고 '날 두고 가지 마!' 라면서 서둘러 달려온 거야?"

마을에 남기로 했던 실디나가 어째선지 빛의 터널을 나아가고 있는 우리 사이에 끼어 있었다.

"나오후미, 이 누나가 봤는데, 실디나는 그런 짓 안 했는걸? 오히려, 출발하는 우리에게 깃들었던 빛이 실디나에게서도 발생해서 루프트랑 같이 놀라는 모습이 보였다구."

"맞아요. 저도 분명히 봤어요."

사디나와 이츠키가 나란히 실디나를 옹호했다.

용케 그렇게 자세히도 관찰했군. 나는 몸에 깃든 빛 때문에 제대로 못 봤는데.

"그리고 공간 전이하는 순간에 휘말려 들었다고?"

쉽게 믿기 힘든 일인데. 이런 짓을 할 법한 녀석이 있다면…….

에스노바르트 쪽을 쳐다보자, 에스노바르트는 세차게 고개를 가로저었다.

"저는 아니에요. 저는 분명히 액세서리를 통해서 이동시킬 사람을 지정했으니까요."

"설정 착오일 가능성은?"

"단정할 수는 없지만……."

"일단 돌아갈 수 있어?"

내 물음에 에스노바르트는 가만히 고개를 가로저었다.

"하아……. 하는 수 없지."

나는 실디나 쪽을 쳐다보고 머리를 긁적이며 주의를 주었다.

"원래는 마을 녀석들의 실력을 키우게 도와줬으면 했지만, 사고 때문에 이렇게 된 거라면 어쩔 수 없지. 무슨 일이 생기더라도 불만은 가지지 마."

방향치인 것이 이런 상황에서도 영향을 미치는 건가?

뭐랄까……. 만약에 전이 사고가 없었다고 해도, 저쪽 세계에서 뭔가 일이 터질 것 같아서 불안했다.

"네~에. 나오후미, 나, 사디나보다 열심히 할게."

"그래, 그래라."

이렇게 우리는 빛의 터널 속을 나아갔다.

빛의 터널을 통과한 우리는 낯익은 초원으로 나왔다.

이곳은…… 라르크의 나라가 있는, 키즈나가 거주지로 삼고 있는 항구도시 인근의 초원이군.

위치는 나쁘지 않은 것 같았다.

"너희는 레벨과 장비부터 체크해. 무슨 일이 벌어질지 알 수 없으니까."

나는 그렇게 말하면서 자신의 레벨을 확인했다.

흐음……. 지난번에 키즈나 쪽 세계를 떠났을 때와 같은 레벨이었다.

야만인의 갑옷은…… 글자가 깨지지는 않았지만, 은근히 성능이 떨어져 있었다.

아저씨가 손을 써 준 덕분에 일단 작동하고 있는 정도……라고나 할까.

이츠키나 리시아에게 지급한 장비도 비슷한 상태였다.

방패는…… 오? 영귀갑 방패는 쓸 수 있는 모양이군.

다만 변화에 필요한 레벨이 약간 부족했다. 다른 방패로 바꾸어서 레벨을 좀 올려야겠군.

"필로는 괜찮아~!"

"그렇겠지."

필로는 인간형 상태에서 능력을 확인한 모양이었다.

지난번에 왔을 때의 능력이 고스란히 남아 있다면, 필로의 능력은 후방 지원에 특화된 능력일 터였다.

"세인 님은 문제없다고 하십니다."

세인의 사역마가 그렇게 말했다.

"레벨 58."

"전에 온 적이 있는 세계인가 보군."

흐음……. 약간 불안한 레벨이긴 하지만, 파도를 타고 이동해 왔던 거라면 이 정도 레벨인 게 당연한 건지도 모른다.

"라프~?"

"어머나~."

"어라……."

범고래 자매 쪽으로 시선을 옮겼다가…… 내 시선은 점점 밑으로 내려갔다.

사디나 쪽은 괜찮았다. 이렇다 할 변화는 없었다. 글자가 깨져서 장비가 사용 불가 상태가 된 건 얼핏 봐서는 알 수 없지만.

문제는 실디나였다.

우리가 있던 쪽 세계에서는 사디나와 거의 같은 신장이었던 실디나가…… 줄어들어 있었다.

현재는 아인 형태라서 더더욱 여실하게 눈에 띄었다.

예전의 라프타리아보다 약간 큰 정도까지 키가 줄어들고, 옷도 헐렁헐렁해졌다.

살갗이 어린아이처럼 살짝 발그레하게 물들어 있고, 어린 나이에서 묻어 나는 생기가 느껴졌다.

목소리의 톤도 약간 올라가서, 말하자면 평범한 어린아이 같은 모습이었다.

적어도, 조금 전까지만 해도 성숙한 여인이었다고는 믿기 힘들었다.

"후에에에……."

리시아가 놀란 얼굴로 이쪽을 쳐다보고 있었다.

그렇게 사사건건 놀라지 마. 정말이지 성장한 건지 아닌지 알 수가 없는 녀석이라니까.

너무 놀라니까 이츠키한테 위로받는 신세가 됐잖아, 리시아.

"그러고 보니 라르크가 말하길…… 라프타리아가 처음 이 세계에 왔을 때도 줄어들었다고 했던 것 같은데."

"나오후미 씨 일행과의 사이에 있었던 일은 저도 들었어요. 워낙 인상 깊은 이야기라 기억하고 있어요."

"마물에 속하는 필로나 에스노바르트가 상대의 세계에 갔을 때 변화한 것처럼, 아인들은 외모가 어려지는 식인 건가……."

"어머나~? 그럼 이 누나는?"

"필로 씨는 처음 이 세계에 왔을 때 허밍 페어리의 병아리 상태였다고 했죠? 하지만 제가 여러분 세계로 갔을 때는 우사피르의 성체에 가까운 모습이었는데요."

"연령이 반영되는 건지도 모르지. 애초에 에스노바르트 너도…… 그 뒤에 꽤 많이 자랐잖아."

라프타리아의 실제 연령은 10세 전후라고 했으니, 이 세계에 온 직후의 외모도 어려졌었다.

필로도 마찬가지다. 솔직히 필로는 아직 생후 1년도 안 된 상태니까.

에스노바르트는 원래 성장이 느린 종족이라서 외모에 별 차이가 없었을 가능성도 없지는 않지만…… 정답은 알 수 없다.

"나오후미, 이 누나의 어린 모습 보고 싶었어?"

"아니, 그다지."

그러고 보니 사디나의 실제 나이는 23세라고 했었던 기억이 났다.

하긴 라프타리아가 태어나기 전부터 라프타리아의 부모님과 같이 지냈었으니, 어느 정도 나이가 있는 게 당연하겠지.

적어도 쿠텐로에서 수룡의 무녀 겸 처형인 노릇을 할 정도의 나이였다는 건 분명하니까.

"어라……."

"실디나 귀여워~."

사디나가 그렇게 어려진 실디나를 뒤에서 안아 들었다.

"뭐 하는 짓이야, 들지 마."

실디나는 사디나가 자신을 안아 든 것이 불쾌한지 저항하고 있었다.

그 모습마저도 어린아이답게 보이는 걸 보면, 외모라는 건 사람을 현혹하는 법인가 보다.

"어머나, 뭐 어때서 그래. 실디나가 이렇게 귀여워졌는데."

"사디나의 칭찬 따위는 하나도 안 반가워."

실디나가 아인화해서 꼬리로 사디나를 후려치며 저항했다.

오…… 미니 범고래 상태잖아. 간략화한 마스코트 같다.

키르 같은 귀여움이 느껴진다……. 세인이 만든 사디나 봉제 인형과 비슷해 보였다.

사디나는 그런 실디나를 내 쪽으로 내밀어 보였다.

"봐, 나오후미. 실디나 귀엽지?"

"흐음……."

사디나가 건네준 실디나의 옆구리를 붙잡고 들어 올렸다.

레벨에 따른 힘 차이도 있어서 가뿐하게 들어 올릴 수 있었다.

"……."

실디나는 이렇다 할 저항 의사를 보이지 않은 채 꼬리를 흔들고 있었다.

어린 시절의 실디나는 이런 느낌이었을까.

역시 이러니저러니 해도 어린애는 어린애라니까……. 지금까지 어른으로 대해 왔지만, 앞으로는 똑바로 지켜봐 줘야겠군.

"비행기비행기—!"

"나, 나오후미?"

흐음…… 어린애로 대한다면 이 정도 느낌이면 될까?

어린 시절의 라프타리아에게도 해 줬으면 좋았을 텐데.

그때는 나도 한창 성격이 거칠던 시절이라 라프타리아에게는 해 주지 못했었지만, 나이에 걸맞게 상대해 주는 편이 실디나 입장에서도 기쁘겠지.

더불어 머리도 쓰다듬어 주었다.

"어라~."

실디나는 어떻게 대처해야 좋을지 몰라 안절부절못하며 말을 흘렸다.

응석 부리는 법을 모르는 어린아이군.

이윽고 마력이 다한 건지, 아니면 나를 배려한 건지, 실디나가 아인 모습으로 돌아갔다.

"나오후미 씨는 왜 실디나 씨를 어르고 계신 거죠?"

에스노바르트가 어리둥절한 표정으로 물었지만, 딱히 의미는 없었다. 그냥 분위기의 흐름 같은 거다.

"나오후미 씨의 마을에도 아이 같은 분들이 계시던데…… 그런 거였군요."

어째선지 에스노바르트가 납득하는 기색을 보였다.

뭘 납득한 거냐?! 깊은 의미는 없다니까?!

"우후후…… 나오후미와 이 누나 사이에서 아이가 태어나면 이런 느낌이겠지?"

"그렇게 나오기냐……."

이 구도…… 아무것도 모르는 사람이 보면 실디나가 나와 사디나 사이에서 난 자식처럼 보인다는 건가.

"?!"

실디나가 항의하려는 듯 사디나를 향해 주먹을 들이댔다.

"나는 사디나의 자식이 아니야!"

"어머나…… 우후후."

사디나 녀석, 실디나를 따스한 눈길로 쳐다보고 있잖아.

"무슨 수를 써서든 원래 모습으로 돌아가고 말겠어!"

사디나가 의욕을 드러냈다……. 자매 싸움도 정도껏 하라고.

"라프~."

라프짱이 나를 향해 울면서 성 쪽을 가리켰다.

고개를 돌려보니, 그쪽 방향에는 전화에 휩싸인 성 밑 도시가 있었다.

실제로 화재도 있었던 모양이다. 지난번에 왔을 때보다 전체적으로 허름해졌다.

"후에에에에에……."

"주위를 경계하면서 가 보자. 우선은 상황 확인부터 해야 하니까."

"어머나…… 라프타리아는 무사한지 모르겠네."

"무사하기를 비는 수밖에 없어. 라프짱, 라프타리아가 어디 있는지 알겠어?"

원래 라프짱은 라프타리아가 어디 있는지를 탐지하기 위해 만든 식신이었다.

이 기능이 지금도 작동할지 어떨지 모르지만, 물어봐서 손해 볼 건 없을 것이다.

"라프~."

그러자 라프짱은 내 말을 정확하게 이해한 듯 성이 있는 도시에서…… 성 쪽을 가리켰다.

라프타리아는 성에 있는 모양이다.

"좋아, 냉큼 가 보자. 다만…… 충분히 조심해야 해. 특히 레벨이 낮은 녀석들은 안전에 주의하면서 신중하게 움직여."

나는 모두에게 지원마법을 걸고 도시로 향했다.

도시 입구…… 성문 앞은 그야말로 교전 중이라 할 수 있는 공방전이 전개되고 있었다.

처음 보는 갑옷을 입은 녀석과, 라르크 측 갑옷을 입은 자들이 저마다 무기를 들고 전투를 벌이는 중이었다.

라르크네 나라가 공격받고 있는 상황인 것 같았다.

나는 전장에서 싸울 수 있는 녀석, 즉 필로와 에스노바르트를 지원하면서 최전선에 도착했다.

유성방패를 전개하면 길 잃은 화살에 맞을 염려도 없다.

"크……."

글래스와 라프타리아가 각자 무기를 들고, 전에는 분명 라르크가 들고 있었던 낫을 소지한 녀석과 힘겨루기를 벌이고 있었다.

라프타리아가 있었다. 아, 보아하니 상당히 열세에 놓인 것 같군.

라르크에게서는 절박한, 조바심 같은 것이 느껴졌다.

"자! 거만한 권속기 소지자였던 라르크베르크 왕을 어서 처단하는 거예요!"

그런 적의 배후에서…… 나쁘게 표현하면 윗치 같은 분위기를 풍기는 여자가 적들을 지원하고 있었다.

라프타리아와 글래스의 후방에서는 테리스가 싸우고 있었다.

"이 자식…… 내 무기를 빼앗아서 멋대로 설쳐 대다니, 몇 번을 말했지만 그 무기는 이런 짓을 하라고 존재하는 게 아니야!"

"헛! 무기한테 차인 녀석이 무슨 소리를 지껄이는 거야? 이 낫은 말이다, 정의감 있는 척하며 착한 아이 놀이나 하는 너 같은 놈보다는 내 곁에 있기를 원했으니까 내 손에 깃든 거란 말이다!"

라르크의 분노를 코웃음 쳐 넘기듯이, 낫을 든…… 쿄나 타쿠토 같은 분위기를 풍기는 녀석이 쏘아붙였다.

"거짓말이에요! 낫의 권속기가 그런 생각을 할 리가 없어요!"

테리스가 그 말을 부정하고, 라프타리아와 글래스가 그 적을 쏘아보았다.

낫을 든 적이 거리를 벌리는가 싶더니, 추가 공격으로 무수한 마법과 부적들이 라프타리아와 글래스를 향해 쏟아졌고, 라프타리아와 글래스는 그 공격들을 모조리 요격했다.

"이런이런…… 패거리로 덤비지 않으면 아무것도 못 하다니 불쌍하군. 그 정도 힘으로 이 세계를 구하겠다고 설치다니……."

상황은 썩 양호하지 못한 것 같았다.

우선 라르크는 머리와 팔에 붕대를 감고 있었다.
게다가 권속기인 낫이 없었다. 지금까지 들은 이야기로 미루어 보면 타쿠토 때와 마찬가지로 빼앗긴 것이리라.
테리스도 팔과 다리에 붕대를 감고 있었다.
걷는 모양새로 보아 큰 상처를 입은 게 틀림없었다.
글래스는 이렇다 할 외상은 보이지 않았지만, 어쩐지 기모노가 전에 봤을 때보다 헤진 것처럼 보였다.
거듭된 싸움의 영향으로 체력이 심하게 소모된 것 같았다.
"키즈나의 염원을 지켜 가면서 싸우기에는, 이제 제 인내심도 바닥이 났네요. 어리석은 싸움에 손을 물들인 당신을, 이번에야말로 제대로 혼쭐 내 주겠어요."
글래스가 부채를 앞으로 내밀고 자세를 취했다.
"라프타리아 씨, 저에게 무슨 일이 생기거든, 키즈나와 라르크를 부탁할게요."
"진정하세요, 글래스 씨!"
글래스가 스스로의 몸에 사악한 기운을 깃들이고 있었다.
분노의 방패를 사용한 적이 있는 나이기에 알아볼 수 있는 기운이었다.
"하지만…… 여기서 이기지 못하면 키즈나는 돌아올 수 없습니다. 키즈나를 위해서라면──."
그 순간, 나는 뛰쳐나가려는 글래스에게 말을 걸어 제지했다.
"진정해. 그렇게 안 해도 이길 방법이 있을지도 모르잖아."
"이, 이 목소리는?!"
글래스가 커스 계열 무기를 사용하려 했기에 제지했다.

현장에 도착하자마자 라프타리아 등에게 말을 걸지 않은 데에는 이유가 있었다.

『나, 용사가 하늘에 명하고, 땅에 명하고, 이치를 끊고, 연결하여, 고름을 토하게 하노라. 용맥의 힘이여, 내 마력과 용사의 힘과 함께 힘을 이룰지어다. 힘의 근원인 용사가 명한다. 삼라만상을 다시금 깨우쳐, 저자들에게 모든 것을 부여하라!』

"알 레벌레이션 아우라 X!"

사정거리 안에 있는 자들 중 내가 동료로 인식하는 모든 자에게 효과를 발휘하는, 최고의 지원마법이 발동됐다.

"이, 이건…… 몸이 가벼워졌어!"

"스테이터스가 껑충 뛰었잖아?! 힘이 급류처럼 휘몰아치고 있어……!"

"엉?"

갑작스러운 개입에, 라르크의 낯을 든 녀석이 나를 쏘아보았다.

"뭐냐, 네놈은?!"

"나오후미 님!"

내 모습을 발견한 라프타리아의 눈이 휘둥그레지고, 표정이 눈에 띄게 밝아졌다.

눈가에 눈물이 맺혀 있는 건…… 하긴, 라프타리아는 내가 빈사 상태인 줄 알았으니까.

지금껏 생사조차 몰랐을 테니, 라프타리아의 반응이 과도한 것이라 할 수는 없으리라.

솔직히 지금은 재회의 기쁨을 나누고 싶은 심정이었지만, 지금은 적부터 어떻게든 처리하는 게 먼저다.

"네놈은 원래 키즈나의 동료였다고 했던가……? 이야기 못 들었어? 나는 이세계의 사성용사다."

에스노바르트의 이야기에 따르면, 원래 동료였던 녀석이 기습으로 라르크의 낫을 빼앗았다고 했었다.

나에 대해서도 이야기 정도는 들었을 터였다.

"궁지에 몰리다 못해 다른 곳에서 지원군을 데려온 모양이군. 네놈들도 이 녀석의 동료 맞지? 기회를 줄 테니까, 죽기 싫으면 더 늦기 전에 냉큼 돌아가는 게 좋을걸."

"너…… 쿄가 빙의하거나 한 녀석은 아니겠지?"

언동에 비슷한 점이 너무 많다.

에스노바르트의 이야기가 사실이라면, 이런 녀석과 키즈나가 친밀한 관계였다는 건가?

뭐랄까…… 쓸데없는 자신감이 넘치는 모습을 보니, 내 직감이 속삭이는군.

이 녀석은 적이라고.

게다가 못된 짓도 엄청나게 저지른 모양이니, 렌이나 이츠키, 모토야스처럼 화해할 수도 없을 것 같았다.

"그런 쓰레기와 동격으로 놓으면 곤란하지. 보면 알 거 아니야? 내가 녀석보다 훨씬 더 강하다고."

"그래, 그래. 강하면 무슨 짓을 해도 된다는 거지? 그 소리도 이제 질렸어."

강하기만 하면 무슨 짓을 해도 된다는 식의 사고방식도 쿄 녀석과 같은 건가…….

이 녀석도 파도의 첨병 중 하나일까?

"네놈 배후에 뭐가 있는 거지?"

"그런 걸 알아서 네놈에게 무슨 득이 있다는 거야?"

"대답해."

"내가 이야기할 것 같아?"

"그럴 리야 없겠지……."

동료로 보이는 녀석들이 나를 향해 마법이며 화살, 각자의 무기로 공격하려 들었다.

"나오후미 님!"

끄응, 이러다 라프타리아에게 혼나겠군.

타쿠토에게서 자백을 얻어 내는 데 실패한 마당에, 마침 좋은 기회다 싶었는데.

"장난이 너무 지나치면…… 죽음보다 더 끔찍한 꼴을 당할 텐데?"

우리 세계에서도 그런 꼴을 당한 녀석이 있었지. 타쿠토라는 녀석이.

처형을 내가 주도하게 될지 어떨지는 몰라도, 이런 짓을 저질렀다가 패배하면 비참해지는 게 당연하니까.

뭐…… 이제 와서 좋은 말로 포장할 생각은 없다.

욕이라면 얼마든지 먹을 수 있다. 그런 말에 내 마음이 흔들릴 일은 절대 없을 테지만.

나는 많은 것들을 짊어지고 있다.

아트라와 오스트…… 미처 뜻을 이루지 못하고 죽어간 동료들을 위해서라도, 여기서 물러설 수는 없다.

비록 그것이 끔찍하게 더러운 길이라 하더라도.

"단순한 협박이 아니에요. 그만큼 전황이 뒤집혔으니까요."
글래스가 상황을 이해하고 쏘아붙였다.
"정정당당한 싸움에 찬물을 끼얹는 거냐?"
"아뇨……. 그런 짓까지 해야 할 만큼 수준 높은 상대도 아니니까요."
"이것들이이이이!"
아, 라르크가 적 가운데 하나에게 고속 접근해서 검으로 베어 버렸다.
적이 두리번두리번 주위를 둘러보고 있었다.
"고작 이 정도 잔꾀로 이길 수 있을 줄 알고……? 기가 막혀서 말도 안 나오는군. 우리도 진짜 실력을 보여 주마!"
"그렇게 생각한다면, 어디 한번 넘어서 보시지."
나는 어택 서포트를 발동시켜서, 라르크의 낫을 든 녀석을 향해 가시를 던졌다.
"글래스, 처분은 네가 맡아."
"네!"
어택 서포트가 명중하고, 라프타리아보다 더 빠른 글래스가 자세를 한껏 낮추었다가 부채를 힘차게 옆으로 떨쳤다.
그 동작은…… 아나 내 지원마법이 걸리지 않은 녀석들의 눈에는 찰나보다도 빠르게 보였으리라.
"윤무 참형(輪舞斬型) · 순(舜)!"
글래스 녀석은 배후로부터 적을 부채로 재빠르게 다섯 번쯤 찢어발기고 거리를 벌린 후, 적에게서 등을 돌리고 있었다.
"한때 동료였던 자로서…… 마지막 인정이에요. 고통 없이 보내드릴게요."

"하? 뭘 다 이겼다는 듯이――."

승리 선언을 하는 글래스 쪽을 돌아보려 한 순간, 낫을 든 적은 말 그대로 가늘게 다져졌다.

그와 동시에 안개가 되어 날아가 버렸다.

흔적도 안 남다니 대단한데.

적 여자들이 어안이 벙벙한 표정으로 주위를 둘러보고 있었다.

"꺄, 꺄아아아아아아아아아아아아아아아아아아아아아아아아아아아!"

낫을 든 적의 패거리였던 여자들이 절규했다.

뭔가 그 녀석의 이름 같은 걸 외친 것 같았는데, 비명이 너무 시끄러워서 이름을 알아들을 수가 없었다.

예전에 싸웠던 녀석도 그랬었는데, 나는 혹시 그런 저주에 걸린 걸까?

"라프!"

내 어깨에 올라타 있던 라프짱이 내달려서 적이 있던 곳을 꼬리로 힘껏 후려치고, 동시에 뭔가를 날려 버렸다.

"영혼까지 없애 버리는 건 너무 무자비한 것 아닌가요?"

"쿄 때 그랬던 것처럼 부활할 가능성도 있었으니까."

"하긴 그렇군요. 마무리가 허술했던 점을 반성해야겠네요."

이윽고 적이 있던 자리에 어렴풋한 빛이 출현해서, 라르크를 향해 날아갔다.

그리고 그 빛이 사라지자 라르크의 손에…… 낫의 권속기가 출현했다.

……음? 라르크의 손으로 돌아가는 순간에, 낫에 달려 있던

액세서리가 떨어져 나갔잖아?

그러고 보니 타쿠토 때도 있었지, 저 액세서리.

"네놈들의 대장은 죽었다! 이 낫이 내 손으로 돌아온 게 그 증거! 자, 순순히 투항할 건지, 더 저항할 건지…… 선택해라!"

승리를 선언하는 라르크를 보고, 적진은 후퇴를 시작했다.

"——님의 원수우우우우우우우우우우우우우!"

복수심에 휩싸여 돌격해 오는 여자들도 몇 명 있었지만, 이쪽 부대에 소속된 병사가 순식간에 제압했다.

응? 윗치 같은 분위기의 여자가 냉큼 내빼려 하고 있었기에, 목덜미를 붙잡아서 찍어 눌렀다.

"이거 놔! 지금 자기가 누구한테 이런 무례를 범하고 있는 건지 알기나 해?!"

"몰라. 하지만 네가 잘난 녀석이라면 더더욱 놓아 줄 이유가 없지."

"잘했어요, 나오후미!"

글래스가 여자의 배를 부채 자락으로 후려쳐서 실신시켰다.

"이번 적들의 동료이자 원조를 맡고 있는 여자예요. 이 여자를 붙잡지 못하면 또 무슨 짓을 저지를지 몰라요."

"흐응. 그건 그렇고……."

적들이 너무 허무하게 당해 버려서 맥이 빠질 지경이었다.

적 세력도 이게 전부는 아닌 모양이지만, 상상했던 것보다 빨리 일을 마무리 지을 수 있을 것 같군.

"일단 추격팀을 편성해서 반역자들을 붙잡으세요! 전쟁을 우리의 승리로 이끌기 위해!"

"""오오—!"""

병사들의 함성 소리가 울려 퍼지고, 도망치는 적들을 추격하기 시작한 모양이었다.

"라프~."

라프짱이 가리키는 곳을 보니, 라프타리아가 이쪽을 향해 달려오고 있었다.

"나오후미 님!"

"라프타리아!"

나도 반사적으로 다가가서 라프타리아를 끌어안았다.

"나, 나오후미 님?"

어째선지 곤혹스러워하는 라프타리아의 목소리가 들리고, 그윽한 향기가 감돌았다.

다행이다. 지난번보다 성가신 상황에 휘말려든 게 아니라서 정말 다행이다.

"괜찮아? 얼마나 걱정했는지 모른다고."

"그, 그건 제가 할 소리예요……. 방금 저희의 능력이 비정상적으로 올라갔어요. 그건 대체 뭐죠?"

그리고 라프타리아는 나를 머리끝부터 발끝까지 살펴보았다.

"저기, 다치셨던 곳은 이제 괜찮은가요?"

라프타리아는 타쿠토의 공격을 받고 중상을 입은 우리가 도망칠 시간을 벌기 위해 그 자리에 남았었다.

그 후에도 파란만장한 일들이 있었지만, 라프타리아가 그걸 알 리가 없었다.

"그래, 문제없어. 라프타리아는 다친 곳 없어? 필요하다면 지금 당장 회복마법을 걸어 줄게."

"네. 크게 다친 곳은 없어요. 위험한 상황이 벌어지기 전에 도가 전송시켜 준 덕분에……."

라프타리아는 내 방패를 보고 안도한 표정이었다.

아까와 같은 이유였다. 나는 라프타리아와 헤어지기 직전에 타쿠토에게 방패를 빼앗겼으니까.

"방패 말이야? 당연히 되찾았다고 할 수 있으려나……? 애초에 빼앗긴 적이 없다고도 할 수 있으니까 말이지."

"어느 쪽인데요?"

"어려운데. 어떻게 설명해야 할지……."

그런 이야기를 나누고 있으려니 라르크와 테리스, 글래스가 다가왔다.

"고마워요. 나오후미 일행의 조력이 없었다면 고전을 면할 수 없었을 거예요."

"아주 절박한 위기였던 모양이군. 라프타리아에게 무슨 일이라도 있었더라면 어떻게 할 참이었지?"

그렇게 따지지 않을 수가 없었다.

물론 글래스 일파의 잘못이 아니라는 건 알고 있다.

"나오후미 님——."

"나도 알아. 라프타리아도 이런 상황에서 자기만 안전한 곳으로 도망치지는 않았겠지."

라프타리아의 성격은 잘 알고 있다.

이런 상황에서 자기 목숨이 아까워서 도망친다면, 그건 라프타리아가 아니라 다른 사람일 것이다.

"나오후미, 라프타리아 말로는 굉장히 위험한 상태였다던데?"

"글래스 아가씨, 진정해. 이렇게 강력해진 걸 보면 필시 이긴 거겠지."

라르크는 이해 속도가 빨라서 좋군.

그건 그렇고…….

"일단 사디나와 동료들도 와 있으니까 불러오자."

이렇게 해서 우리는 전장이 된 문 앞에서 이동해서 사디나를 비롯한 동료들과 합류, 성 안뜰에서 대화를 하기로 했다.

"라프타리아, 이 언니, 이렇게 다시 만나게 돼서 정말 기뻐."

"사, 사디나 언니, 숨 막혀요."

사디나는 라프타리아를 보기가 무섭게 꽉 끌어안았다.

"이제 위협은 사라진 거야? 우리 쪽에 비유하자면 타쿠토를 해치운 것과 비슷한 거잖아?"

"으음, 글쎄요. 적들 가운데 하나를 처치했다는 점에서는 그렇게 생각해도 될 거예요. 그런데 나오후미 님, 채찍의 용사 일은 어떻게 된 거죠? 저기…… 나오후미 님과 함께 부상을 입었던 여왕님도 그렇고……."

라프타리아의 의문에, 나는 시선을 외면하고 침묵했다.

그 의미를 알아챈 라프타리아도 고개를 푹 숙였다.

"내 쪽은 생명력과 방패 정령의 힘 덕분에 가까스로 살아남았지만……."

"그랬, 군요……."

"채찍의 용사…… 타쿠토 쪽 일은, 여왕이 남긴 뜻을 계승해서 지혜의 현왕으로 각성한 쓰레기가 타쿠토가 꾸민 세계 정복

음모를 저지해서 메르로메르크가 승리를 거뒀어."

"그 임금님이 그런 활약을요……? 상상도 안 가는걸요."

라프타리아는 예전의 쓰레기밖에 모르니까. 그렇게 생각한다 해도 이상할 게 없다.

"그러게 말이야~. 이 언니들도 소문으로만 들었었는데, 실제로 보니 굉장하더라니까."

"맞아요. 제가 생각하기에도 지혜의 현왕이라는 별명이 이해가 갈 만한 싸움이었던 것 같아요."

이츠키가 억양 없는 말투로 동의했다.

그러고 보니 이츠키와 리시아는 쓰레기 쪽 진영에서 싸웠었지.

나보다 직접적으로 느낀 게 있었는지도 모른다.

"지시하는 대로 싸웠는데, 어느 틈엔가 포브레이군이 괴멸되어 있어서 저도 놀랐어요."

"네. 정말 눈 깜짝할 사이었어요."

리시아가 이츠키의 말에 고개를 끄덕였다.

뭐, 이츠키와 리시아는 명령에 따라 움직이기만 했을 뿐, 전장을 대국적으로 살핀 건 아니었다.

나도 타쿠토를 해치우는 데만 집중했을 뿐, 싸움에는 참가하지 않았고 말이지.

"돌아가신 여왕님도 흡족해 하시겠네요. 그런데…… 아직도 그 이름으로 부르시는 건가요?"

"본인이 쓰레기라는 이름을 받아들여서 말이지……. 개명을 바라지 않더라고."

"어쩐지 좀 슬픈 이야기네요."

굳이 말하지 마. 나도 그렇게 부르는 게 썩 내키지는 않는다고.

"하여간 굉장했어. 더 이상 쓰레기라고 부르기 힘들 만큼 엄청난 카리스마를 보여 주더라고. 머릿수도 힘도 밀리는 연합군을 이끌고 타쿠토의 포브레이군을 퇴치해 버렸으니까."

한 번 올트크레이라고 불렀더니, 쓰레기라고 정정할 때까지 매서운 눈으로 째려보았다.

왜 그렇게까지 불쾌해하는 건지 이해가 안 가는군.

"나도 쓰레기가 제안한 작전에 협조한 덕분에, 타쿠토에게 처참하게 복수해 줄 수 있었어."

"처참하게? 복수……. 뭘까요. 엄청나게 불길한 예감이 드는데요."

나는 라프타리아에게 타쿠토를 처치한 경위에 대해 설명했다.

쓰레기에게서 지팡이를 빌리고, 지원마법 알 레벨레이션 아우라 X를 통해 증가한 능력으로 압도했다는 것. 너무 심한 힘의 차이 때문에 공격력 조절이 힘들어서 타쿠토에게 일부러 지팡이를 넘겨 놓고 포울과 협조해서 묵사발을 만들었다는 것. 결국 방패를 다시 빼앗고 칠성무기를 모조리 해방시킴으로써 자존심까지 모조리 짓밟아 놓은 후에, 실의에 빠진 타쿠토를 포획했다는 것 등등.

"그 뒤로는 의무 시합 같은 식으로, 세계 정복을 획책한 것에 대한 대가로 하렘 멤버를 비롯한 일족 도당 모두가 처분됐지. 상황상 불가피한 절차였긴 했지만, 공개 처형이라는 건 역시 못해 먹을 짓이라니까."

썩 좋은 추억은 아니지만, 일의 경위라는 건 중요한 거니까.

세계 정복을 획책해서 일방적으로 전쟁을 걸었다가 패배했으니 당연한 말로라 할 수 있겠지.

"동정은 안 해요. 아트라 씨와…… 많은 분들의 목숨을 앗아간 사람들이니까요."

"그렇지……."

녀석이 봉황과의 싸움에 개입하지만 않았더라면 그런 일이 벌어지지도 않았을 것이다.

참혹하고 잔인한 처벌이었다고 생각하긴 하지만 동정은 하지 않는다.

"적어도 원수를 갚은 건 좋은 일이라고 생각해요."

결과적으로 타쿠토 때문에 죽게 될 수도 있었을 생명을 구한 셈이라고 생각하는 수밖에 없다.

"아트라 씨의 원수를 갚는 데 성공하신 거군요."

"그래……. 아, 맞아. 생사의 경계선을 헤매고 있을 때, 방패의 세계라는 곳에서 아트라를 만났는데…… 아트라는 여전히 아트라더군."

내가 라프타리아에게 방패를 내보이자 보석 부분이 빛났다.

아트라가 방패 안에서 라프타리아를 보고 도발이라도 하는 걸까? 어쩐지 상대를 업신여기는 것 같은 빛이었다.

라프타리아도 그것을 느꼈는지, 약간 미간을 찌푸린 채 방패를 쳐다보고 있었다.

"뭐랄까, 나오후미 님이 기운을 되찾으셔서 다행이에요."

"아트라도 나답게 살아가라고 그랬으니까. 그래도 예전보다는 관대하게 살 생각이야."

연애에 대해 아예 무관심하게 구는 것보다는, 사명을 우선시하되 상대의 감정에는 부응하는 정도로 말이지.

"파도가 끝나거든, 역할을 다 마치고 돌아갈 때까지는 사디나 말마따나 즐거운 놀이 정도는 받아들여도 되겠다 싶어."

"아트라 씨의 부탁도 있었고 이해도 가지만, 왜 그런 결론이 나오는 건지는 잘 모르겠네요."

하긴 그렇지. 신뢰하는 여자아이에게 '세계를 구하고 나면 방탕하게 놀 거다!' 라는 이야기를 하는 꼴이니까.

"어머나, 라프타리아. 나오후미가 엄청나게 진보한 것 같은데? 이럴 때 한 발짝 더 치고 들어가야지! 이 언니처럼 말이야. 자, 보렴, 이 언니와 나오후미 사이에서 나온 딸 · 아 · 이."

사디나가 장난스럽게, 어려진 실디나의 어깨를 양손으로 붙들고 라프타리아에게 내보였다.

"네?! 그쪽 세계에서는 벌써 그렇게 많은 시간이?!"

어이…… 괜한 오해 불러일으키지 마!

"누구 멋대로 아이라는 거야!"

사디나의 말에, 실디나가 분노해서 주먹질을 했다.

라프타리아는 실디나를 보고 곤혹스러운 표정을 지으며 내게 말했다.

"으음…… 혹시 저기 저분은 실디나 씨…… 인가요?"

"그래, 원래는 마을에 남을 예정이었는데 어째선지 따라왔더라고. 세계 사이를 이동하는 과정에서 이런 모습으로 변했어."

"라프타리아 아가씨가 이쪽에 왔을 때도 그렇지 않았었나?"

"그랬다고 들었어. 듣자 하니 레벨 때문에 외모가 크게 성장

한 녀석은, 다른 세계로 건너가면 나이에 걸맞은 모습으로 돌아간다나 보더군.”

“하긴 그런 일도 있었죠.”

“꼭 한번 보고 싶었는데.”

“왜 제 어려진 모습을 보고 싶다는 건데요?”

“추억이 담긴 라프타리아의 어린 시절이니까. 보면서 귀여워하고 싶은 것뿐이야.”

“아련한 눈으로 얼버무리지 마세요. 저기…… 보면서 귀여워한다는 것도 부끄러운걸요.”

내가 아무리 이래저래 관대해졌다고 해도, 그 어린 시절의 귀여움을 부정하는 건 용납 못 한단 말이지.

뭐, 그 시절의 라프타리아를 여자 친구로 삼으라면 결단코 거부하겠지만.

“아…… 뭔가 나오후미 쪽도 고생이 많았나 보네. 라프타리아 아가씨와 같이 걱정했다고.”

내 설명을 들은 라르크가 말끝을 흐리며 말했다.

에스노바르트는 우리에게 도움을 청하러 왔지만, 생각해 보면 우리도 위기에 처한 상황이었단 말이지.

가까스로 해결한 덕분에 이렇게 도우러 올 수 있었던 거지만.

“뭐, 너희는 잔인하다고 생각하겠지만, 녀석들이 저지른 죄가 워낙 커서 말이지.”

여자라고 너그럽게 용서해 줘야 한다는 발상은 문제가 있지 않겠는가.

나는 근본적으로 여자들을 의심하고 대하는 스타일이다. 그것도 다 윗치 때문이지만.

피해자가 여자라고 해서 그 여자의 증언만 옳다는 식의 발상은 질색이었다.

"권속기 소지자들을 여럿 죽인 데다 사성용사 살해 미수, 그리고 국가의 왕까지 살해한 녀석들이니, 당연한 최후겠지요."

글래스는 수긍한 듯 고개를 끄덕였다.

"오? 글래스는 받아들이는 거야?"

"키즈나라면 생각이 다를지도 모르지만, 그렇게 큰 죄를 저질렀다면 용서받을 수는 없겠지요. 어떻게 옹호한다 해도 처형은 면할 수 없어요. 그 점은 이 세계에서도 마찬가지입니다. 저 여자들처럼."

글래스는 그렇게 말하고, 포획한 여자들 쪽으로 시선을 돌렸다.

"정말이지 못된 짓을 저지르셨더군요. 아무리 키즈나라 해도 이런 짓까지 저지른 당신들을 용서하지는 않을 것입니다."

"글래스 아가씨, 그건 그렇지만 말이야……."

"본래 우리의 역할은 파도에 맞서고 치안을 유지하는 것. 그럼에도 사성용사를 살해하고 권속기 소지자의 역할을 내팽개친 자를…… 이렇게 엄청난 피해를 입고도 용서하라는 건가요? 당신도 권속기를 빼앗겼었잖아요?"

에스노바르트의 이야기를 참고하면, 글래스 일파도 상당히 궁지에 내몰렸었던 모양이다.

그렇기에 우리 쪽 일도 이해하는 뜻을 보인 거겠지.

"뭐…… 부정할 수가 없네. 우리도 당할 만큼 당했으니까."

"그래서, 그쪽 상황은 어떻지?"

"쿄 때와 마찬가지로, 실제론 아까 그 녀석이 끌고 온 군대가 이번 싸움을 일으킨 거나 마찬가지였으니 두목을 잃은 이상 그 나라는 투항할 수밖에 없겠지요."

글래스가 상황을 알려 주었다.

"진짜 파란만장한 일들이 있었어. 우리도 파도와 싸우는 틈틈이 단련을 거듭했거든. 키즈나 아가씨 이외의 사성들과도 접촉해 보려고 노력했었고."

"키즈나 성격상 자기 성격대로 낚시나 하면서 '될 대로 되겠지.' 같은 소리나 하고 있었던 거 아니야?"

"……."

"어이, 아니라고 해."

나 참……. 예상은 했었지만, 키즈나는 상당히 낙천적인 구석이 있단 말이지.

그러고도 용사 역할을 하는 걸로 보아, 이 세계는 비교적 여유가 있는 편일 거라고 생각했었다.

뭐, 그렇게 자기 성격대로 구는 구석이 그 녀석의 장점일지도 모르지만.

실제로 사람을 공격할 수 없다는 심각한 핸디캡을 갖고 있으면서도 엄청나게 강하고 말이지.

"그래도 다소나마 다른 사성들과 이야기할 기회가 있긴 했어. 하지만 그 녀석들이 도통 이야기를 들어먹지를 않잖아. 키즈나 아가씨도 나오후미의 고생을 이해하겠다고 했을 정도라니까."

"어느 세계에나 비슷한 일들이 일어나는 법인가 보네요."

이츠키가 가만히 말을 흘렸다.

네가 할 소리가 아니지 않느냐고 한마디 해 주고 싶었지만, 그래도 우리 쪽 사성용사들은 강화방법도 확실하게 실시했고, 내 수하로 들어와서 성실하게 파도와 맞서게 됐으니, 그나마 양호한 편이라 할 수 있을까?

"아까부터 궁금했었는데…… 넌 혹시……."

"네, 저는 나오후미 씨와 같은 세계의 사성용사 중 하나…… 활의 용사인 카와스미 이츠키예요. 잘 부탁드려요."

그리고 이츠키는 자기소개를 하며 활을 보여 주었다.

"아아, 그러고 보니 카르밀라 섬에서 싸운 적이 있었지. 영귀의 코어에서도 본 적이 있었던 것 같고."

"그때는 신세 많이 졌습니다."

"……꼬마, 이 녀석 괜찮은 거야? 말투에 패기가 없잖아."

이 자식, 틈만 나면 나를 꼬마라고 부르려고 들잖아!

"그래, 도련님. 이츠키는 이런저런 우여곡절 끝에 저주의 무기에 손을 댔거든. 그래서 주체성과 감정 같은 게 마비돼 버렸어."

"그랬군……. 이 녀석이 바로, 리시아 아가씨가 그렇게 열변을 늘어놓던 용사님이란 녀석이란 말이지?"

"……."

이츠키가 침묵했다.

그런데, 어쩐지 좀 부끄러워하는 것처럼 보이는데?

"후에에에에에!"

맥 빠지는 소리를 내며 얼굴을 붉히는 리시아는 무시해 두자.

"우리 쪽 사성들은……. 뭐, 이런저런 우여곡절을 거쳐서 일단 모두 확보했고, 정보도 공유하고 있어. 라프타리아에게 이야기 못 들었어?"

"듣기는 했어. 고생이 많았다지?"

"키즈나도 나오후미를 좀 본받아 줬으면 좋을 텐데 말이에요."

"그렇다고 키즈나가 게으름만 피웠던 건 아닐 거 아니야?"

"그야 뭐…… 꼬박꼬박 교섭 시도를 하긴 했지."

모토야스며 렌, 이츠키의 경우로 미루어 보아, 사성용사란 자들은 성격이 괴팍한 녀석들이 많은 것 같으니까.

"키즈나 아가씨가 이야기하는 걸 들었는데, 역시 나오후미 쪽 사성용사들처럼 사전 지식을 갖고 있었다나 봐."

"이쪽도 그렇다는 건가……. 하긴, 업데이트이니 뭐니 하는 소리를 했던 걸 보면 정말 그런 거겠지."

키즈나가 교섭에 나서면 어떻게든 해결될 줄 알았는데, 내 쪽과 같은 전개였다는 거군.

강제로 포획하려 들었다가는 국제적인 문제가 될 수도 있다.

그래서 차근차근 설득해야 했다……. 나와 비슷한 느낌이군.

그리고 이쪽 세계에서는 사성수가 나타나서 날뛰었는데, 글래스 등이 비교적 일찌감치 처치한 덕분에 사성용사들은 좌절을 모른 채 설치고 있다……. 어째 안타까운 상황이군.

"그러다가 어느 날, 키즈나 아가씨를 제외한 사성용사들의 반응이 사라졌다는 보고가 들어왔고…… 조사를 해 보니까 타국의 권속기 소지자가 '사성용사들이 용사로 부적합한 인물이라 토벌했다!' 라는 식으로 지껄였다는 거야."

에스노바르트에게서도 대강의 사정은 들었지만, 라르크는 더 더 알기 쉽게 설명해 주었다.

사성용사를 죽이는 건 말도 안 되는 짓이라 주장하는 키즈나 일파를 필두로 한 동료들과 국가들의 대표가 모여서 회의를 열었다고 한다.

의제는 사성 살해를 저지른 권속기 소지자의 숙청이었다.

현재까지 판명된 사실에 따르면 사성은 세계의 기둥이며, 소환된 사성용사가 하나씩 빠질 때마다 파도의 위험이 커진다고 한다.

그런데도 사성용사 살해라는 짓을 저질렀으니, 당연히 벌을 줘야 한다……. 그런 대화를 나누고 있을 때.

회의장에서…… 키즈나 일파가 동료로 여기고는 있었지만 인격에 문제가 있던, 그러면서도 실력은 있던 녀석이 느닷없이 라르크에게 덮쳐들었다.

힘겨루기 끝에 거리를 벌리고 상대가 죽지 않을 만큼 스킬을 쓰려고 한 순간, 별안간 라르크의 손에서 낫이 사라져서 배신자의 손에 건너가 버렸다.

그뿐만이 아니라, 키즈나 일파의 눈앞에서 자신이 포획한 성무기들을 과시하기까지 했다고 한다.

게다가 배신자는 한 명뿐만이 아니었기에 머릿수에서 밀린 데다 각국의 중진들이 인질로 잡힌 상황이라서 하는 수 없이 후퇴해야 할 만큼 궁지에 내몰리고 말았다.

그런 가운데, 키즈나는 글래스와 국가의 대표…… 모두가 도망칠 시간을 벌기 위해 적들 앞을 막아섰다.

사람을 공격하지 못하는 키즈나였지만, 비장의 수단이 존재했기에 할 수 없이 그걸 써서 아군을 보호하려 했다. 글래스와 힘을 합치면, 비록 큰 대가를 치르긴 하겠지만 어떻게든 궁지를 벗어날 수 있으리라는 판단이었다고 한다.

하지만 배신자는 키즈나의 그런 생각을 예측하고, 키즈나를 결박해서 정체불명의 전송 기술로 끌고 가 버렸다.

처음부터 표적은 라르크의 낫과 키즈나뿐이었던 것이다.

그 후, 키즈나의 탈환 작전을 실시하려 했다.

배신자가 조종하는 국가와의 전면전이 벌어지기 직전이었는데…… 문제가 생겼다.

이 대목에서, 일단 이야기를 정리하기 위해 대화가 중단됐다.

하긴 너무 한번에 다 이야기해 버리면 상황을 이해하기가 너무 힘들어지니까.

"뭐랄까, 구체적인 경위는 다르지만 어느 세계에서나 비슷한 일들이 일어나고 있다는 거군."

"그런 것…… 같네요."

그때, 지금까지 줄곧 침묵하고 있던 테리스가 눈물을 흘리며 울음을 터뜨렸다.

"명공님……."

"그 호칭으로 부르지 마."

"지난번에 당신이 주셨던 그 아이가……."

테리스가 그렇게 말하며, 깨져 버린 오레이칼 스타 파이어 브레이슬렛을 내게 내보였다.

"아아, 그때는 나오후미가 만들어 준 액세서리 덕분에 살았다니까. 그게 없었더라면 죽었을지도 몰라."

라르크가 고뇌에 찬 표정으로 말했다.

"저희가 이렇게 살아남은 건 이 아이가 자기 몸을 희생해서 힘을 해방해 준 덕분이었답니다."

낫을 빼앗긴 채 공방전을 벌였을 때, 지난번에 내가 준 액세서리의 힘으로 가까스로 궁지를 벗어난 모양이었다. 그 덕분에 라르크 일행이 목숨을 건졌다면 잘된 거 아닌가?

"죄송합니다. 예술품을 희생시키다니……."

"아…… 테리스, 나에 대한 사과는 적당히 해 줘. 라르크의 눈매가 무섭잖아."

"나오후미 님과 비슷한 눈매네요."

라프타리아가 라르크의 얼굴을 보며 중얼거렸다.

내 눈매가 이렇다고?

뭐지…… 딱히 원해서 그런 건 아닌데 라르크에게서 테리스를 빼앗아 가는 것 같은 기분이다.

"맞아요. 나오후미 씨와 비슷하네요."

"후에에에에…… 이츠키 님, 쉬잇!"

이츠키, 넌 좀 닥치고 있어!

"보석이 깨진 것 같은데, 다시 연마해서 다른 형태로 만들어 줄 수도 있어. 그러니까 그 정도로 넘어가 줘."

왜 내가 테리스를 달래고 있는 건지 영문을 모르겠군.

어쨌든 내 말을 들은 테리스는 고개를 들었다. 구원받은 사람의 표정이라고나 할까.

"정말인가요?!"

"그래, 시간적 여유가 있다면. 이건 테리스의 무기 같은 거니까 만들어 둬서 나쁠 건 없겠지."

테리스에게 액세서리를 만들어 주면 무기상 아저씨의 기분을 맛볼 수 있단 말이지.

부러진 검을 다시 벼리는 것처럼 깨진 액세서리를 부활시킬 방법을 생각해 보자.

……좀 어려울지도 모르지만, 마력은 미약하게나마 남아 있으니까.

"고맙습니다! 꼭 좀 부탁드릴……."

그렇게 고개를 숙이던 테리스가, 내가 들고 있던, 이미아가 만들어 준 액세서리를 보고 얼어붙었다.

"이, 이이이이이이이…… 이건 뭐죠?!"

"이거? 이건 내 제자 겸 사제(師弟) 같은 녀석이 만든 건데."

출발 전에 이미아에게서 받은 이령의 부적을 테리스에게 보여 주었다.

"우우…… 어쩜 이렇게 성스러운 힘이!"

눈부셔서 차마 쳐다볼 수도 없다는 듯, 테리스는 손을 들어 눈 위에 대고 이령의 부적에게서 시선을 돌렸다.

"하아…… 하아…… 굉장해요. 이런 걸작이 정말로 세상에 존재하다니."

테리스는 액세서리의 힘을 끌어 내는 능력이 있으니, 어쩌면 이건 테리스에게 가장 효과적인 물건일지도 모른다.

하지만 이건 이미아가 나를 위해서 만들어 준 물건이니까 말이지.

그래도…… 테리스가 이걸 통해 강해질 수 있다면 충분한 가치가 있는 건지도 모른다.

"테리스, 미안하게도 너한테 줄 수는 없지만…… 돌아갈 때까지 빌려줄 수는 있어."

이미아가 나에게 이걸 준 것은 우리의 무사 귀환을 기원하기 위해서였다.

유익하게 쓰면 이미아의 소원에도 부응하는 길이 될 것이다.

"정말인가요?!"

"그래. 하지만 어디까지나 빌려주는 것뿐이야. 내가 돌아갈 때는 꼭 돌려줘야 해. 그래…… 부서진 액세서리를 개수하는 작업이 끝날 때까지 쓰도록 해."

"감사합니다—!"

테리스, 무릎 꿇지 마.

"——이렇게 된 거야!"

"어머나……."

필로가 상당히 어설픈 통역으로 사디나와 동료들에게 상황을 설명하고 있었다.

일단 리시아도 보충해 주고 있으니, 어느 정도 상황 파악은 됐을 것이다.

왜 나는 테리스의 절을 받고 있는 거지?

게다가 라르크가 나와 같은 눈매를 하고 있다고 하고.

하여튼 일단 테리스에게 이령의 부적을 건넸다.

오오? 테리스의 몸이 아련한 빛을 내뿜기 시작하고, 팔과 다리에 감겨 있던 붕대가 찢겨 날아가 버렸다.

그 속에 있던 저주의 멍이 순식간에 사라져 버렸다.

"아…… 애니메이션이나 게임에서 본 적이 있는 것 같아요.

기체 교체나 전직 같은 거요. 지금까지 쓰던 기체가 파괴됐을 때 투입되는 새 기체 같은 거."

이츠키가 엉뚱한 소리를 꺼냈다.

뉘앙스로 보면 딱히 틀린 건 아닌 것 같지만, 그 표현은 좀 문제가 있지 않을까?

"엄청나……. 힘이 너무 엄청나서 부서져 버릴 것 같아요."

어째 테리스의 몸이 바닥에서 떠오르기 시작했다.

날 수 있게 된 건가? 화염 날개도 달렸고.

"명공님의 기대에 부응할 수 있도록 최선을 다할게요!"

"테리스의 다친 곳이 싹 나았잖아……. 굉장하군……. 내가 졌다……."

아니, 지긴 뭘 졌다는 거냐.

"아……. 라르크와 정답게 지내라고. 아니, 버리지 말라고. 명공님이 원하신다면 뭐든 다 하겠다느니 하는 소리는 절대 하지 말고."

어떻게든 라르크에게서 여자를 빼앗는 루트는 피하고 싶었다.

애초에 그런 건 내 취향도 아니고.

"네!"

뭐, 테리스가 기운 백배! 원 펀치로 적을 처치할 수 있을 만큼 강해졌다면 그걸로 된 거겠지.

무시무시하군, 이미아의 액세서리.

나중에 여유가 있으면, 사형(師兄)으로서 테리스에게 걸맞은 물건을 만들어 줘야겠다.

"나오후미, 라프타리아."

그런 이야기를 하고 있을 때, 사디나가 우리에게 말을 걸었다.

"꼭 나오후미가 전송 스킬이라는 걸 써서 어딘가 다른 나라로 데려다준 것처럼 느껴지지만, 여기는 분명 이 누나가 모르는 다른 세계 맞지?"

"맞아."

"그래요. 뭔가 깨달은 거라도 있어요?"

사디나가 성의 뜰에서 성 밑 도시의 모습을 바라보며 중얼거렸다.

뭔가 알아낸 거라도 있나?

"그쪽 세계와 다른 거라도 찾았어?"

"그래……. 우선, 어떤 언어로 이야기하는 건지, 정말 못 알아듣겠어. 방언이나 언어의 차이 같은 차원의 문제가 아니라 말이야. 역시 이러니저러니 해도 라프타리아는 용사구나."

"하긴, 그래요. 저도 이 도를 손에 넣을 때까지는 말을 못 알아들었어요."

용사의 무기에는 자동 통역 기능이 붙어 있지만, 사디나 자매처럼 특수한 능력이 없는 자들은 다른 세계의 말을 못 알아듣는 게 당연하다. 그런 의미에서도 용사의 무기는 참 편리하단 말이지.

"갖가지 인종의 전시장인 제르토블에 오래 살았다고 해서 세계의 모든 언어를 다 들을 수 있는 건 아니었지만…… 응, 그런 거랑은 본질적으로 달라."

"리시아는 몇 시간 만에 익혔는데."

"리시아는 머리가 좋잖니. 이 누나는 전혀 모르겠는걸."

하긴 그렇겠지.

나도 메르로마르크의 문자나 마법 문자를 익히는 데는 한참 고생했었으니, 리시아를 기준으로 삼는 건 너무 가혹한 비교일 것이다.

"세인의 적들이 갖고 있던 통역 기능 탑재 액세서리에 대한 해독 작업이 진행된 상태였더라면 편했을 텐데."

액세서리 상인에게 의뢰했지만, 미지의 재질로 만들어진 액세서리라 재현에는 실패했다.

현재는 세인이 사역마에게 주어서 사용하고 있다.

안 그러면 세인과의 의사소통이 힘들어지니까.

세인은 내 말을 알아들을 수 있는 것 같지만, 세인의 입에서 나오는 말은 중간중간이 끊겨 들리는 상태였다.

최근에는 증세가 유독 더 심해져서, 대화다운 대화가 불가능해져 가고 있다.

권속기가 완전히 망가지면 오히려 이야기할 수 있게 될지도 모르지만…… 그렇다고 일부러 권속기를 망가뜨릴 수도 없는 노릇이겠지.

"으~음."

"필로도 말을 알아들을 수 있었던가?"

필로는 머리가 나쁜 편이지만, 은근히 다국어 사용자란 말이지. 짧은 시간에 언어를 익히곤 했다.

"아~! 주인님 뭔가 필로에 대해 무례한 생각을 하고 있어~! 필로 바보 아닌걸!"

"그런 생각 한 적 없어. 그냥 좀 세계의 수수께끼에 대해 생각한 것뿐이야."

"세계의 수수께끼~?"

"라프~?"

그렇다. 필로의 뛰어난 학습 능력에 얽힌 불가사의 같은 것 말이지.

아무래도 언어의 벽이란 낮은 것 같으면서도 높은 법이련만, 그걸 손쉽게 뛰어넘는 천재가 세상에 몇 명씩이나 존재한다는 건가.

"저기, 나오후미 씨. 싸움에 나서야 한다면 일찌감치 레벨이나 무기를 갖춰 두는 게 좋을 것 같은데요……."

이츠키가 나에게 충고했다.

하긴 이렇게 심각한 상황을 보면 불안해질 만도 하겠지.

"대지의 결정을 확보할 수 없을까? 우리 쪽 세계 사람들은 대지의 결정을 경험치로 변환시킬 수 있어."

"아아, 그러고 보니 나오후미 씨 일행이 지난번에 적국에서 도망칠 때 이용했다는 이야기를 들은 적이 있었던 것 같네요."

그랬다. 키즈나 쪽 세계에만 존재하는 광석인 대지의 결정은, 우리 쪽 세계 사람들이 쓰면 경험치로 변환된다.

크기와 순도에 따라 다르겠지만, 저레벨일 때 사용하면 어느 정도 레벨까지는 순식간에 올릴 수 있을 터였다.

아무래도 고레벨까지 올릴 만큼의 경험치는 들어오지 않지만.

대지의 결정으로 어느 정도 레벨을 올린 뒤에 상황을 봐서 사냥을 통해 레벨업을 하면 시간 단축에 보탬이 될 것이었다.

"이야기 들었지? 이츠키, 싸울 수 있을 만한 최소한의 수준이 될 때까지는 불안하겠지만 좀 참아."

"알았어요."

억양 없는 목소리로 수긍하는 게 약간 불안했지만…… 뭐, 그 점은 리시아가 노력해 주기를 바라는 수밖에.

리시아는 아까부터 "후에후에." 거리면서 시끄럽게 떠들어 대고 있지만, 일단 칠성무기의 용사로 선정된 데다가 각성 상태를 임의로 발동시킬 수 있게 된 것이다. 레벨로는 드러나지 않는 힘을 갖고 있을 뿐더러, 인간적으로도 신뢰할 수 있는 녀석이다.

"이야기가 딴 길로 샜군. 라르크, 그 붕대는 역시 저주에 당한 거냐?"

라르크의 상태를 확인해 보았다.

회복마법이 있는데도 붕대를 감고 있는 건, 아마 저주 같은 것 때문에 부상 치료가 진행되지 않고 있기 때문일 것이다.

"맞아. 나에게서 권속기를 빼앗았던 녀석들 때문에 생긴 상처가 도통 안 낫지 뭐야."

나는 라르크의 팔에 손을 대고 마법을 영창했다.

"레벨레이션 힐 X!"

"이, 이건……."

붕대를 감은 부위에 중점적으로 회복마법을 걸었다.

X 클래스에 달하면 저주까지도 치료할 수 있는 효과가 생긴다. 약간 시간이 걸린다는 게 문제긴 하지만.

"그러고 보니 나오후미 씨의 회복마법에는 저주를 해제하는 힘이 있었어요. 그 힘으로 저도 치료해 주셨어요."

하긴 에스노바르트의 상처도 이렇게 치료했었지.

"X……. 그건 뭐지?"

“지팡이의 강화방법이 마법에 포인트를 배분해서 효과를 상승시키는 거였어. 아까 타쿠토를 해치운 이야기를 했을 때 설명했던 그거 말이야.”

“그, 그랬군요……. 굉장하네요. 순식간에 저주가 풀리고 있어요.”

“그나저나…… 이거 뿌리가 엄청 깊은데. 여러 번 거듭해서 치료하지 않으면 완치는 힘들 것 같아.”

참고로 저주를 풀 수 있다는 사실이 판명된 후에 모토야스에게도 걸어 봤지만 전혀 효과가 없었다. 그건 대체 어떻게 된 거지?

이츠키는 지금 이대로 운용하는 게 편할 것 같아서 해제를 시도해 보지 않았다.

또 정의 타령을 해 대면서 적대하고 들면 곤란하니까 말이지.

차근차근 이야기하면 알아들을 것 같기는 하지만, 지금 상태로도 딱히 문제 될 건 없으니 이대로 두기로 한 것이다.

혹시 큰 부상이라도 당한다면 치료해 주겠지만.

“아니, 엄청 편해졌어! 나오후미 덕분에 이제 빛이 보이는 것 같다니까!”

아픈 곳이 상당히 나아졌는지, 라르크가 팔을 붕붕 휘두르며 웃었다.

“진짜 고맙다, 나오후미!”

“고맙긴 뭘. 보나 마나 너 말고도 다친 녀석이 더 있겠지? 그 녀석들은 나중에 치료해 주기로 하고……. 아까 하던 이야기부터 계속해 봐.”

지금까지 들은 이야기만으로는 라프타리아가 참가하게 된 경위도, 에스노바르트가 배를 빼앗기게 된 경위도 알 수 없었다.

"이런, 그랬었지. 키즈나 아가씨를 구하기 위해서 편성을 짜고 있을 때 벌어진 일이었어. 뭐…… 나도 이 부상 때문에 제대로 못 움직이고 있을 때였지. 그때 일에 대해서는 글래스 아가씨가 더 잘 알 거야."

라르크가 글래스에게 시선을 보냈다.

"라르크와 다른 사람들이 치료 중일 때 키즈나 구출 부대를 편성해서 출발한 후에 벌어진 일이었어요. 모험가로 보이는 자들이 습격해 왔죠. 마법 영창부터 공격 형태까지, 지금껏 본 적이 없는 자들이었어요."

엎친 데 덮친 격이라는 말이 되리에 떠오르는군.

"에스노바르트도 그 일에 대해서 설명했었지."

"네. 게다가 녀석들은 권속기를 빼앗는 힘을 갖고 있는 모양인지, 글래스 씨와 저의 권속기를 노리고 들었어요."

"미지의 공격이기도 했고, 중과부적이라…… 비장의 카드로 혼유수를 복용해서 기술을 사용했습니다만……. 상대방 쪽에도 그에 못지않은 기술이 있었던 탓에 궁지에 내몰려서……. 에스노바르트는 권속기를 빼앗기고, 저도 부채를 빼앗기기 직전에 가까스로 도망쳐야 했죠."

여기까지는 에스노바르트에게서 들은 이야기와 같군.

"빠르게 이동할 수 있는 에스노바르트가 빠지는 바람에 키즈나 구출 작전은 좌초되고, 파도를 잠재우는 싸움도 해야 했어요. 하는 수 없이 배신자의 습격을 방어하는 싸움을 벌이고 있던 와중에……."

"네, 그렇게 궁지에 내몰렸을 때, 권속기에 소환되는 형태로 제가 이쪽에 나타난 거예요."

으엑……. 라프타리아도 성가신 상황에 떨어진 셈이군.

절묘한 타이밍이라고 할 수도 있겠지만.

"마법으로 환영을 보여 주면서 싸웠지만…… 적들도 만만치 않아서 싸움을 계속해 갈수록 점점 더 궁지에 내몰리던 상황이었어요."

날짜 차이가 꽤 많이 나는 것 같았지만, 세계를 건너다 보면 그 정도 오차는 생기는 게 당연하겠지.

"나오후미 님……. 글래스 씨가 말씀하신 정체불명의 세력 말인데……."

라프타리아는 우리와 동행해 온 세인 쪽으로 눈길을 돌렸다.

무슨 말인지 어렴풋이 이해가 가는군. 세인도 알아챈 건지 표정이 굳어져 있었다.

"제가 들은 이야기를 통해 짐작해 보면, 마법 영창 방법이나 소지한 물건들로 보아, 세인 씨와 적대하고 있는 분들과 같은 세력인 것 같아요."

"그렇군."

이거 사태가 점점 더 혼돈 속에 빠져드는데.

……우리 세계에만 둥지를 틀고 있는 게 아니라는 건 의심의 여지가 없겠지.

"철저하게 당했다니까……."

완전히 일방적으로 얻어터졌다는 거잖아.

우리가 안 왔으면 어떻게 됐을지, 불안해서 못 견딜 지경이다.

지난번에 우리가 협조해서 그렇게 회복시켜 줬건만 고작 이 꼴이냐! 이 정도면 나태하다고 생각할 수밖에 없지 않겠는가.

하지만 생각해 보면…… 아무런 사전 정보도 없이 타쿠토 같은 녀석에게 습격을 당했으니 그렇게 당할 법도 하다.

"다행히 나오후미 덕분에 가까스로 궁지에서 벗어날 수 있었어요. 진심으로 감사드립니다."

뭐, 타쿠토와 비슷한 악행을 저지른 녀석들이라면, 우리가 힘을 모으면 이기지 못할 상대는 아닐 것이다.

최근 자주 영창하고 있는 레벨레이션 아우라 X의 피가 끓는군.

물리력으로 밀어붙여 주마!

"나도 최근에 알아낸 걸 가르쳐 주는 게 좋을 것 같군."

"뭘 말이지?"

"나도 빈사 상태에 가까운 중상을 입었거든. 그때 방패 정령들을 만났는데, 그 정령들이 이야기하길 타쿠토는 파도의 첨병이라고 했어. 파도라는 적의 정체가 대체 뭔지는 모르겠지만, 그 점을 이해해 두도록 해. 태도나 성향의 유사성으로 보아 쿄도 그 첨병 중 하나겠지."

"정말이냐?"

"아마도. 권속기를 빼앗는 힘을 갖고 있다는 녀석들은 틀림없이 파도의 첨병이 분명해."

적어도 무기를 빼앗는다는 공통점을 생각하면, 무관계하다고는 보기 힘들었다.

"파도가 그렇게 침략하고 있을 줄이야……. 대체 파도라는 건 뭘까요? 세계의 융합 현상이 아니라는 걸까요?"

상대의 너무나 거대한 정체를 알고, 글래스가 약간 당황한 기색을 보였다.

"글쎄……. 파도 자체에 의지가 있는 건지, 아니면 다른 이유가 있는 건지."

애초에 파도가 발생했을 때 마물이 나타난다는 것 자체가 수수께끼였다.

지금 가진 정보만 갖고는 해답을 낼 수가 없을 것 같았다.

"본론으로 돌아가자. 이 상황을 이겨 낼 수단이 있어……. 키즈나의 목숨은 괜찮아?"

"아마도…… 무사할 거예요. 애초에 키즈나 자신은 사람을 공격할 수 없는 데다 저주 때문에 약화된 상태예요. 키즈나를 죽이면 사성용사 재소환이 가능해지니까, 상대방 입장에서는 그냥 살려 두는 게 나을 거예요."

키즈나가 죽이면 사성용사의 재소환이 가능해진다.

용사 소환은 내 입장에서는 문제가 있지만, 다른 자들에게는 유리하게 작용한다.

성무기의 정령이 세계를 걱정하지 않는 자들의 소환에 응할 리가 없지 않은가.

그러니 세계를 위해 파도에 맞서고 있는 글래스 일파에게 유리해질 게 분명하다.

소환 직후의 우리가…… 차근차근 이야기하면 말귀를 알아들을 가능성이 있었던 것처럼, 아무리 게임 지식으로 무쌍을 찍겠다는 생각에 휩싸여 있는 녀석이라도 이 세계에 온 직후라면 이야기를 들을 여지가 있을 것이다. 적들이 그렇게 적을 늘리는 짓을 할 리는 없었다.

그러니까 쇠약해진 키즈나를 빈사 상태로 살린 채 감금해 두는 편이, 키즈나 일파에게 더 큰 위협이 될 수 있다.

"목숨은 무사하지만 험한 일을 당했을지도 몰라. 라프타리아도 자칫 잘못했으면 그런 처지가 될 수도 있었어."

"그렇겠죠."

키즈나에게 아무 일도 없었으면 좋을 텐데.

"하여간 배신자는 처치했어. 한시라도 빨리 키즈나 아가씨를 확보하기 위한 부대를 파견하도록 하지."

"그래, 최대한 서둘러."

뭐지. 오타쿠 지식의 영향 때문에 능욕 게임이 뇌리에 떠오르잖아.

키즈나의 정신 보호를 위해서라도 기억을 없애는 약물 같은 걸 만들어 둬야겠다거나 하는, 천박한 생각까지 들었다.

이건 창작물이 아닌 현실인 만큼, 생포된 녀석은 틀림없이 고문을 받을 테니까.

"그나저나…… 이 파도의 첨병들은 왜 이렇게 이기적으로 굴고, 세계보다 자기 자신을 더 우선시하는 건지 모르겠다니까."

게임 지식을 갖고 소환된 용사들도 비슷하다. 위기감이 없는 것이다.

그나저나…… 지금까지 받은 타격을 만회하려면 어떻게 해야 하지?

"크리스를 불러내는 부적을 키즈나와 둘이서 나눠 가졌는데, 크리스도 키즈나 곁으로는 못 가는 것 같았어요……. 한시라도 빨리 출격하고 싶어요."

"글래스 아가씨, 좀 진정해. 오늘 중으로 출발할 수 있도록 준비할 테니까."

글래스는 부채를 꽉 움켜쥐고 있었다.

그리고 부적을 꺼내서 펭귄 모양의 사역마, 크리스를 불러냈다.

"펭!"

"라프~."

친구와 재회라도 한 듯이, 라프짱이 크리스에게 다가가서 말을 걸었다.

"펭! 페펭!"

"라프……."

라프타리아가 나에게 가만히 속삭였다.

"모두가 제지하는데도 글래스 씨는 몇 번이나 뛰쳐나가려고 하셨어요. 말리느라 얼마나 애를 먹었는지 몰라요."

"그랬겠지."

글래스에게 있어 키즈나는, 라프타리아에게 있어서의 나와도 같을 것이다.

자신을 이해해 주는 자가 있기에, 글래스도 이성을 유지할 수 있었던 거니까.

"나오후미 님을 만나기 위해서, 저도 원래 제 세계로 돌아갈 수 있을까 싶어서 몇 번이고 파도에 맞서 보았지만……."

"애석하기도 지금까지는 한 번도 매치되지 않았었지."

우리 세계 쪽은 지난번에 메르로마르크에서 일어난 파도가 첫 파도였다.

그 파도 때 키즈나 쪽 세계와 매치가 일어나지 않았으니, 돌아올 길이 없는 게 당연했다.

"어찌 됐건 냉큼 키즈나 아가씨를 구출하러 가자고!"

라르크가 승리의 기세를 놓치지 않겠다는 듯 기운찬 목소리로 외쳤다.

"나오후미 일행이 협조해 주는 건 좋지만 말이야, 키즈나 아가씨를 구출한 뒤에는 어떻게 해야 하는지 알아?"

라르크가 우리를 향해 물었다.

"글쎄……. 강탈 능력을 가진 권속기 소지자는…… 내가 키즈나와 만나기만 하면 단번에 약화시킬 수 있어."

"뭐라고?!"

"아까 우리 쪽 세계에서 날뛰던 타쿠토라는 녀석에 대해 이야기했잖아?"

"물론 그건 나도 기억하긴 하지만 말이야. 그게 그렇게 쉽게 되는 거냐?"

뭐, 동일한 방식으로 성공할지 어떨지는 모르지만, 그 상황에서 우선 무엇부터 해야 하는 지는 명백했다.

"우리 세계의 칠성은 너희 세계의 권속기와 동등한 존재야. 그러니 성무기 소지자 쪽이 더 상위 권한을 갖고 있는 것도 마찬가지겠지. 권속기의 사명을 완수하지 않는 녀석의 무기라면 손쉽게 권리를 박탈할 수 있을 거야."

참고로 내가 타쿠토에게 명한 권리 박탈은, 상대가 칠성용사가 아니었더라면 효과가 없었으리라는 걸 나도 알고 있다.

세인을 상대로 쓴다거나…… 하는 건 안 통하겠지.

그리고 리시아나 쓰레기, 포울을 상대로도 실험해 본 결과, 정당한 소지자로 인식되어 있는 칠성용사에게도 효과가 없었다.

어디까지나 위법적인 수단으로 칠성무기를 소지하고 있는 자나 사명을 내팽개친 녀석에게서만 권한을 빼앗을 수 있는 것이다.

탈환한 뒤에 다시 행방이 묘연해진 칠성무기가 많지만 말이지.

"지금까지 들은 이야기로 보면, 너희는 강화도 별로 진행이 안 된 것 같고, 현재 전력도 적들보다는 강한 상태잖아? 준비가 갖춰지는 대로 권속기 소지자 사냥에 나서면 되지 않겠어?"

에스노바르트의 권속기를 우선적으로 되찾는 게 좋을 것이다.

그 뛰어난 이동 능력을 적이 이용하면 은근히 곤란해진다.

하여간에…… 키즈나 일파의 무기에 있는 전이 스킬인 귀로의 사본이나 용맥은, 우리가 가진 전송 스킬과는 근본적인 규격이 다르다. 전송 방해에만 주의하면, 도망치는 것도 돌아가는 것도 어느 정도는 해결될 것이다.

"너희가 그렇게 의욕을 보여 주면 우리도 대환영이지."

"논의 다 끝난 거지? 그럼 우선……."

사디나와 실디나, 이츠키 쪽으로 눈길을 돌렸다.

"대지의 결정을 나눠줘. 동료의 힘을 끌어올려서 사태에 대비하고 싶거든. 적이 언제 나타날지 모르는 상황이니 경계를 강화해 두자."

"그래! 이제부터 지금까지 당한 걸 만회해 주겠어! 키즈나 아가씨가 멀쩡하게 돌아오기를 기원하는 수밖에."

이렇게 해서 우리는 키즈나를 구출하기 위한 준비를 갖추기 시작했다.

5화 세계 적응

"나오후미, 이 광석을 움켜쥐기만 하면 되는 거니?"

라르크가 상인들에게서 대지의 결정을 사들여서 가져다준 모양이었다.

라르크의 부하들이 가져온 대지의 결정을 사디나와 동료들에게 지급했다.

"그래, 그걸 통해서 손에 들어오는 고정 경험치로 힘을 끌어올리고 나면, 마물을 퇴치해서 한층 더 레벨을 올리고 작전에 대비해. 단, 전쟁의 영향 때문에 아직 치안이 불안정하니까 충분히 조심해야 해."

작전 개시 시간까지 앞으로 얼마나 남았는지는 모르겠지만, 준비해 둬서 나쁠 건 없으리라.

"다음은 장비가 문제군. 로미나 쪽에도 한 번 들르기로 할까."

현재 보유한 장비로도 싸울 수는 있겠지만, 로미나를 만나 두는 게 여러모로 편리할 것이다.

"로미나는 지금도 대장장이 일을 하고 있어."

"알트는 어떻게 지내지?"

"알트는 정보 수집 때문에 다른 나라에 가 있어."

"죽음의 상인이라고 했던가? 조심해. 정보가 새어 나가는 수가 있어."

"아무리 알트라도 그 정도 분별력은 있으니까 걱정 마. 타국의 권속기 소지자는 말이 안 통하고 이기적인 놈들이 많거든."

하긴, 그렇겠지. 명색이 죽음의 상인이라는 자가 스스로 죽음을 선택할 일은 없을 테니까.

"그럼 로미나에게 한번 다녀와야겠군."

그렇게 해서 나는, 이츠키를 비롯한 실력 향상조를 라르크 일파에게 맡기고 로미나의 공방을 향해 발걸음을 옮겼다.

글래스도 동행할 생각인 모양이었다.

도착해 보니, 로미나의 공방 옆에 정체불명의 도장이 생겨 있었다. 지난번에 왔을 때 이런 게 있었던가?

"저기는 요모기 씨와 츠구미 씨가 거점으로 삼고 있는 도장이랍니다. 키즈나 씨를 돕고 있다는 모양이에요."

"호오."

라프타리아가 그렇게 가르쳐 주었는데, 그 둘이 말이지…….

요모기는 쿄의 패거리였던 여자로, 순진하고 성실한, 미워할 수 없는 캐릭터였다.

쿄에게 시끄럽게 인간의 도리에 대해 따지고 든 적도 제법 많았다는 모양인데, 그 탓에 쿄에게 속아서 버림패처럼 우리 쪽에 파견되어 왔다.

나중에 자신이 속았다는 사실을 이해하고 쿄와 적대해서, 키즈나의 노예 같은 포지션의 동료가 됐다.

츠구미는 쓰레기 2호의 패거리였던 여자였다. 쓰레기 2호는 도의 권속기를 탐내서 라프타리아 일행을 죽이려고 들었다. 그리고 도를 얻은 라프타리아의 반격에 당했고, 움직이면 죽을 거라는 라프타리아의 경고를 무시한 채 움직였다가 죽었다.

츠구미는 그 원한을 갚기 위해 쿄의 수하로 들어가서, 인체 개조를 당한 끝에 두 번째 버림패가 되어 하렘 멤버들과 함께 돌진했다가, 키즈나 덕분에 목숨을 건진 일이 있었다.

그 뒤로는 비교적 얌전히 굴었었다. 연애로 점철돼 있던 뇌가 식어 버린 느낌이라고나 할까.

"그래서, 요모기와 츠구미는?"

"각지에서 파도를 잠재우는 활동을 하느라 자리를 비운 상태예요. 키즈나 씨와 아주 친한 사이라, 그 빈자리를 채우기 위해 애쓰고 있어요."

그렇게 잡담을 나누고 있으려니, 로미나가 공방에서 나와 마뜩잖은 눈으로 우리를 쳐다보았다.

"가게 앞에서 잡담 좀 하지 말아 줄래?"

"마중까지 나오느라 수고 많았어."

"……라프타리아 씨가 왔으니까 언젠가는 올 줄 알았어."

내 말투에 대해 뭔가 할 말이 있는데 꾹 참는 듯한 말투였다.

"그럼 길게 이야기할 것 없겠군."

"솔직하게 재회를 기뻐해야 할 장면인 것 같지만, 상대가 나오후미라면 장사가 우선일 것 같군."

나도 어쩐지 좀 서글픈 심정이었다. 뭐랄까…… 상인으로서의 면모가 앞서고 있다는 점이.

그러자 로미나는 자연스러운 미소를 지었다.

"응, 그거 좋네. 키즈나가 있을 때의 분위기가 돌아온 것 같은 느낌이야."

"그래?"

"그야 뭐, 아무리 이세계라고 해도 용사는 다 비슷비슷하다는 거 아닐까? 나오후미와 키즈나가 공통적으로 갖고 있는 분위기 같은 거."

그건 또 무슨 엉뚱한 대답이냐. 나한테 키즈나와 비슷한 분위기가 대체 어디 있다는 거지?

"나는 키즈나처럼 낙천적인 성격이 아니야."

"낙천적인 것과는 다른 안도감 같은 게 있기는 한 것 같은데요……."

그때 라프타리아가 뜬금없는 자책골! 나를 겨누고 지원 사격을 하면 어쩌자는 거냐!

"뭐, 됐어. 용건 있으면 빨리 가게로 들어오기나 해."

그렇게 해서 우리는 로미나의 안내를 받아 가게 안으로 들어갔다.

"내 공방에 왔다는 건, 장비를 주문하고 싶다는 것 맞지?"

"그래, 키즈나를 탈환하려면 어느 정도의 장비는 갖춰 둬야 하니까. 로미나에게 보여 주고 싶은 물건도 제법 있고."

나는 무기상 아저씨가 준 소재와 야만인의 갑옷 등, 모두의 장비를 보여 주었다.

작동은 하지만, 미세 조정을 거치지 않으면 본래 성능을 발휘할 수는 없을 테니까.

"그리고 이거."

툭 하고, 마룡의 핵석을 로미나 쪽으로 튕겨서 건넸다.

"어라? 이건 분명 갑옷에 사용했던 핵석이잖아? 그런데 하나가 더 있는 거야?"

"그건 너희가 달아 놓았던 거야. 그것 때문에 아주 난리가 났었다고."

나는 마룡의 핵석이 일으킨 소동을 로미나에게 이야기해 주었다.

"호오…… 이 핵석이 그런 난리를 일으켰단 말이지?"

"그래. 여간 고생이 아니었다니까."

"하지만 마룡 소재를 탑재한 무기 성능은 뛰어났잖아요."

"그야 그렇지."

어쨌거나 범용성 하나는 뛰어났기에, 개성이 강한 방패들 가운데서는 비교적 사용이 용이했다는 건 사실이었다.

하지만 그런 성가신 마룡이 딸려온다면 수지타산이 안 맞는다. 당장 반납해 버리는 수밖에.

"알았어. 그런데 이 소재는? 뭔가 비슷한 소재를 전에 본 기억이 있는데."

"내 쪽 세계 사령에게서 나온 소재야."

"역시 그랬군."

로미나가 연신 고개를 끄덕이며 영귀 소재며 봉황 소재를 살펴보고 있었다.

단순한 실력만 따지자면…… 수행 전의 무기상 아저씨보다 뛰어난 실력자 같단 말이지.

하지만 모토야스 2호 정도의 수준이 될지는 미지수다.

"쿄 토벌 후에 발견한 소재 조각 중에 비슷한 게 있었지만, 그것들보다 순도나 개성이 강해 보이네."

"이걸로 이 세계에서 쓸 수 있는 무기를 만들어 줬으면 좋겠는데, 할 수 있겠어?"

"불가능하지는 않을 거야. 그런데 어느 정도 기간 안에 만들면 되지?"

"흐음…… 마음 같아서는 최대한 빨리 움직이고 싶지만……."

포털로 왕래하는 건 어렵지 않을 터였다.

그 점을 고려하면…… 어찌 됐건 키즈나를 데리러 가는 데에는 며칠 정도 걸릴 것이다.

"단순해 보이는 녀석부터 좀 만들어 주면 안 될까?"

"OK. 그럼 가져온 무기에 대한 조정을 우선시하고, 새 무기를 만드는 건 뒤로 미뤄도 되겠어?"

"그렇게 해."

"그럼…… 라르크에게 액세서리 제작 방법을 좀 더 가르쳐 주지 않겠어?"

하아…… 또 그 이야기를 끄집어내는 거냐.

"나오후미가 만든 액세서리보다 나은 걸 만들어 보겠다고 한동안 우리 공방에 틀어박혀서 애썼었다니까."

"기초는 분명히 가르쳐 줬는데……."

"뭐랄까…… 서투른 손재주로 죽을 둥 살 둥 노력했다고나 할까. 그래도 생각만큼 잘 만들어지지가 않아서……. 심지어는 점점 표정도 나오후미를 닮아 가고, 액세서리를 만들다가 잠들어서 잠꼬대까지 해 댔어. '빼앗기겠어…… 빼앗기겠어.' 라고."

"지금 그걸 협박이라고 하는 거냐? 그 덩치와 성격에, 그런 섬세한 공포심을 품다니……."

라르크가 그러는 광경을 밤에 보면 약간 공포물 같은 분위기가 느껴질 것 같다.

"가르쳐 주는 김에 테리스에게 줄 액세서리를 만들고 싶으니까, 사성수 소재 좀 줘."

로미나는 키즈나의 전속 대장장이인 만큼 좋은 소재를 갖고 있을 터였다.

지난번에 만난 이후로 상당한 시간이 지났다. 괜찮은 소재를 갖고 있을지도 모른다.

나나 이츠키의 무기를 성장시키는 의미에서도 사성수 소재는 얻어 두는 편이 좋다.

성능은 좀 낮더라도, 해방 보너스가 있으니까.

"각지에 팔려 나갔다가 라르크가 가까스로 다시 사 온 게 조금 있었을 거야. ……뭐, 이 소재와 교환하는 걸로 치면 되겠지? 준비해 둘게."

"알았어. 그나저나 갑옷의 기능은 회복할 수 있을 것 같아?"

"으음."

로미나는 내 갑옷을 확인하며 신음했다.

"이 갑옷을 만든 사람, 실력이 전보다 더 늘었는데. 지난번에 봤을 때보다 정밀도가 한참 더 향상됐어. 그럼 나도 질 수 없지."

그런 것까지 알아보는 건가? 장인 특유의 감각 같은 걸까?

"처음부터 조정을 할 수 있는 구조니까 이 정도는 금방 할 수 있을 거야. 거기에 미리 만들어 둔 부품을 덧붙이면 더 큰 성능 향상이 있을지도 모르고."

"저주 같은 게 걸려 있는 건 아니겠지?"

“나도 그때 일은 반성하고 있어. 문제없게 만들어 줄게.”
그렇다면 다행이겠지만…….
“재료가 남으면 무기라도 만들어 두지.”
“예비 장비도 좋으니까 작살이나 도를 마련해 줘. 내 동료들이 쓸 예정이야.”
사디나와 실디나에게 줄 장비가 필요할 것이다.
라르크가 지급해 준 국가 소속 기사용 장비라도 별문제는 없을 테지만, 좋은 걸 들려 줘서 나쁠 건 없다. 수룡의 작살은 예상대로 작동하지 않는 것 같으니까.
“OK! 작살 말이지? 창도 괜찮을까?”
“그 녀석이라면 다룰 수 있을 거야.”
“작살은 사디나 언니 거 말이죠?”
“그래, 실력만 따지자면…… 라프타리아보다 더 뛰어날지도 몰라.”
“사디나 언니나 실디나 씨와 비교하는 건 좀……. 경험의 차이가 워낙 큰걸요.”
하긴 그 둘은…… 기술적인 면에서 앞서려면 아직 세월이 더 필요하겠지.
아트라라면 몇 번만 싸워 봐도 이길 수 있었을지도 모르지만.
“굉장한 실력자들인가 보네. 그럼 나중에 구경 좀 해 볼까?”
그런 이야기를 하고 있을 때.
“짤랑짤랑~.”
필로가 분위기 파악 못 하고 날개 속에서 모닝스타를 꺼내어 카운터에 올려놓았다.

그러고 보니 너도 있었지. 까맣게 잊어버리고 있었네.

"이 짤랑짤랑 좀 이상해~."

"으음……. 정말이네. 게다가 재미있는 장치가 있는 분위기야. 좀 만져 봐도 될까?"

"그렇게 해. 필로의 비밀 무기니까."

기습적으로 꺼내서 던지는 경우가 많았다.

원래는 제르토블의 콜로세움에서 주운 것이었는데, 어째선지 소중히 간직하고 다녔다.

그나저나…… 엄청 오랜만에 본 것 같은데, 이 모닝스타.

"응. 반짝반짝하게 해 줘~."

"재미있어 보이기는 하는데……."

"이 세계에서 필로가 쓸 수 있을까?"

필로리알로서 힘을 쓸 수 없는 이 세계에서는, 필로는 후방 지원이 주 임무다.

주로 노래를 통해 발동하는 마법을 사용했던 걸로 기억한다.

"으~응?"

보아하니 제대로 이해를 못 한 표정이군.

하지만 이대로 두면 필로의 장비가 없는 것도 사실이다. 적당한 물건을 만들어 둘 필요가 있긴 하겠지.

"이 아이는 허밍 페어리였지, 아마? 날아다니면서 후려칠 수 있는 무기로 개조해 볼까?"

"부탁할게. 하는 김에 필로가 쓸 적당한 방어구도 만들어 줘."

"가변형 흉갑이나 스카프도 좋겠는데. 마물용 방어구를 바탕으로 만들어 보마."

그렇게 우리는 로미나와 의논을 마치고 공방을 떠났다.

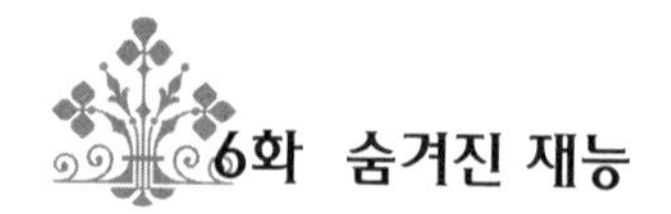

6화 숨겨진 재능

로미나의 공방에서 장비 관련 의논을 마친 우리는 냉큼 성 쪽으로 돌아왔다.

그나저나…… 벌써 해가 많이 기울었군.

뭐, 도착한 당일에 적 한 명을 해치운 것만 해도 큰 수확이긴 하지만.

……일단 전투용 액세서리를 만들어 둬야겠군.

"라르크, 시작할게요."

"얼마든지!"

테리스가 우리와 처음 만났을 때 사용하던 마법을 라르크의 낫 쪽으로 내쏘고 있었다.

"아주 좋아요. 더더욱 힘이 차오르고 있어요."

테리스는 상당히 컨디션이 좋은 모양이군.

"명공님이 빌려주신 액세서리의 힘을 매개체로 해서, 통역의 범위를 확장시켰어요."

테리스가 가슴을 쫙 펴며 설명했지만…… 이 녀석은 왜 항상 나에 대해 호의적으로 구는 건지 모르겠다니까.

어쩐지 모토야스의 얼굴이 떠올라서, 예전보다도 더 껄끄럽게 느껴졌다.

"이 정도까지 할 수 있는 건 정말 굉장한 일이에요."

"아아, 그러셔……."

그때 사디나가 대지의 결정을 들고 다가왔다.

"나오후미, 이 광석 정말 재미있는걸. 눈 깜짝할 사이에 레벨이 오르는 거 있지?"

"하긴 재밌는 광석이긴 하지. 뭐, 그 효과는 건너편 세계 출신 녀석에게만 적용되는 것 같지만."

"어머나~."

"그래서, 이제 좀 싸울 수 있을 만큼 레벨업은 됐고?"

"이번에는 이 누나도 잘 모르겠다는 대답밖에는 해 줄 수가 없겠는걸."

사디나 입장에서 여기는 난생 처음 오는 미지의 세계고, 나 역시 그리 자세히 아는 건 아니다.

수인화는 가능한 것 같으니까, 무리만 하지 않으면 괜찮을 것 같긴 하지만.

"이 아가씨들, 그쪽 세계에서는 수인이라고 불렀던가?"

라르크가 사디나와 실디나를 가리키며 물었다.

아아, 그러고 보니 이미 수인화를 하고 있었지.

"어머나, 이 누나도 아가씨라고 불러 주는 거니? 기쁜걸."

"……언동에 문제가 좀 있어 보이는군, 나오후미."

아, 라르크가 약간 겁을 집어먹었다.

이렇게 남들을 내려다보는 태도로 대하는 사디나를 상대하면 누구나 다 그렇게 느끼겠지.

"태도는 장난스럽지만 실력은 일류야."

평소의 태도가 털털하다는 점으로 따지면, 오히려 라르크와 비슷한 타입 아닐까?

여유가 있다고나 할까, 지금까지 해 온 경험을 바탕으로 한 든든함 같은 것이다.

"호오……. 뭐, 빈틈이 없다는 건 척 보면 알아. 방심할 수 없는 타입이군."

"그렇다나 봐, 나오후미."

"너 보고 하는 소리잖아."

어쩐지 듣는 사람 정신을 혼란스럽게 만드는 이 말투는 사디나 특유의 습관이란 말이지.

"실디나는 어떠니?"

"……."

꼬르르륵 하고 실디나의 배에서 폭음이 흘러나왔다. 레벨 상승에 의한 허기였다.

"밥이라도 먹을래?"

"나오후미가 만들어 줄 거야?"

"아니, 라르크의 부하한테 만들어 달라고 해."

"나오후미가 만들어 준 밥을 먹어야 더 강해질 수 있을 것 같은 느낌이 들어."

끄응…… 이런 곳에서 엉뚱한 잔꾀를 부리다니.

"때에 따라 적절한 영양을 풍부하게 섭취하면 더 강해질 수 있을지도 모르죠."

에스노바르트가 제안해 왔다.

이 흐름은…… 내가 식사를 만드는 분위기가 형성되고 있잖아.

"주인님이 만든 밥~."

"라프~."

"페~엥."

라프짱을 비롯한 작은 동물들이 떠들어 대기 시작했다.

아, 환장하겠네……. 귀찮으니까 만드는 수밖에 없겠지. 결과적으로 거절하는 것보다 그게 더 편할 것 같다.

"그래, 그래. 그럼 성의 주방이나 안내해 줘. 이번뿐이야."

"예~이, 술도 마시고 싶어. 이세계의 술!"

"안 돼. 어린애 주제에 술은 무슨!"

"어라……."

"이 누나는 마실 거야~, 이세계의 술~."

"오? 그쪽 누님은 술 좀 마실 줄 아나?"

"사디나가 마시면 나도 마실래~!"

"범고래 자매, 좀 조용히 해. 라르크, 그 여자들은 수많은 남자들을 술로 잠재워 온 술고래들이야. 상대하고 싶으면 그만한 각오를 보이라고."

"후…… 내가 얼마나 강한지 모르나 보지?"

알아. 생각보다 별로 강하지 않다는 걸.

라프타리아에게 지는 정도의 실력이면서 그렇게 자신감을 갖는 것도 참 대단하군.

"혹시 네가 이기면 사디나가 너한테 호감을 갖게 될걸. 사디나는 술 잘 마시는 남자를 좋아하니까. 한번 잘해 보라고."

"어머나…… 이 누나의 마음은 이미 나오후미 거라구."

"그래, 그래."

"후…… 좋아하는 여자를 빼앗길 것 같은 공포를 꼬마에게도 맛보게 해 주마!"

나는 사디나를 인간적으로 신뢰하긴 하지만, 좋아하는 여자의 범위에 집어넣은 기억은 없었는데…….

테리스에 대한 라르크의 호감과, 사디나에 대한 내 감정은 서로 같지 않을 텐데 말이지.

어쨌거나 응원은 해 주자.

"잘해 봐."

억양 없는 목소리로 말하며 배웅했다.

다른 세계로 건너오는 바람에 사디나의 주량이 약해졌다면 다행이겠지만…… 그럴 가망은 별로 없겠지.

"라르크, 그럴 생각이야?"

그때 테리스가 고개를 갸웃거리며 물었다.

"테, 테리스! 그, 그게 아니야! 진심으로 한 소리가 아니야! 내가 맛봤던 기분을 꼬마에게도 맛보게 해 주려고……."

"진심이 아니라구? 그거 너무한걸."

예전의 모토야스에게 해 줬으면 좋았을 대사가 날아드는군.

나도 전해서 들은 이야기지만, 헌팅을 꽤 하고 다녔다는 모양이다.

지금은 보기에도 끔찍한 필로리알 바보로 전락했지만.

"하여튼! 내 주량이 엄청나다는 사실을 똑똑히 가르쳐 주겠다는 것뿐이야! 그러면 꼬마도 내가 맛봤던 그 공포를 뼈저리게 느낄 수 있을 테니까."

그러자 테리스는 한없이 다정한, 그러면서도 동정하는 빛이

섞인 눈으로 라르크에게 말했다.

"라르크, 사람에게는 할 수 있는 일과 할 수 없는 일이 있어……. 아직 늦지 않았으니까 지금이라도 그만두는 게 어때?"

"왜 포기하는 방향으로 설득하는 건데! 길고 짧은 건 대 봐야 아는 거라고."

"이미 다 아니까 충고하는 거야. 술에 절어 버린 당신을 돌봐야 하는 사람 생각도 해 줘."

테리스도 의외로 독설가라니까……. 하긴, 술에 떡이 된 녀석을 간호하는 게 성가시다는 건 틀림없는 사실이지만.

그 방면에 대해서는 나도 제법 경험이 있고 말이지.

그나저나 시끄러워 죽겠군.

"오시자마자 요리부터 부탁해서 죄송해요."

라프타리아가 나에게 사과했기에, 나는 신경 쓸 것 없다며 가볍게 손을 저었다.

원래 세계에서는 거의 매일같이 만들었으니까. 이제 그야말로 습관이 되다시피 했다.

그렇게 해서 그날은 성의 안뜰에서 즉석 야외 바비큐 파티를 하게 됐다.

"모두~! 오늘은 신나게 즐기라구~!"

필로가 모두의 기운을 북돋아 주기 위해, 초대해 온 음유시인과 함께 노래를 부르기 시작했다.

"라~프!"

"펭!"

라프짱이 연출 담당을 맡아 환각마법으로 불꽃을 터뜨려 주고 있군.

크리스는 라프짱과 협조해서 정체불명의 빛나는 등을 흔들고 있는데, 마치 아이돌의 야외 라이브 콘서트 광경 같았다. 필로는 메르티가 가르친 콘서트 기술을 선보이고 있어서, 안뜰에는 평온한 분위기가 흘러 넘쳤다.

"오…… 각지에서 열심히 싸우고 있는 녀석들에게도 보여 주고 싶을 만큼 근사한 풍경인데."

라르크가 신이 나서 그런 뜰을 둘러본 다음, 내가 만든 음식을 먹기 시작했다.

"꼬마, 요리 실력이 전보다 더 나아진 거 아니야?"

내가 만든 필라프를 먹어치우면서 쓸데없는 질문을 던졌다.

이 자식, 도대체 몇 번이나 나를 꼬마라고 부르는 거냐. 이제 이름 좀 제대로 기억하란 말이다.

"그쪽에서 이런저런 우여곡절이 있었거든, 도련님. 뭐든 만드는 일에 대해서는 거의 다 실력이 향상됐어."

"뭐? 그럼 액세서리 제작 실력도 늘었다는 이야기냐……?"

"전율하는 표정으로 쳐다보지 마."

라르크가 어쩐지 흥분한 기색으로 일어서서, 술 창고를 향해 돌진해 갔다.

"자! 주량 대결 시간이다—! 어이! 창고에 있는 명주들을 당장 꺼내 와—!"

"어머나~!"

라르크와 사디나가 한껏 흥분한 채 술이 오기를 기다리기 시작했다.

그럭저럭 요리를 다 내놓았기에, 나도 식사를 시작했다.

이윽고…… 술이 도착하고, 라르크와 사디나는 주량 대결을 시작……하긴 했는데.

"우웨엑…… 아쥑 안 끄나허…… 우웨에에에엑."

"어머나, 벌써 끝이야?"

"라르크, 이제 그만하세요. 여기서 더 무리하면 죽을지도 몰라요."

역시 어림없었군.

회복마법으로 강제로 숙취를 없애고 계속 마시게 해서 라르크가 이기게 만들 수도 있지만, 회복마법을 쓰자마자 사디나에게 들킬 것 같았다.

……글래스와 앞으로의 계획에 대해 의논하는 편이 더 결실 있는 대화가 될 것 같군.

그런 생각으로, 나는 야외 테이블에서 라프타리아와 리시아, 이츠키와 함께 식사를 하고 있는 글래스에게 말을 걸었다.

"글래스, 이야기 좀 해도 될까?"

"네."

"준비하는 건 좋지만, 이 세계의 파도 시스템은 어떤 식이지? 파도를 틈타서 키즈나가 도망치거나 할 수는 없어?"

"파도에 대해 말씀드리자면, 키즈나를 제외한 다른 사성용사가 죽어서 그런지 파도가 일어나는 간격이 짧아지고 있습니다. 대충…… 2주 간격으로 발생하고 있죠."

2주 간격이라니…… 짧긴 짧군. 게다가 한곳이 아니라 각지에서 일어날 테니 더더욱 험난한 상황일 것이다.

귀로의 용맥으로 각지를 돌아다니면서 가까스로 제압하고 있는 것이리라.

"엄청 힘들지 않아?"

"그건…… 저희 쪽도 기술의 진보가 있어서, 용사의 무기와 마찬가지로 용각의 모래시계에 등록만 해 두면 파도가 발생한 곳으로 전송할 수 있는 도구가 만들어졌습니다. 그걸 통해 동료들이 분담해서 파도에 대처하고 있죠."

"호오……."

그거 괜찮은데. 나도 갖고 싶다. 나중에 달라고 해야겠다. 제작법도 배우고.

"아직 기술의 존재 사실을 대대적으로 발표하지 않은 데다, 적의 권속기 소지자는 파도에 대해 별 관심이 없었던 덕분에, 그쪽은 그럭저럭…… 계속할 수 있었지요."

그러고 보니 타쿠토도 파도를 경시했다고 들었었다. 공통된 특징이라 되도 되겠지.

렌과 모토야스, 이츠키도 파도를 강해지기 위한 통과 이벤트쯤으로 인식하고 있었고.

……이게 뭐야.

파도가 자연 현상이 아니라는 걸 알게 되니, 용사들이 가지는 지식에도 의심이 갔다.

생각해 보면, 나처럼 이 세계와 비슷한 게임 지식이 없는 녀석을 소환하는 게 더 원만하게 강화방법을 공유할 수 있을 것이다.

그런데도 지식이 있는 녀석을 소환하는 바람에, 그 쓸데없는 지식 때문에 강해지는 데 지장이 생기게 됐다.

……마치 게임 지식 자체가 장애물인 것처럼.

"키즈나 쪽은, 적이 어떤 수단을 쓴 건지는 모르겠습니다만 파도의 소환을 통해 도망칠 수 없는 상태입니다."

"흐음…… 그 점은 변함이 없군."

예전에 만났을 때도 파도에 대해 잘 몰라서 엉뚱한 곳에서 붙잡혔었지.

이 정도면 아예 전형적인 패턴이라고 할 수 있지 않을까?

"아, 맞아, 키즈나를 인질로 삼아서 쳐들어오는 짓은 안 했나 보지?"

"그렇게까지 할 필요도 없다는 식이었어요."

아직까지는 적들도 여유가 있었다는 거군.

타쿠토 때는 패거리들이 쓸데없이 라프타리아를 인질로 삼으려고 들었었지.

인질 작전을 펴 보기도 전에 글래스가 일격에 해치워 버렸나.

그러고 보니, 패거리 여자들의 수도 타쿠토만큼 많지는 않았었지.

"이제부터는 지금까지의 열세를 만회할 차례입니다. 저도 식사를 마치거든 출발할 생각이에요."

글래스도 의욕이 넘치는 분위기군.

응? 누군가의 시선이 느껴져서 고개를 돌려 보니, 이츠키가 나에게 말을 걸었다.

"분위기가 좋네요. 나오후미 씨가 온 덕분일까요?"

"글쎄."

"이츠키 님……."

분명 저주는 제법 풀렸을 텐데도, 이츠키는 계속 표정도 없고 말에 억양도 없단 말이지.

리시아가 안심할 수 있는 날이 어서 찾아오기를 기도할 뿐이다.

"저도 여기 분들의 의욕을 이끌어 내는 데 공헌하고 싶어요."

……밑도 끝도 없이 무슨 소리야?

"갑자기 무슨 공헌? 뭘 하려는 거지?"

"으~음, 이럴 때는……."

이츠키가 뜬금없이 필로와 함께 있는 음유시인에게 다가갔다.

"이, 이츠키 님?"

리시아도 이츠키와 동행해서, 음유시인과 뭔가 이야기를 나누기 시작했다.

이윽고 음유시인은 예비용 악기로 보이는, 기타도 아니고 바이올린도 아니고 우쿨렐레도 아닌…… 끝부분에 수정이 달린 악기를 이츠키에게 건넸다.

이츠키는 몇 번 현을 튕겨서 음색을 확인했다.

"그럼…… 시작할게요."

……어째선지 이츠키가 악기를 연주하기 시작했다.

필로의 노래에 맞춘 반주에 섞여서 연주하기 시작한 것이었는데, 위화감이 전혀 없었다.

오히려 소리의 폭이 전보다 더 넓어진 것처럼 느껴질 정도였다. 지금까지의 노래나 곡은 어디까지나 이 자리의 분위기를 밝게 만들어 주는 배경음악 정도였는데…… 이제 이 자리에 있던 모든 이들이 자연스럽게 의식을 그쪽으로 돌리기 시작했다.

애초에 필로의 노랫소리부터가 워낙 뛰어났기에, 모두가 그

광경으로부터 시선을 떼지 못하게 됐다.

"와아……."

필로는 처음엔 갑작스러운 난입자의 등장에 어리둥절한 표정을 지었지만, 이내 이츠키의 연주에 맞추어 해맑게 노래하기 시작했다.

흐음…… 리듬도 좋고 제법 괜찮은 것 같은데?

이윽고 필로가 음유시인과 함께 즉흥적으로 노래하던 그 곡이 끝난 후, 잠시 짬을 두고 이츠키가 다른 곡을 연주하기 시작했다.

이건…… 어디선가 들어 본 적이 있는 악곡이다. 아마 클래식이었던 것 같다.

이츠키 녀석, 역시 연주 같은 거 할 줄 알았었군.

처음 만났을 때의 인상도, 어쩐지 피아노 같은 걸 칠 줄 알 것 같은 분위기였고.

"활 쏘는 사람, 굉장해!"

노래를 마친 필로가 이츠키의 연주에 귀를 기울이고 있었다.

메르티도 그럭저럭 악기를 연주할 줄 알았기에, 필로의 노래를 돕는 모습을 축제 때 본 적이 있었다.

이츠키의 연주는 그것에 필적…… 아니, 능가하는 실력이라 할 수 있지 않을까?

그런 생각을 하고 있는 사이에 클래식 연주가 끝나고…… 이번에는 어쩐지 리듬감이 느껴지는 곡을 연주하기 시작했다.

이건 뭐지? 한마디로 표현하자면 애니메이션이나 게임 주제곡 같은 곡조였다.

어느새 주위에 정체불명의 빛이 감돌기 시작하고, 이츠키를 중심으로 환상적인 광경이 전개되어 갔다.

음유시인들도 지지 않고 거기에 맞추려 애썼지만 괜히 불협화음만 만들어 냈기에, 빛이 음유시인들에게 경고하듯이 그들 가까이에서 뾰족한 모습으로 변해 날뛰었다.

그 연주에 맞출 수 있는 건 필로뿐인 모양이었다.

지금까지 필로의 노래나 메르티의 연주, 음유시인의 연주 같은 것들을 자주 들어 왔지만, 이츠키의 연주는 그 음악들 중에서도 최상위층에 속하는 수준이라고 느껴졌다.

"실력이 제법인데."

"그러게 말이에요. 나라의 연주가보다 실력이 좋은 같네요."

"이거 굉장한걸요. 마력을 담지 않은 연주로 마법을 발동시키고 있어요."

글래스가 감탄 어린 목소리로 중얼거렸다.

"혹시 이 세계에 존재하는 마법 같은 거야?"

"네, 필로 씨가 허밍 페어리의 노래를 통해 사용하는 것과 같은 것입니다."

아아, 그러고 보니 필로는 이 세계에 온 덕분에 노래를 공격에 사용하는 법을 익혔었지.

마법이 봉인됐을 때 사용하는 걸 보기도 했고, 나를 격려하기 위한 콘서트 때도 수상한 노래를 불러서 모토야스를 비롯한 팬들을 매료해 상태 이상을 초래하기도 했었다.

"저만한 자질이 있으면 전문가에게 살짝 지도만 받아도 필로 씨와 동등한…… 아니 그 이상의 실력을 갖게 될 수도 있을 거예요."

"그것도 괜찮은 방법일지도 모르겠군."

이윽고 이츠키는 연주를 마치고 우리 쪽으로 돌아왔다.

"이츠키 님, 굉장해요!"

"……."

약간 쑥스러운 듯, 이츠키는 리시아의 칭찬을 받으며 자리에 앉았다.

"리시아도 악기 연주를 할 줄 아나 보네."

"네. 조금 정도는 연주할 줄 알아요. 하지만 여기는 아는 악기가 없어서 자신이 없어요."

그렇겠지. 피아노를 칠 줄 안다고 해서 기타도 칠 줄 안다는 보장은 없으니까.

그런데도 이츠키는 이렇게 당연하다는 듯 연주하다니…… 대체 어떻게 된 거지?

"이츠키는 딱히 의식하지 않고 연주하는 것 같던데?"

"비슷한 악기라면 보통 연주할 수 있지 않나요? 리시아 씨도 분명 할 수 있을 거예요."

"후에에에에에."

흐음, 이츠키의 이야기도 일리가 있군.

단, 보통은 연주법의 차이에 적응하지 못하고 실패하는 게 일반적일 것이다.

"제 연주 어땠나요?"

"식사 분위기는 확실히 좋아진 것 같은데. 이츠키, 다들 너를 주목하고 있어."

이츠키가 주위를 둘러보면서 살짝 쑥스러운 기색을 보였다.

"빈말로 칭찬하지 않으셔도 돼요. 아까 연주는 다 필로 씨 덕분이었어요."

"처음 만났을 때부터, 나는 이츠키 네가 악기 연주에 소질이 있을 거라고 생각했었어."

그러자 이츠키는 무표정한 얼굴로 고개를 갸웃거렸다.

"무슨 말씀을 하시는 거죠?"

이 반응…… 어째 낯이 익은데? 내가 가진 기억과 대조해서 생각해 보자.

라프타리아가 내 쪽을 쳐다보고 있었다.

"요리할 때의 나오후미 님과 비슷한 거 아닌가요? 이미아의 풀네임은 못 외우지만, 요리 이름이라면 아무리 길어도 다 외우시는 것처럼."

그러고 보니 그런 일도 있었지.

내 경우는, 주위 사람들의 평가에 따르면 요리 실력이 괜찮다는 모양인데…… 확실히 이츠키의 상황과 비슷한 것 같기도 했다.

한번 물어봐야겠군.

"이츠키, 너…… 한 번이라도 들어본 적 있는 음악이라면 뭐든 다 재현할 수 있어?"

"그런 당연한 걸 왜 굳이 물어보시는 거죠?"

아, 이거 보아하니 진심으로 그렇게 생각하는 것 같군.

적어도 나는 그런 건 절대 못 한다고.

콧노래 정도라면 따라 할 수 있겠지만, 고작 한 번 듣고 완전히 외워서 연주하는 건 어림도 없는 일이다.

"이츠키, 너, 나를 보고 취기 무효 능력자라고 그랬었지?"

"네, 갑자기 왜 그 말씀을 하시죠?"

"혹시 이츠키, 너 음악에 재능이 있는 거 아니야?"

"그런 이야기는 처음 들어 봤지만……. 연주는 예전에 취미 삼아 하곤 했었어요."

"너의 그 연주 실력은 이능력에 해당하지 않는 거야?"

딱히 조율도 하지 않고서 필로와 비슷한 마법을 사용했잖아?

제대로 익히면 상당히 우수한 후방 지원 능력을 발휘할 수 있는 거 아니야?

이츠키는 어리둥절한 얼굴로 고개를 갸웃거리고는 중얼거리듯 말했다.

"아뇨. 재능과 이능력은 달라요. 소리를 다루는 이능력은 아무리 랭크가 낮은 것도 이것과는 차원이 다르죠. 예를 들어 음파 능력자는 소리를 조종해서 상대의 반고리관을 마비시키는 것쯤은 식은 죽 먹기고, 악기라는 보조 도구 없이도 연주할 수 있어요."

이능력에 관련된 이야기만 나오면 열변을 토하는 부분은 여전하군.

자신이 알고 있는 부분이라는 점, 그리고 저주의 영향이겠지만.

그나저나 이능력자에게 악기는 보조 도구라는 거냐……. 무슨 자전거의 보조 바퀴 같은 취급이군.

"그리고 이능력자는 해당 능력에 따라 평가를 받아요. 만에 하나 저에게 정말로 음악적 재능이 있었다고 해도, 그건 평가할 가치도 없는 재능일 뿐이에요."

산뜻한 미소를 지으며, 이츠키는 사람 열불 나게 만드는 태도로 겸손하게 말했다.

처음 알았군……. 겸손한 대답이 이렇게 사람을 짜증 나게 만들 수 있다니.

어쩌면 나도 비슷한 짓을 하고 있는지도 모르겠군. 요리나 취기에 대해서 이야기할 때는 앞으로 조심해야겠다.

그나저나 허영심의 결정체였던 이츠키가 왜 이렇게 겸손을 떠는 건지 이해가 안 된다.

자랑거리를 발견했으니까 가슴을 쫙 펴야 할 거 아니야.

그것도 짜증 나기는 마찬가지지만, 적어도 지금보다는 낫다.

"왜일까요. 어쩐지 김이 새는 기분이네요."

글래스가 냉랭한 말투로 내가 하고 싶은 말을 대변해 주었다.

이츠키가 어리둥절해서 고개를 갸웃거리고 있다.

"그러게 말이야. 그 연주 실력은 여러모로 쓸모가 많을 것 같지만, 어쩐지 거지 같다고 말하고 싶어진다니까."

"후, 후에에에에에에!"

"나오후미 님, 진정하세요! 화나신 건 이해하지만, 활의 용사님도 나쁜 뜻으로 한 말씀은 아니니까요."

"진짜로 화난 건 아니니까 걱정 마. 그나저나 이츠키, 그건 일부러 그러는 거냐?"

"뭘 말이죠?"

이츠키는 왜 내가 불쾌해하는 건지 진심으로 이해가 안 간다는 듯이 내게 되물었다.

이거, 스스로는 전혀 자각하지 못하는 것 같군. 하는 수 없지.

"이츠키, 필로가 때때로 쓰곤 하는, 연주를 통해 발동시키는 마법을 이 기회에 익혀 둬. 나중에 도움이 될 일이 있을지도 모르니까.”

“알았어요.”

이렇게 이츠키는 내 명령에 따라 마법을 배우러 음유시인 쪽으로 걸어갔다.

설마 다른 이세계에 와서 이츠키의 재능을 발견하게 될 줄이야……. 세상일이란 어디서 무슨 일이 생길지 알 수 없는 법이군.

……어쩌면 실은 사성용사 전원에게 이런 숨겨진 재능이 있는 건지도 모르겠다.

나는 요리 관련 재능, 이츠키는 음악……. 그렇다면 렌과 모토야스는?

전혀 감이 안 잡히는데.

처음 만났을 때의 인상으로 보면, 렌은 쿨한 캐릭터, 모토야스는 인기남 캐릭터라고 느꼈었다.

이 인상에서 생각할 수 있는 특기는 뭐가 있을까?

……모르겠다.

모토야스는 헌팅 같은 걸 잘할 것 같았지만, 지금의 모토야스에게 그걸 시켰다간 야생 필로리알을 스카우트해 올 것 같은 생각만 들었다.

본인도 깨닫지 못한 재능을 찾는다는 건 힘든 일이다.

시시콜콜 물어봐도 알아내지 못할 가능성이 더 높다.

“……응?”

이츠키의 숨겨진 재능에 대해 생각하고 있으려니, 실디나가 세인과 함께 카드놀이를 하는 모습이 눈에 들어왔다.

한번 말을 걸어 봐야겠다.

"……부적? 이 세계에는 그런 편리한 마법 무기가 있는 거야?"

"그렇다나 봐요. 이 세계에서는 무기나 마법의 방아쇠 역할을 한다나 봐요. 아, 세인 씨가 이기셨네요."

"진 건 진 거고, 카드처럼 생긴 부적이라니 재밌네. 새 카드놀이를 배우고 싶어. 마을에 돌아가서 사람들이랑 하고 놀 거야."

"컨디션은 좀 어때? 허기는 해소됐어?"

"으~응? 아직 배가 고픈 것 같아. 그래도 나오후미가 만든 음식 맛있어."

"그래? 많이 먹고 빨리 크라고."

"응."

실디나의 머리를 쓰다듬어 주자, 실디나는 약간 쑥스러워하며 고개를 끄덕였다.

고분고분해서 좋군. 실디나도 괜히 사디나만큼 자라지 말고 이 정도 크기에서 멈추면 훨씬 더 인기가 좋을 것 같은데…….

"있잖아, 나오후미. 이 세계에는 부적이라는 무기가 있다는 것 같아."

"아…… 그러고 보니 리시아도 그런 걸 썼었지. 다양한 마법이 담겨 있다고 하더군."

지난번에 왔을 때, 리시아에게 부적이라는 물건을 쓰게 해서 후방 지원을 맡겼었다.

생각해 보면, 리시아는 그때부터 투척 무기에 대한 자질을 선보였던 건지도 모르겠군.

이츠키만큼은 아니지만 후방 지원 능력이 제법 괜찮았다.

지금의 리시아는 투척구의 용사.

던지는 무기라는 의미에서 부적…… 카드류는 효과가 있을지도 모른다.

"나도 갖고 싶어! 만드는 법 배우고 싶어!"

실디나는 원래 카드 게임을 좋아했었지.

카드 다발을 홀더에 넣고 다니곤 하고, 지금 역시 갖고 있다.

신탁에도 사용했었으니까, 독자적인 기술 중에도 비슷한 걸 할 수 있지도 않을까?

"알고 싶다면…… 글래스의 동료들 중에 그쪽 방면 기술자가 있지 않을까?"

그렇게 말하며 글래스 쪽을 돌아보자, 글래스는 실디나를 보고 약간 거리를 벌리는 동작을 취하고 있었다.

"왜 그래?"

"아뇨, 저 자신도 이해가 잘 안 가기는 하지만, 저기…… 실디나 씨라고 했던가요? 이분 근처에는 어쩐지 접근하기 싫게 만드는 기운이 있어서요."

"어라~?"

대놓고 껄끄러워하는 글래스의 발언에 실디나도 약간 곤혹스러운 기색이었다.

"나오후미, 괜찮아. 나는 이 정도는 신경 안 써. 익숙하니까."

"당당하게 할 말씀은 아닌 것 같은데요."

"어라~?"

라프타리아가 지적했지만, 실디나는 어떻게 반응하면 좋을지 몰라 하는 표정이었다.

이거, 사디나를 불러오는 게 좋을지도 모르겠군.

전직 처형인이었기에 사람들의 거부감에 익숙하다니……. 같은 일을 한 적이 있는 녀석이 아니면 이해할 수 없는 일이겠지.

나도 추방당한 경험이 있기에 어느 정도는 이해하지만.

최근에 위기 상황에 빠진 타쿠토며 그 떨거지 여자들에게 욕을 들어 먹었을 때는, 오히려 상쾌한 기분까지 느꼈을 정도였으니까.

뭐, 그건 나중에 불쾌한 기분이 야금야금 몰려오니까 경우가 좀 다르긴 하겠지.

"죄송해요. 저도 이러면 안 된다는 건 알고 있어요."

"글래스 씨가 이러시다니, 별일이네요."

"네……. 저기, 실디나 씨에게 무슨 비밀이라도 있는 건가요?"

"비밀? 혹시 무인으로서의 감 같은 거야?"

그렇다면 상당히 예리한 통찰력인 셈이군.

단순히 전투라는 면에서만 보자면, 실디나는 사디나에 버금가는 힘을 갖고 있다.

"아뇨, 그런 건……."

"뭐, 그 술고래 여자의 여동생인데, 힘은 동등한 수준……. 무술에도 그럭저럭 소질이 있고, 마법이 주특기라 독자적인 영역까지 승화시켰을 정도야."

이제 와서 느끼는 거지만 실디나의 스펙은 엄청난 수준이란 말이지. 하지만 이번 일을 통해서 실디나의 실제 나이는 라프타리아와 별 차이가 없고, 항상 잘 지켜봐 줘야 하는 녀석이라는 걸 알게 됐다.

내 말에 실디나가 득의양양하게 가슴을 쫙 폈다.

아직 어린 상태에서 체형이 돌아오지 않아서 필로 같은 귀여움이 느껴지는군.

어른일 때 모습보다 나은 것 같은데?

“그 밖의 특징으로는, 신탁이라는 기능을 갖고 있다는 점 정도예요.”

“신탁……?”

“그래, 알기 쉽게 이야기하자면, 물건에 담겨 있던 잔류사념 같은 것을 통해 소유자의 능력을 베낄 수 있다나 봐. 그러고 보니 자기 영혼에 구멍을 뚫고 사념의 영혼을 집어넣기도 했었지.”

실디나가 말없이 글래스를 향해 손을 들었다.

“바로 그거예요. 뭔가를 하는 것 같은 그 동작 좀 그만두시면 안 될까요? 소울 이터와 대치할 때와 같은 기분이 들어서 영 불안하니까요.”

“응, 알았어.”

“방금 뭘 한 거야?”

실디나는 글래스가 경계하는 것이 무엇인지 이해한 것 같았다.

“이 세계의 스피릿이라는 인종은 신탁으로 강림시킬 수 있는 사념과 비슷해. 그래서 그런 존재를 잡아먹을 수 있는 내 기운을 본능적으로 두려워하는 것 같아.”

“천적 같은 거야?”

“그거랑은 좀 달라. 하지만 스피릿 입장에서는 같은 느낌을 받을지도 몰라.”

그런 효과가 있단 말이지……. 하지만 실디나는 영혼의 구멍이 막혀서 신탁의 힘은 상당히 약화됐다고 하지 않았던가?

"이렇게까지 명확하게 구현돼 있으면 억지로 구멍을 내지 않더라도 강림시킬 수 있을 것 같아. 그런 의미에서는 참 하기 편해 보여."

"뭘 하기 편하다는 거야? 어째 좀 불길하게 들리는데."

뭐랄까……. 실디나가 글래스에게 무슨 짓인가를 저지를 것 같은 느낌이 든다.

소울 이터처럼 영혼을 잡아먹는 건가?

반면 사디나는 그런 재능이 없어서 신탁을 쓸 수 없다고 했지.

"실험해 볼까?"

"될 수 있으면 안 해 주셨으면 좋겠네요. 인체 실험을 했다가 이상한 일이 일어나면 곤란하니까요."

하긴 그렇지. 글래스 이외의 스피릿을 활용한다고 해도, 실험을 하는 실디나에게 문제가 생길지도 모르니까.

"본론으로 들어가죠. 부적에 대해서는 에스노바르트가 제법 잘 알아요."

그 녀석, 역시 그런 방면에 대해 해박한 모양이군.

지금은 포지션이 좀 어중간해졌지만, 원래는 리시아와 같은 지능계였으니까.

"부르셨어요?"

라르크와 기타 부상자들을 간호하고 있던 에스노바르트가 다가왔다.

"네, 실디나 씨가 부적 사용법과 제작법을 배우고 싶다고 하셔서요."

"그렇군요. 그쪽 세계에서 많이 신세를 졌으니까요. 제가 아는 범위 안에서 최대한 가르쳐 드릴게요."

"앗싸!"

"그럼 먼저, 부적의 소재가 되는 재료 선정이 중요해요. 기초적인 소재부터 엄선하지 않으면 좋은 물건을 만들 수도 없죠. 다음은 마력을 녹인 먹으로——."

에스노바르트는 사람들의 대화에 방해가 되지 않도록 실디나를 다른 곳으로 데려갔다.

나도 나중에 제작법을 물어봐야겠군. 저쪽 세계에서도 쓸 수 있을지 어떨지는 모르겠지만.

그나저나 에스노바르트는 어찌 됐건 박식한 녀석이군. 도서토의 진가를 발휘하는 중이라고나 할까.

"나오후미~! 아무도 이 누나를 상대 안 해줘~."

술에 떡이 되어 버린 자들을 남겨두고, 사디나가 몸을 배배 꼬면서 나에게 말을 걸었다.

이쪽 세계에서도 이 꼴인가……. 뭐랄까, 결국 다들 자기 하고 싶은 대로만 행동하고 있군.

"사디나 언니, 사람들 곤란하게 만들지 마세요."

사디나는 무시하자. 라프타리아가 상대해 주고 있으니까.

"어머나……. 모처럼 진귀한 술을 마실 수 있게 됐는데, 같이 마셔 줄 사람이 없어서 쓸쓸한걸."

노골적으로 내가 상대해 주기를 청하고 있군.

"이제 슬슬 식사도 끝나 가고 있고, 나중에 제가 말동무를 해 드릴 테니까 좀 참으세요."

"알았어, 라프타리아. 라프타리아가 없는 동안 마을 아이들이 얼마나 열심히 노력했는지 이 언니가 가르쳐 줄게."

"네, 부탁드릴게요."

피는 이어지지 않았지만 사디나와 라프타리아는 자매지간이란 말이지. 참 즐겁게 대화를 나누기 시작했다.

"그럼, 키즈나를 구출하고 올게요. 여러분, 습격에 주의하도록 하세요."

식사와 잡담을 마친 글래스가 일어서서 출발을 선언했다.

"귀찮지만 우리도 동행하도록 하지. 언제 어디서 적이 나타날지 모르니까."

"그래 주시겠다니 감사합니다."

그날 밤은 우선 그럭저럭 레벨이 높은 자들만 동행하기로 했다.

그 후에 레벨을 어느 정도 올린 이츠키와 리시아도 우리를 뒤쫓아서, 키즈나를 붙잡아간 배신자들의 거점 국가를 향해 출발했다.

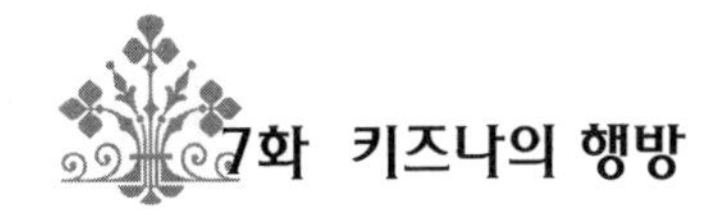

7화 키즈나의 행방

"라프~."

"펭!"

키즈나가 붙잡혀 있는 나라로 가는 길의 마차 안에서 있었던 일이다.

나와 라프타리아와 글래스는 라프짱과 크리스가 마차 안에서 대화를 나누는 모습을 쳐다보고 있었다.

"펭! 페펭!"

"라프라프!"

크리스와 라프짱은 뭔가를 이야기하고 있었다.

필로가 있었다면 통역해 줬겠지만, 사디나 일행을 돕는 쪽 임무로 보내 놓은 상태였다.

에스노바르트는 리시아에게 훈련을 받고 있고, 라르크는 복구 작업에 나서 있었다.

그러고 보니 글래스와 함께 행동한 적은 거의 없었던 것 같다. 항상 사이에 키즈나가 있었다.

라프타리아와는 그럭저럭 오래 알고 지낸 것 같았지만.

"라~프~."

"펭."

이윽고…… 라프짱과 크리스가 지구인과 외계인이 우정을 쌓은 증거라도 되는 양, 각자의 검지(?)를 맞댔다.

그러자 맞닿은 부분에서 어렴풋한 빛이 발생했다.

"페, 페페페페페페~!"

아, 크리스가 경련하듯이 몸을 확 젖혔다.

"뭐야?! 크리스에게 무슨 짓을 한 거예요?!"

"맞아요! 무슨 짓을 한 거예요?!"

글래스가 즉시 알아챘고, 라프타리아와 함께 라프짱과 크리스를 떼어놓았다.

"라프?"

"페~엥……."

라프짱이 고개를 갸웃거리면서 라프타리아를 쳐다보았고, 크리스는 약간 애석한 표정이었다.

"나 참……. 이런 엉뚱한 짓을……. 나오후미도 자기 식신 교육을 똑바로 하셔야 해요."

"교육이라……. 라프짱은 못된 짓을 한 적이 없어서 말이지."

"있었잖아요!"

어째선지 이 대목에서 라프타리아가 미간을 찌푸리고 나를 향해 쏘아붙였다.

라프짱이 못된 짓을? 그런 적이 있었던가? 내가 안 보는 곳에서 뭔가 못된 짓을 한 게 있다면 꾸중해 둬야겠군.

"무슨 짓을 했는데?"

"라프 종이요!"

라프타리아는 내 물음에 거침없이 대꾸했다.

"그건 좀 애매한데."

마을의 마물들이 스스로 라프 종이 되기를 바랐던 거니까.

실제로 봉황과의 전투 때는 물론 타쿠토 토벌 때도 한 축을 담당했었고, 라프짱 2호도 대활약을 펼쳤다.

마을 수호의 임무를 도맡고 있는 마물의 대표라 해도 과언이 아니란 말이다.

무엇보다 크기가 커져서 딱 좋은 쿠션 역할을 해 주기도 하고.

나는 마음에 드는데, 라프 종.

"못된 짓이라고 하기는 어렵겠는데."

루프트의 일은 아직 이야기하지 않았다. 재회하고 난 후에 털어놓아야겠다.

"아무래도 이 문제에 대한 저와 나오후미 님의 의견은 평행선만 달리게 될 것 같네요."

"라프타리아도 전에 편리하다고 했었잖아."

"그렇기는 했지만……."

라프 종을 이용해서 아트라를 상대로 압승을 거두지 않았던가.

그 녀석들은 마을 녀석들과도 사이가 좋다고.

"나는 크리스가 라프짱이 된다고 해도 칭찬해 줄 거야."

"크리스에게 무슨 짓을 하시려는 거예요?! 경우에 따라서는 제가 어떤 행동을 할지 장담할 수 없습니다!"

글래스도 라프타리아와 한패인가.

하지만 그 말투는 좀 문제가 있어 보이는데.

"라프라프."

라프짱이 내 어깨에 올라타서 내 머리를 탁탁 때려 댔다.

괜한 오해를 불러일으키지 말라는 뜻일까.

"페~엥."

크리스도 라프짱을 보며 울고 있는데…… 대체 뭘 하려는 건지 모르겠군.

"애초에 나오후미는 대체 그 식신을 어떻게 건드린 거예요?"

"응? 마을에 있는 라트티르라는 마물 전문 연구자 녀석과 같이 연구한 게 전부인데. 거기에 변이성을 좀 끌어올린 것 정도야."

"그 정도라니……. 변이성을 끌어올리면 어떤 위험한 마물로 변화할지 알 수가 없잖아요! 어쩜 그런 위험한 짓을……."

"라프짱이 위험하다는 건 좀……. 라프타리아 이외에 다른 사람에게는 피해 준 적 없어."

"저만 딱 지명하는 것도 어째 좀 찜찜한데요."

"싫다고 하는 사람은 라프타리아밖에 없으니까."

"라프~."

그리고 크리스는 글래스의 품속에서 뛰쳐나와서, 물갈퀴를 흔들며 뭔가를 설명하고 있었다.

섀도복싱…… 은 아니군. 가공의 적을 때리는 모션을 취한 다음, 대미지를 받는 움직임, 그리고 빙글빙글 회전하며 쓰러지는 제스처를 취해 보였다.

"자기가 약한 게 한스럽다?"

"펭!"

아, 정답이라는 듯 나를 가리키잖아.

나도 참 이해력이 뛰어나다니까.

이어서 크리스는 라프짱을 가리키고 팔을 굽히는 포즈를 취했다.

"라프짱이 강하니까 뭔가를 배우고 있다?"

"펭!"

크리스가 정답이라는 듯 펄쩍 뛰었다.

"나오후미 님, 요즘 들어 말이 안 통해도 이야기할 수 있는 기술이 향상되셨네요."

"그러게."

라프타리아의 지적은 틀리지 않은 것 같았다.

나는 이런 식의 대화가 마음에 든단 말이지.

"무슨 짓을 하셔도 안 됩니다! 크리스에게 무슨 일이 생기면 저희가 슬퍼요! 키즈나도 그렇게 생각할 거예요!"

라프짱을 무슨 병원균처럼 말하는군.

그렇다면 하는 수 없지……. 라프짱과 크리스가 글래스와 라프타리아 몰래 몇 번인가 같은 행동을 했었다는 건 비밀로 부치자. 몇 번에 걸쳐서 의식을 치르고 있는 것 같으니까.

"그럼, 자신의 약함을 한탄하는 크리스에게 의욕도 불어넣어 줄 겸 액세서리라도 만들어 줘야겠군."

"그거 정말 액세서리 맞죠?"

라프타리아와 글래스의 의심 어린 눈초리가 따갑군.

아무래도 나는 라프짱과 크리스의 의식에 관여하지 않았다는 것을 증명해야 하는 신세가 된 것 같았다.

며칠 후, 세인과 의논하고 협력해서 만든 물건을 크리스에게 건넸다.

"받아, 크리스. 방어구 같은 것도 생각해 봤지만, 어쩐지 이게 제일 잘 어울릴 것 같아서 준비해 봤어."

"펭!"

내가 크리스에게 건넨 것은 빨갛고 뾰족한 디자인의 모자…… 산타클로스가 착용하는 물건이었다.

"이건 완전히 페클이잖아요! 나오후미 님, 혹시 장난하시는 거 아니에요?"

"장난하는 거 아니야. 키즈나가 이야기하길, 크리스는 크리스마스 전후에 태어났다고 했어. 이건 거기에 맞춘 디자인이라고."

내가 생각해도, 말은 갖다 붙이기 나름이라는 생각이 들었다.

"그걸 써서 마음껏 활약하도록 해."

"펭!"

크리스가 척 하고 경례를 붙이며 의욕을 내보였다.

"라프~."

아, 라프짱이 부러워하고 있잖아. 나중에 라프짱에게도 하나 만들어 줘야겠다.

"이상하네요. 크리스가 약간 응석받이가 된 것 같은 느낌이 들어요."

"이건 응석이 아니야. 크리스의 의욕을 지켜봐 주라고."

"방임하는 것과 보살펴 주는 건 다르다고 생각하는데요."

라프타리아도 아픈 구석을 찌르는군.

더불어 글래스는 크리스가 모자 안에 물건을 집어넣는 버릇이 생겼다면서 투덜댔다.

그 모자는 그렇게 많은 물건이 들어갈 만한 디자인이 아닐 텐데……?

크리스의 페클화가 진행되고 있는 것 같다는 생각을 지울 수가 없었다.

우리는 그렇게 글래스 등의 일행과 동행하며 여정을 계속해서, 이윽고 지난번에 해치운 배신자가 지배했었던 나라에 도착했다. 그러나…… 현지에 갔더니, 우리가 해방시키려 했던 키즈나가 다른 권속기 소지자에게 탈취당했다는 소식만이 들려왔고, 키즈나와의 합류 작전은 좌초되고 말았다.

“뭐야, 대체. 키즈나는 가는 곳마다 유괴당하는 공주님이라도 되는 거냐?!”

일단 라르크의 성으로 돌아가서 앞으로 어떻게 해야 할지를 다시 의논해야 했다.

쉽게 탈환할 수 있을 줄 알았다가 엉뚱한 놈에게 강탈당하다니, 무슨 정해진 패턴이라도 되는 거냐?!

“그래서? 키즈나를 납치해 간 녀석은 어떤 권속기 소지자지?”

“자백을 받은 정보에 따르면 악기의 권속기 소지자인 것 같습니다. 아마도…… 소환된 용사였던 걸로 기억합니다만…….”

“소환돼 온 이세계인까지 멋대로 설치고 다니는 거냐.”

이거 아주 다들 신이 나셨군. 완전히 예전의 세 용사들이랑 똑같잖아.

“어디까지나 상대가 갖고 있던 무기를 통해 판단한 거라, 확신할 수는 없습니다만…….”

“그나저나…… 아직 안 물어봤던 것 같은데, 이 세계의 권속기는 몇 개나 있지?”

어차피 다른 세계니까 그렇게 자세히 물어볼 필요는 없을 거라 생각했었지만, 권속기 소지자가 몇 명 있는지는 확인해 보는 게 좋겠지.

“여덟 개로 알려져 있어요.”

에스노바르트가 책을 펼쳐서 확인하며 대답했다.

“여덟 개라. 일단 전부 다 가르쳐 줘. 사성무기에 대해서도 알아 두는 게 좋을 것 같고.”

우리 쪽의 칠성무기보다 한 개가 더 많군.

……뭐지. 어째 불길한 예감이 드는데.

우리 쪽 세계에도 숨겨진 여덟 번째 칠성무기 같은 게 있을 것만 같다.

예전에 방패의 세계에서 빛의 수를 세어 봤을 때도 여덟 개였던 것 같으니, 그럴 확률이 높아 보였다.

"알았어요. 우선 알고 계시는 것부터 설명하는 게 좋겠네요."

"그렇게 해."

"그럼…… 우선 글래스 씨의 부채, 라르크 씨의 낫, 그리고 제가 갖고 있었던 배…… 라프타리아 씨의 도가 있어요."

이것들은 아군의 권속기인 셈이군.

"다음으로 쿄가 소지하고 있던 책, 그리고 알버트가 소지하고 있던 거울."

알버트는…… 이름과 움직이는 시체밖에 안 떠오르는 녀석이다.

이 알버트가 어떤 인물이었는지는 모르지만, 그동안 들은 이야기에 따르면 여자를 끼고 살았던 것 같았다. 쿄 2호 같은 녀석일지도 모른다는 의혹을 지울 수가 없군.

"그밖에 작살과 악기의 권속기가 있어요. 각 권속기의 소지자는 이미 밝혀졌고…… 현재는 적대 관계에 있죠."

부채, 낫, 배, 도, 책, 거울, 작살, 악기라.

어째 하나같이 다루기 까다로워 보이는 무기들이군.

"사성은?"

"우선 키즈나 씨의 수렵구, 그리고 구슬, 둔기, 부적의 성무기가 존재해요."

뭐지, 이건? 엄청나게 어중간한 레퍼토리다. 오히려 권속기 쪽이 더 좋아 보이는데?

구슬은 뭐야. 둔기는 또 뭐고?!

애초에 부적도 사성무기였던 거냐. 그러니까 만들 수 있는 거였군.

수수께끼가 많은 사성무기군. 부적과 구슬 같은 건 둘 다 마법계 같고 말이지.

"생명이 짧아 보이는 게 많네요. 이 세계의 사성무기는."

"이츠키 님! 쉬잇! 사성을 모독했다는 이유로 살해당할지도 몰라요!"

이 타이밍에 이츠키의 독설이 작렬! 에스노바르트와 글래스의 표정이 떨떠름해 보였다.

"잘 이해가 안 가는데, 그게 그렇게 이상한 거냐?"

라르크는 어리둥절한 표정으로 물었다.

"우리의 원래 세계를 기준으로 따지면 그렇게 생각할 수밖에 없겠는데. 키즈나는 그 점에 대해 아무 말도 안 했어?"

"아…… 아주 오래전에 했던 것도 같네."

역시 키즈나의 생각도 똑같았던 모양이군.

그래도 키즈나의 무기는 변화할 수 있는 종류가 많으니, 그다지 큰 불편은 없었을 것이다.

"이름은 둔기라고 하지만, 실은 도끼나 소드메이스처럼 경계가 애매한 무기들까지 속해 있겠지. 활의 용사가 활을 총으로도 변신시킬 수 있는 것처럼."

이츠키 쪽을 보자, 이츠키가 활을 총기로 바꿔 보였다.

"그렇겠죠. 그 점은 그냥 원래 그런 거라고 생각하는 수밖에요."

"일본인의 기준으로 보면 우리 세계의 무기가 훨씬 알기 쉽네요."

……우리 쪽은 비교적 메이저한 무기가 사성이라 다행이군.

하지만 방패…… 내가 직접 말해 주겠는데, 너는 거기 끼기에는 엉뚱하다고.

……방패도 뭔가 다른 걸로 바꿀 수 있을까?

일단 지금은 다른 것부터 생각하자.

이야기가 곁길로 새게 되겠지만, 사역마를 통해서 세인에게 물어보는 것도 괜찮을 것 같군.

멸망하기 전의 네 세계 성무기들은 어떤 게 있었지? 라는 식으로 말이지.

검의 권속기 같은 게 있었다면 우스울 것 같군.

"본론으로 돌아가서, 우리 세계는 총 열두 개의 무기가 있는 셈이에요."

"그렇군. 그 악기의 권속기 소지자가 키즈나를 탈취해 갔다는 거지?"

"그런 것 같아요."

"외교를 통해서 해결할 수는 없어?"

"전령을 보내서 항의하긴 했지만, 자기들은 모르는 일이라고 우기고 있어요."

"막대한 금전을 요구하는 정도였다면 그나마 대화의 여지가 있었을 텐데 말이야."

대체 목적이 뭐지? 이쯤 되니 권속기를 가진 적은 두말없이 처형해 버리고 싶어질 지경이군.

상황을 정리해 보자.

"지난번에 쿄를 처치해 버렸는데…… 책의 권속기의 새로운 소유자는 아직 못 찾았어?"

"네…… 책과 거울의 권속기는 행방이 묘연한 상태예요."

약간 불안하긴 하지만, 이 문제는 일단 제쳐 두기로 하자.

느닷없이 적이 돼서 나타나면 곤란해지긴 하겠지만.

종합해 보면, 키즈나 이외의 사성용사는 죽었고 남은 적들은 악기와 작살, 그리고 에스노바르트의 배를 빼앗아 간 녀석이군.

생각보다는 적은 건가……? 하지만 기능적인 면에서 보아, 배의 권속기를 가진 녀석은 상대하기 성가실 것 같았다.

"우선 처리해야 할 적이 누군지 안 이상 쳐들어가는 수밖에. 이츠키, 사디나, 실디나, 너희 레벨은 어떻게 됐지? 레벨업 상황을 포함해서 보고해."

지금까지 나는 글래스와 라르크 등의 상황에 맞추어 행동해 왔기에 사디나를 비롯한 다른 동료들의 상황은 살피지 못했다. 일단 라프타리아가 동행하면서 여러모로 돌보고 있지만.

"이 세계의 마물들은 다들 경험치가 제법 짭짤한걸. 이 누나 깜짝 놀랐지 뭐야."

"응, 경험치 많아. 그만큼 강하지만."

"하긴 그랬었지."

그러고 보니 지난번에 왔을 때는 경험치가 좀 많이 들어오는데, 하는 정도로만 생각했었다.

마물을 상대할 때면 같이 행동하던 키즈나가 워낙 강했기에, 마물이 강한지 어떤지도 알 수가 없었다.

"여기도 바다 쪽 마물들이 더 경험치가 좋아?"

"글쎄? 적어도 이 세계에서는, 바다에서나 육지에서나 마물에게서 들어오는 경험치 차이가 별로 안 느껴졌어."

"응. 별차이 없어."

"그렇군……."

이유는 알 수 없지만, 아마 키즈나 쪽 세계에서는 육지에서와 바다에서의 경험치 취득량 차이가 얼마 없는 모양이군.

"레벨 이야기를 하자면, 일단 이 누나와 실디나는 82까지 올랐단다."

"오오, 제법 빠른데."

나는 아직 90인데…… 순식간에 거의 다 쫓아왔군.

"아직 더 오를 수 있을 것 같던걸."

"응, 이제야 키가 돌아왔어."

실디나의 키는 아직 완전하게 돌아오지는 않았다. 성장기라서 날마다 키가 자라고 있기는 하지만.

"그거 다행이군. 계속 레벨업에 전념하도록 해. 나도 참가할 테니까."

"네~에."

뒤이어 내가 리시아 쪽으로 시선을 돌리자 이츠키가 고개를 끄덕였다.

"강화도 꼼꼼히 해서 저도 80까지 레벨을 올렸어요. 활성 시기의 카르밀라 섬과 비슷한 정도의 경험치가 손쉽게 들어오네요."

"이세계라서 레벨업이 쉬워진 건가?"

우리 쪽 세계의 경험치가 낮은 것에는 뭔가 이유가 있지 않을까 하는 생각이 드는군.

"세계——."

"세인 님의 말씀에 따르면, 세계에 따라 경험치가 달라지는 것도 있지만, 파도에 얼마나 밀리고 있는가 하는 점에 따라서도 변화한다고 합니다."

다양한 세계를 돌아다니고 있는 세인이기에 알고 있는 이야기겠지.

그러고 보면 이 세계는 사성 가운데 세 명이 살해당하고 권속기 소지자들은 파도를 경시하는 상황이니까.

파도에 패배해서 세계가 멸망하지 않은 게 다행이었는지도 모른다.

참고로 세인의 레벨은 81까지 올랐다고 했다.

"이츠키 님이 영창하신 마법 덕분에 안전하게 마물을 처치할 수 있었어요."

리시아가 전투 면에 관한 보고를 전해 왔다.

이츠키는 나와는 반대로 상대의 모든 능력을 떨어뜨리는 지원마법을 쓸 수 있으니까.

나와 이츠키가 동일한 전장에서 각자 지원마법을 쓰면 엄청난 위력을 발휘할 수 있다.

구체적으로 말하자면 적은 약해지고 아군은 강해지는 것이다.

안 그래도 수십 배의 효율을 뽐내는 레벨레이션 아우라 X를 통해 아군을 강화시키고 있는 상황이다.

그런 마당에 대폭적인 약화 효과를 가진 레벌레이션 다운 X를 적에게 걸어 버리면, 얼마나 큰 스테이터스 차이가 나겠는가.

공격력이 전무한 거나 다름없는 나라도 적을 때려죽일 수 있게 될지도 모른다.

이 상태에서 주의해야 할 게 있다면, 기껏해야 쿄가 썼던 스테이터스 비례 공격 정도겠지.

그건 상승한 스테이터스를 활용해서 피하거나, 변환무쌍류를 통해 기의 힘을 활용해서 흘려보내면 되겠지.

대책은 충분히 세워 뒀다.

"포진은 대충 다 갖춰졌지만…… 문제는 이동 시간이군."

"네. 게다가 귀로의 용맥도 봉쇄돼서, 직접 쳐들어가야 하는 상황이에요."

"또 쓸데없이 며칠을 소모하게 생겼네. 파도를 잠재우는 것만 해도 만만치 않은 상황인데."

글래스와 라르크, 라프타리아가 대표가 되어 이 세계의 파도에 맞서 싸우고 있었지만, 발생 빈도가 너무 잦았다. 나나 이츠키가 지원해 준 덕분에 싸움 자체는 쉽게 끝낼 수 있었지만 말이지…….

무엇보다 가장 큰 문제는 것은 정보전이다.

상대도 바보는 아니다. 낫의 권속기를 빼앗았던 녀석이 이세계에서 온 자들의 지원마법에 의해 순식간에 죽어 버렸다는 소식이 전해지면, 상대방도 경계하는 게 당연하다.

그렇게 됐을 때 상대가 취할 수 있는 가장 효과적인 방법은 키즈나를 인질로 삼는 거겠지.

가능하면 키즈나를 탈취하고 나서 녀석들을 처리하는 게 좋을 텐데.

하여간 우리는 순풍이 불 때 신속하게 움직이는 수밖에 없다.

"애초에 키즈나가 어디에 붙잡혀 있는지를 조사해 봐야겠지. 크리스는 키즈나가 어디 있는지 알 수 있었던가?"

"펭……."

"그랬군요……. 과거에 무한미궁에 붙잡혀 있었을 때는 찾아내지 못했었고, 이번에도 알 수가 없다는 것 같아요."

"흐음."

키즈나 녀석은 왜 이렇게 자주 소식 불명 상태가 되는 건지.

뭐, 자기도 좋아서 그렇게 되는 건 아니겠지만.

"펭!"

풀이 죽어 있던 크리스가, 물갈퀴 끝을 마주 대고 뭔가 집중하는 포즈를 취하기 시작했다.

그러다 이윽고 눈을 부릅뜨더니, 일정한 방향을 가리켰다.

"라프!"

아, 라프짱이 득의양양하게 가슴을 쫙 폈다. 라프짱이 뭔가를 해 준 덕분에 크리스의 정밀도가 향상된 건가?

그리고 크리스는 내가 준 모자에서 세계지도 같은 것을 꺼내더니, 어느 대륙의 한곳에 원을 그렸다.

"거기에 크리스가 있다고?"

"펭!"

"와~, 뭔가 굉장하네! 주인님!"

필로가 마물 형태…… 레벨 상승의 영향으로 한층 더 변화한 모습을 내게 과시하듯 말했다.

현재 필로의 모습은…… 뭐였더라, 허밍 페어리 계통의 도감에 실려 있던 마물 가운데 최상위 클래스인 허밍 코카트리스라는 마물로 변화한 상태였다.

코카트리스라는 이름이 붙어 있으니 석화 능력을 가진 마물일 거라고 생각했지만, 그것과는 조금 달랐다. 음파를 조작하는 마물이라고 한다.

적나라하게 표현하자면 닭처럼 생겼고, 외모만 보면 필로리알 퀸 형태와 색깔만 좀 다른 정도였다.

게다가 이 모습으로 날 수 있다니 그야말로 불가사의.

뭐, 필로 이야기는 넘어가기로 하자.

"키즈나가 있는 곳을 대충 알아냈으니 바로 출발 준비를 해야겠지?"

"그러죠. 최대한 비밀리에 가는 편이 좋겠네요."

그렇게 이야기하고 있으려니, 방 중심에 빛 구슬이 출현했다.

"뭐지? 누가 마법 영창했어? 라프타리아야?"

라프타리아는 빛 마법을 쓸 줄 아니, 이런 구슬을 출현시키는 것쯤은 식은 죽 먹기다.

"아뇨."

하지만, 아무래도 라프타리아가 한 일은 아닌 것 같았다.

혹시 공격마법 같은 거라면 내가 막아 내야겠지.

그런 생각을 하고 있으려니, 빛 구슬이 터졌다.

그 안에서 나타난 것은…….

"거울?"

그렇다. 지난번에 키즈나 쪽 세계에 왔을 때 본 적이 있었던 거울이 방 중심부에 나타났다.

"거울의 권속기가 왜 여기에?"

"몰라."

거울은 우리에게 이렇다 할 적의를 드러내지 않고 둥실둥실 떠 있다가, 얼마 후에는 눈부신 빛을 내뿜었다.

"뭐, 뭐야?"

"이 감각, 전에도 본 적이 있어! 나오후미 일행을 데리러 갔을 때도 거울이 똑같은 짓을 했었어!"

아아, 쿄를 해치운 후에 키즈나 일행이 달려왔을 때 말이군.

이윽고 몇 번 눈을 깜박이고 주위를 둘러보니…….

"여긴 또 어디야?"

우리는 어느새 아주 오래되어 보이는, 먼지 쌓인 방에 서 있었다.

창밖을 내다보니…… 무슨 저택 같은 곳인가?

초목이 우거진 모양으로 봐서, 오랫동안 사람의 손길이 닿지 않았다는 걸 알 수 있었다.

그리고 실내로 시선을 되돌리자, 벽에 걸려 있는 낡은 거울이 보였다.

그러고 보니 거울의 권속기는 거울을 매개체로 해서 전이하는 힘을 갖고 있다고 그랬던가?

은근히 편리한데……. 그렇군, 개성이 강한 무기에는 이런 면에서 이점이 있단 말이지?

방에 있는 것은 나, 라프타리아, 필로, 사디나, 실디나, 리시아, 이츠키, 세인, 글래스, 라르크와 테리스, 에스노바르트, 라프짱, 크리스군.

"여긴 대체 어디지?"

"나도 모르겠어……. 어쨌거나 아까 그 상황에서 거울의 권속기가 나타났다는 건, 우리에게 힘을 빌려주겠다는 뜻일 거야."

라르크의 말도 일리는 있었다. 전설의 무기가 이유도 없이 우리를 방해할 리는 없을 테니까.

"일단 최대한 조심하면서 여기가 어디인지를 조사하는 게 좋을 것 같군."

"그럼 제가 환각마법을 사용하면서 상황을 살펴보고 올게요."

라프타리아가 제안했다.

"라프!"

라프짱도 같이 갈 생각인가. 뭐, 이 2인조라면 정찰은 식은 죽 먹기겠지.

"필로도 갈까?"

"지금 너는 날 수 있긴 하지만, 어떤 기습이 날아들지 몰라. 충분히 조심하도록 해."

"네~에."

이윽고 라프타리아와 라프짱, 필로가 주위 정찰을 마치고 돌아왔다.

아무래도 이곳은 산속에 있는 폐허인 것 같았다. 인기척은 전혀 없다고 했다.

"그럼 사람이 있는 곳을 찾아서 이동하자."

"뭔가 가슴이 두근거리는데."

라르크는 이런 상황에서도 활기차군.

낫도 되찾았고 하니 한바탕 날뛰어 보고 싶다는 건가.

“정말로 거울의 권속기가 힘을 보태준 거라면, 아마 여기는 크리스가 지명한 지역 주변인 것 같아요.”

에스노바르트의 말에 나도 동의했다.

아마 틀림없을 것이다.

하지만 권속기라는 녀석이 때때로 정체불명의 행동을 할 가능성 역시 부정할 수 없다.

최대한 신중을 기하는 게 좋겠지.

아무리 우리가 강해졌다고 해도, 길 가는 사람을 마구잡이로 베어 버리고 가는 잔학 플레이를 하려는 건 아니다. 그런 짓을 하면 타쿠토와 다를 게 없으니까.

최대한 사람들에게 발견되지 않고 목표물만 해치워서 키즈나를 탈환하는 게 최선일 것이다.

철수는 손쉽게 할 수 있다. 포털을 사용하면 그만이니까. 도주 방해 같은 게 걸린다 해도 어떻게든 해결할 수 있을 것이다.

그렇게 생각했는데, 방패가 달려 있는 부분에 어쩐지 찌릿한 감각이 느껴졌다.

뭐지? 확인을 위해 연신 방패를 조작해 보았지만 아무런 이상도 없었다.

착각이었나?

그렇게 해서 우리는 폐허 저택을 나와 마을 쪽으로 향했다.

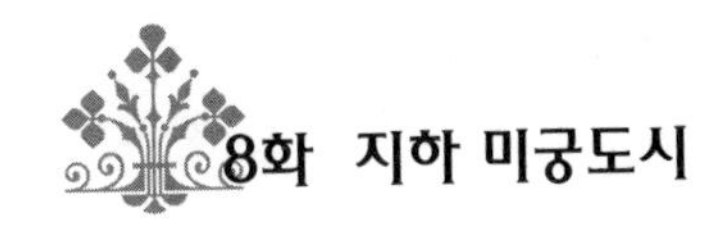

8화 지하 미궁도시

그리고 우리는 마을…… 한 나라의 도시에 도착했다.

건물은 서양풍이었다. 약간 스팀펑크적인 기계류가 다수 눈에 띄었다.

일본풍 나라가 많은 이쪽 세계에서는 비교적 희귀한 편인지도 모르겠다.

일단 얼굴을 들키지 않도록 라프타리아의 환각마법을 건 채 도시에 들어가기로 했다.

아, 관문 같은 게 있는 건 키즈나 쪽 세계의 공통적인 특징인데, 다행히도 이곳은 그 관문 안쪽인 모양이었다.

도시 입구에 설치된 문도 열려 있다. 경비는 허술한 편으로 보였다.

"나라가 알선하는 길드가 있네요. 여기가 어느 나라인지 한번 알아보죠."

글래스와 에스노바르트가 길드 쪽으로 가서 상황을 확인하고 왔다.

비교적 짧은 시간 만에 돌아왔다.

"역시 악기의 권속기 소지자가 있는 나라였어요."

"굉장한데. 목적지 근처 도시로 데려와 주다니."

라르크의 낫을 빼앗았던 녀석을 해치웠을 때도 제일 가까운 도시로 보내 줘서 얼마나 편했는지.

그리고…… 나는 범고래 자매 쪽으로 눈길을 돌렸다.

"사디나, 실디나, 너희는 최대한 인간으로 보이도록 조치를 취해 둬. 적어도 남들 눈에 띄는 곳에서 수인화하는 건 엄금이야."

"어머나~?"

"왜?"

"아직 모르겠어? 이 세계에 있는 아인종과 우리 세계에 있는 아인종은 종류가 약간 달라."

엘프나 드워프 같은 계열이라고 하면 될까.

라프타리아 같은 동물계 귀가 달린 아인종은 드물다는 모양이었다.

"귀나 꼬리 같은 특징은 남들 눈에 안 띄도록 최대한 감추는 게 좋아. 라프타리아도 예전에 잠복 활동을 했었으니 이해하겠지?"

"네. 그렇게 따지면 무녀복도 너무 튀는 것 같은데요."

"그러게……. 마법을 써서 일반적인 갑옷을 입고 있는 걸로 위장할 수 없어?"

"그렇게까지 무녀복에 집착하는 나오후미 님을 도저히 이해 못 하겠어요."

"라프~."

"아니야아니야, 난 그 기분 이해해, 라프타리아 아가씨. 꼬마는 아가씨의 그 차림이 마음에 든 거라고."

영문 모를 라르크의 지원 사격. 뭐, 맞는 말이긴 하지만.

어째 좀 쑥스러운데.

"시, 심정은 이해하지만, 상대가 마법을 감지하고 경계하면 말짱 도루묵이잖아요."

부끄러워하는 건지, 라프타리아의 뺨도 약간 붉어져 있었다.

"어머나~, 이 누나 질투 나는걸~."

"종족 의상은 나도 있어."

"그 경쟁은 웬만하면 참아 줘."

의식하지 않으려 애쓰고는 있지만, 종족 의상 이야기를 하면 아트라가 떠올라서 가능하면 피하고 싶었다.

"그래. 실디나 이 바~보."

"시끄러. 그럼, 나오후미가 우리 복장을 지시해 줘."

"지시해 달라니……. 어차피 너희는 수인화만 안 하면 아인다운 특징이 별로 안 드러나잖아. 복장도…… 지나치게 눈에 띌 정도는 아닌 것 같고."

기껏해야 피부의 질이 좀 다른 정도랄까?

머리카락이 꼬리처럼 되어 있긴 하지만, 그것도 좀 특이한 패션이라는 식으로 얼버무릴 수 있을 것이다.

"라르크, 넌 좀 특이한 문신을 하고 있군……. 그런데, 눈속임할 수 있을 것 같아?"

"아…… 그래, 별문제 없을 거야. 굳이 피부를 노출하고 싶다면, 정인(晶人)으로 위장할 수 있게 해 주는 패션 액세서리인 이미테이션 주얼을 피부에 붙이기만 해도 속일 수 있어."

정인들에게는 어떤 보석을 핵으로 삼느냐 하는 것에 따라 다양한 인종이 있다. 그에 따라 다양한 색조가 있다는 모양이었다.

그런 정인으로 위장했다고 하면 의심을 피할 수 있다니, 이세계의 패션 센스는 도통 이해할 수가 없군.

……그러고 보니 실트벨트 쪽에도 비슷한 패션이 있었던 기억이 나는데.

페이크 테일이었던가. 자기 꼬리 모양이 마음에 안 든 아인이 그걸 감추기 위해 착용하는, 가발처럼 풍성한 가짜 꼬리 액세서리였다.

라프타리아나 라프짱의 꼬리를 줄무늬로 만들어 보는 것도 좋겠다고 생각했던 적이 있었다.

"그쪽 면에 대해서는 테리스가 잘 알아. 그도 그럴 게, 진짜 정인이니까."

"저만 믿으세요. 두 분의 외모는, 혹시 정인일까? 하는 생각이 들게 만드는 정도로 하는 게 적당할 것 같아요."

"말 씀씀이는 조심해야 해. 미지의 언어로 이야기하면 이목을 끌게 될 테니까. 최대한 입을 다물고 있어. 실디나는 절대로 사디나에게서 떨어지지 말고."

"왜?"

"너는 방향치니까."

최근 며칠 동안에도 실디나는 길을 잃고 라르크의 성 안을 헤매곤 했었다.

애초에 실디나를 원래 세계에 두고 오려 했던 이유 중에 하나가 그 방향치 특성 때문이었다.

"여기서 떨어지면 절대로 합류 못할걸. 그래도 상관없어?"

"싫어~."

"그럼 됐어. 사디나랑 같이 있는 게 죽어도 싫다면 필로랑 같이 행동하도록 해."

"필로? 알았어~."

필로는 이 세계에서 혼자 있는 동안 여러모로 고초를 겪은 적이 있었다. 그렇기에 홀로 떨어지면 안 된다는 점도 잘 알고 있었다.

경우에 따라서는 하늘을 날아서 실디나를 찾아내 줄 것이다.

"어라……."

"하여간, 범고래 자매는 사람들 눈이 있는 곳에서는 절대로 수인화하지 마. 알았어?"

내 경고에 사디나가 짓궂은 미소를 지으며 고개를 끄덕였다.

"우훗. 여자란 때로는 구속받고 싶어지는 법이야. 나오후미가 이 누나들의 아인 모습을 계속 보고 싶다면 참아 볼게."

"그래, 그래. 분위기 봐서 잘 잠복하라고."

"알았다니까~."

"라프타리아는 귀와 꼬리를 최대한 숨겨 가면서 행동하고."

"네."

리시아나 이츠키는 딱히 신경 쓸 필요 없겠지.

나머지는 원래부터 이 세계 주민이고.

"잠복용 의상을 구입할 금전은 있어?"

"나오후미, 잠깐 기다려 봐."

라르크가 그렇게 말하고 품속에서 동전을 꺼냈다.

처음 소환됐을 때 보았던, 은화처럼 생긴 옥은(玉銀)이라는 화폐가 생각나는군.

글래스나 에스노바르트도 품속에서 뭔가를 꺼냈다.

"전부 좋은 것들로 갖추기는 힘들지만, 어느 정도는 있어."

"맞아요."

라르크와 글래스가 각자 구멍 뚫린 은화를 내보였다.

"왜 그런 걸 갖고 다니는 거지?"

"파도가 일어날 때…… 여러 나라를 이동해야 할 일이 많아서 타국의 화폐도 갖고 다녀요."

"키즈나는 무일푼이었는데."

뭐, 대충 물건을 팔아서 돈을 마련하곤 했지만.

애초에 키즈나의 성격상 동료에게 지갑을 맡겨 두고 다녔을 가능성이 높았다. 돈 낭비가 심한 듯하니까.

"하지만 이 많은 인원이 숙소를 잡기에는 좀 빠듯한 금액이야."

"포털 타고 돌아가면 되잖아……. 하여간 가장 우선시해야 할 것은 키즈나 탈환 작전이야. 돈은…… 필요하면 벌기로 하지. 이의 없지?"

사람들 눈에 띄지 않도록 조심스레 도시를 나서서, 키즈나가 갇혀 있는 곳으로 향했다.

크리스의 안내를 참고해서 이동해야 했는데, 이따금 크리스는 곤혹스러운 듯 고개를 갸우뚱거리곤 했다.

때때로 방향을 알 수 없는 경우가 있는 모양이었다.

그런 크리스의 안내에 따라 나아간 우리는…… 이틀 후, 적국의 성 밑 도시가 보이는 곳까지 다다랐다.

뭐야, 이 나라의 성은……. 커다란 성문 너머에 철탑 같은 철골 토대를 깔고, 그 위에 드높게 성을 쌓아 올린 구조였다. 메르로마르크나 포브레이 · 실트벨트와는 다른, 여러모로 공을 들인 구조의 성이었다. 쳐들어가기가 은근히 힘들 것 같았다.

"거울의 권속기는 왜 우리를 키즈나 바로 옆까지 데려다주지 않은 걸까?"

"느닷없이 전투가 벌어질 것을 염려한 것 아닐까요?"

"흐음……."

일리 있는 생각이다. 하지만 지금 우리가 가진 힘이면 손쉽게 대처할 수…… 있지 않을까?

아까부터 방패에서 찌릿찌릿 저린 느낌이 드는 건, 키즈나가 근처에 있기 때문이라고 생각해 두고 싶군.

하지만…… 어쩐지 불길한 예감이 들었다. 경계를 강화하는 게 좋을 것 같다.

"나오후미 꼬마."

라르크는 여자들을 부를 때 '○○○ 아가씨'라고 부르는 것처럼, 이제 나를 부를 때도 아예 이름과 '꼬마'를 합체해서 부르기 시작했다. 이렇게 하면 괜찮겠지, 하는 생각이 엿보였다.

한번쯤 진짜로 테리스를 강탈하는 척해 볼까 싶었다.

"이봐, 나오후미."

내 눈매를 알아챈 라르크는 살짝 헛기침을 하고 다시 나오후미라고 불렀다.

"뭐지?"

"키즈나 아가씨를 구출한 다음에는 어떻게 할 거지?"

"어떡하긴……. 그야 못된 짓을 저지른 권속기 소지자를 단죄해야 하는 거 아니야?"

"그 이야기가 아니야. 퇴로를 어떻게 할 건지를 물은 거야."

"아, 그쪽이었어?"

하긴 타쿠토 때처럼 우두머리를 깨부순다 해도, 그 나라 군인들이 모두 투항하는 건 아니다.

타쿠토의 경우는 메르로마르크를 필두로 한 연합군이 포브레이군을 괴멸시켰고, 요전에 낫을 빼앗은 녀석을 처치했을 때도 라르크의 군대가 잔당들을 처리했었다.

힘으로 밀어붙여서 어떻게든 해결하는 방법, 우두머리를 쳐부수고 투항을 권유하는 방법 등 다양한 수단이 있지만, 이번에는 뜻대로 되지 않을 가능성도 높다.

"악기의 권속기 소지자에 대한 국내의 평가는 어때? 국가의 정상으로 취급받고 있는지, 아니면 그 수하의 장군으로 활동하고 있는지에 따라 경우가 달라지잖아?"

"왕 후보자로 불릴 만큼의 지위는 갖고 있어요."

에스노바르트가 설명해 주었다.

그럼 우리가 제재를 가하면, 이 나라 녀석들은 복수를 위해 공격해 오겠군.

안 그래도 우리는 소수의 인원으로 움직이는 상황이다. 상대방 입장에서는 머릿수 대결로 이길 수 있을 거라 생각할 가능성이 높다.

"라르크는 악기의 권속기 소지자가 있는 나라를 점령하고 싶어?"

"그런 짓을 했다가는 다른 나라들의 신뢰가 좀……. 지난번에는 일단 신뢰를 되찾았지만, 원래부터 우리는 다른 나라들의 따가운 눈총을 받는 입장이라서 말이야."

하긴 라르크의 나라는 키즈나뿐만 아니라, 권속기 소지자도 여럿 보유하고 있으니까.

전력적인 면에서 다른 나라의 경계를 사고 있는 건 사실일지도 모른다.

현대사회에 비유하자면, 협박하면서 화평 교섭을 요구하는 것 같은 상황이랄까?

화평 교섭을 위해서는 그런 것도 필요할 것 같긴 하지만…….

"세계 통일을 시도하면 되는 거 아니야?"

"그건 문제가 있는 권속기 소지자와 똑같은 발상이잖아, 나오후미."

"하긴…… 그렇게 되겠네."

우리는 세계를 정복하겠다며 전쟁을 벌인 자들에게 죗값을 치르게 하기 위해 행동하고 있다.

그런 우리가 똑같은 짓을 해서 어쩌자는 거냐.

세계를 위해 싸워야 할 마당에 사리사욕을 우선시하는 권속기 소지자에게 징벌을! 이라는 것이 키즈나와 글래스의 입장이다. 국가가 욕을 먹지 않는 노선을 걷고 싶은 것이리라.

사성용사가 죽은 상황에서 너무 태평한 거 아닌가 하는 생각도 들었지만, 인간이란 생물은 그런 사정이 있다고 해서 과격한 행동을 납득할 수 있을 만큼 단순하지 않다.

"지금은 국가 간에 싸움이나 벌이고 있을 때가 아닙니다. 문제가 생겼을 때는 협박을 해서라도 찍어 누르지 않으면, 파도에 패배해서 멸망할 수도 있어요."

글래스도 그 점은 단단히 각오한 것 같았다.

"어쨌거나 이렇게 많은 인원이 줄줄이 가는데 퇴로도 확보하지 않는 건 문제가 있지 않겠느냐 하는 이야기야."

"그 말도 일리는 있군……. 구출 후에는 나나 이츠키의 포털로 도망치면 될 것 같긴 하지만."

쿠텐로처럼 묘한 결계가 있는 것도 아니니, 포털을 쓰면 손쉽게 도망칠 수 있을 것이다.

"그건 그렇고…… 에스노바르트, 지금 훈련이나 하고 있을 때가 아니잖아."

에스노바르트가 쇠로 된 아령 같은 걸 들고 팔을 단련하고 있었다.

요전에는 물구나무서서 성의 정원을 몇 바퀴씩 도는 모습도 본 적이 있었다. 리시아와 함께한 수행도 제법 성과를 보이고 있는 것 같고, 용사라는 점을 제외하고서라도 각성했다는 건 틀림없었다.

"아, 죄송해요. 습관이 붙어서."

……왜 내 주위에 있는 인텔리들은 하나같이 점점 단순 무식해져 가는 걸까.

지적하는 것도 귀찮아졌다. 라르크 일행과의 작전 회의를 우선시해야겠다.

"애초에 말이야, 행동을 시작하려면 키즈나 아가씨가 어디 붙잡혀 있는지를 먼저 조사해야 하는 거 아니야?"

"마음 같아서는 그냥 정면에서 치고 들어가고 싶지만…… 그런 소리나 하고 있을 때가 아니겠지."

강하면 무슨 짓을 해도 된다고 자만할 만큼 유리한 전황을 경험하면 게으름뱅이가 되기 마련이다. 용사들이 자만에 빠졌던 것도 이해가 간다. 최대한 조심하는 게 좋겠다.

섣불리 밀고 들어갔다가 키즈나가 죽기라도 하면 그야말로 본말이 전도되는 셈이다.

새로운 용사를 소환할 수 있게 되는 것이니 꼭 나쁘지만은 않을지도 모르지만, 그래도 친숙한 동료가 죽는 건 괴로운 일이다.

그런 사태만은 반드시 피해야만 한다.

게다가 키즈나는 상당히 쇠약해진 모양이기까지 하니…….

"그럼 작전 실행 전에 사전 조사부터 해야겠군. 시간이 아까우니까, 우리는 키즈나가 붙잡혀 있는 건물을 파악하고 라르크 쪽은 용각의 모래시계를 확인해. 다른 사람들은 절대 단독으로 활동하지 말고 일반인으로 위장해서 정찰하도록."

"좋았어. 그럼 우리는 먼저 용각의 모래시계를 보고 오지. 말이 안 통할 테니까 술고래 아가씨들은 나랑 같이 가자고."

"어머나? 이 누나는 나오후미랑 같이 있고 싶은데~."

"거기는 중요 거점이라서 말이지……. 사디나, 용각의 모래시계의 방비가 어느 정도인지 음파를 통해 파악해 줄 수 없겠어?"

포털을 타고 도망칠 수 있다면 다행이겠지만, 앞으로 무슨 일이 일어날지는 알 수 없는 노릇이다. 사용할 수 있는 수단은 많으면 많을수록 좋다.

"나오후미의 부탁이라면 들어 줘야지. 라프타리아를 잘 지켜 줘야 해."

"알았어."

실디나가 손을 들었다.

"나는?"
"혼자 떨어지고 싶어?"
실디나의 고개가 푹 떨어졌다.
"필로도 같이 갈래~."
오? 필로는 로미나가 개조해 준 모닝스타, 즉 볼라를 움켜쥔 채 의욕을 드러내고 있었다.
필로라면 볼라를 들고 적에게 돌격해서, 엇갈리는 순간에 적중시키는 것도 가능할 것 같군.
로미나에게 듣기로는, 리시아의 투척구에도 복제할 수 있고 키즈나의 무기에도 복제할 수 있는 편리한 무기라고 했다. 일석삼조나 되니 제법 좋은 무기란 말이지.
"위험한 일이 생기면 달려오겠습니다."
세인이 내 갑옷에 작은 핀을 꽂았다. 퇴로와 적지를 둘 다 체크할 수 있으니 정찰 면에서는 최고의 적임자이리라.
라르크가 테리스와 사디나, 실디나, 필로, 세인을 데리고 용각의 모래시계로 출발했다.
"그럼 저희는 술집이나 길드를 돌아다니면서 정보를 수집해 볼게요."
이츠키는 리시아와 에스노바르트를 데리고 시내를 정찰하러 가기로 했다.
남은 것은 나와 라프타리아와 글래스, 크리스, 라프짱이군.
그렇게 우리는 적국의 수도인 성 밑 도시로 돌입했다.

"펭."

성 밑 도시 입구의 방어는…… 생각했던 것보다 허술하다고 해야 할까?

파도의 위협 따위는 느껴지지도 않을 만큼 성 밑 도시는 평화로웠다.

위를 올려다보니 철골 탑 위에 거대한 성이 있고…… 그 성 때문에 도시에는 그늘이 많았다.

도쿄 타워를 여러 겹 겹쳐 놓은 것 같은 받침대 위에 성이 세워져 있는, 어떻게 보면 신기한 구조였다.

우리는 크리스가 감지해서 이끄는 대로 성 밑 도시의 길을 걸어갔다.

사람들의 의심을 사면 곤란하지만…… 뭐, 이 정도면 괜찮겠지.

그냥 좀 특이한 식신을 사역하는 걸로만 보일 것이다.

큰길에서 빠져나와, 골목을 지나, 다시 큰길을 따라 걸었다.

이따금 크리스의 감지 능력이 끊어지곤 했지만, 점점 키즈나와 가까워지는 듯 다시 찾아내는 빈도가 늘어났다.

"또 무한미궁에 갇힌 줄 알았는데, 그건 아닌 모양이군."

"그랬다면 탈출할 방법이 있으니까 그나마 나았을 텐데요."

"그러고 보니 지난번에 이 세계에 왔을 때, 라프타리아는 다른 수용소 같은 곳에 떨어졌다고 했었지?"

"네, 감회가 새롭네요. 그때 그 탈출극도 스릴이 넘쳤어요."

"키즈나의 성격상 또 그런 곳에 있을 수도 있겠군."

"모르겠어요……. 다만 이 나라의 역사에 따르면 이 도시는 지하 미궁 위에 건설됐다고 해요."

그런 역사가 있는 나라였다니. 영귀가 봉인돼 있던 나라가 떠오르는군.

"지하 미궁은 모험가가 탐색하러 가곤 하는 곳이었다고 들었어요."

표현 방식으로 미루어 보아 이미 공략이 끝난 곳인가?

하긴, 무한미궁이나 에스노바르트가 소속되어 있는 미궁도서관 같은 건물이 존재하는 걸 보면, 이 세계에는 미궁이라는 건조물이 꽤 존재하는 건지도 모르겠다.

내 쪽 세계에서는, 던전이란 과거의 유적이거나 드래곤의 둥지가 펼쳐져 있는 경우가 많다고 했다. 윈디아나 라트, 가엘리온에게서 그런 이야기를 들은 적이 있었다.

"그 방면에 대한 조사는 이츠키 쪽이 맡을 거야. 우리는 키즈나가 어디에 있는지를 찾아내야 해."

"네. 크리스, 좀 어때요?"

"페……엥."

머리에 손을 댄 채 신음하던 크리스가, 이윽고 한 방향을 가리켰다.

성 밑 도시 북문 방향에 있는 한 구획……. 수많은 철골이 보이는, 어쩐지 공사 현장을 연상케 하는 곳이었다.

철망 같은 것도 있어서, 어쩐지 이세계인지 현대사회인지 헷갈리는 구역이었다.

공장인 듯, 굴뚝에서 연기가 나오고 공기도 탁해 보였다.

"라프타리아, 괜찮아?"

예전에 병을 앓았기 때문인지, 라프타리아는 공기가 탁한 곳에서는 기침을 하곤 했다.

지금은 병도 다 나았으니 괜찮을지도 모르지만, 혹시나 싶어서 확인해 본 것이다.

"네, 괜찮긴 하지만…… 공기가 썩 좋아 보이진 않네요."

"그러게……. 그리고 인기척이 많은 곳이 아니니까 어슬렁거리다가는 이 나라 병사들의 주목을 받게 될지도 몰라."

"그 점은 걱정 마시길. 저도 잠복 스킬을 보유하고 있으니까……. 라프타리아 씨가 있으면 눈에 띄지 않고 조사할 수 있을 것입니다."

글래스가 부채를 펼치고 스킬명을 외웠다.

"윤무 · 구름 숨기기."

둥실 하고, 잠복 스킬이나 마법에 걸렸을 때와 같은 감각이 우리를 뒤덮었다.

정말 이걸로 괜찮은 걸까……. 이런 스킬이나 마법은 마물을 상대로는 안 통하는 경우가 많단 말이지.

라프짱이나 라프짱 2호 정도의 수준이 되면 완전히 감출 수 있는 것 같지만.

최대한 경계하면서 가는 게 좋겠군.

신중하게 철망을 넘어서 정찰을 해 나가다 보니…… 어쩐지 수상쩍은 지하시설 입구를 발견할 수 있었다.

보초들이 꽤 많군.

"펭."

크리스가 비스듬하게 아래쪽으로 손을 내렸다. 이 밑으로 가라는 뜻이리라.

"키즈나가 있는 바로 위를 찾아내서, 전원이 힘을 모아 똑바로 땅을 파면 빠르지 않을까?"

"어떻게 그런 발상이 나오는 건지 신기하네요."

아, 글래스가 나를 보며 황당해하고 있잖아.

"자칫하면 효율적이라고 동의할 뻔했어요."

라프타리아는 어째 한탄하고 있었다.

뭐 어때서 그래? 그런 발상도 나쁘지 않잖아.

"그래서? 저기 누가 봐도 수상쩍은 시설에 지금 당장 잠입할 거야?"

"그것도 괜찮겠지만…… 자칫 들켰다간 일이 성가셔지겠죠."

"들키면 말이지. 라프타리아와 필로짱의 마법을 우습게 보지 마."

"저희에게 기대해 주시는 건 기쁘지만, 최대한 경계하는 게 좋을 것 같다는 생각도 들어요."

"그래?"

"네. 막연한 예감이지만, 함부로 돌격해 봤자 들키고 말 것 같은 느낌이 들어요."

"라프!"

라프짱도 동의하는 듯 고개를 끄덕였다.

변신 능력을 가진 라프타리아와 라프짱의 독자적인 감각 같은 걸까?

선부른 돌격은 위험할 것 같다는 느낌이 드는 것도 사실이었다. 라프타리아와 라프짱의 생각이 그렇다면 일단 물러나는 게 좋겠지.

"알았어. 일단 동료들과 합류하고 나서 다시 오자."
"그게 좋을 것 같아요."
"그나저나…… 지하 미궁이라."
로망 같은 게 느껴지는 것도 사실이다. 게이머의 피가 들끓는다고나 할까.
이렇게 우리는 적진 시찰을 마치고 그 자리를 떠났다.

"나오후미, 그쪽은 좀 어땠어? 뭐 좀 건진 건 있고?"
합류 지점인 술집에 가니 라르크 일행이 먼저 모여서 쉬고 있었다.
사디나는 술을 마시고 있는 것 같았다. 말 많이 하지 말라고 신신당부를 해서 그런지, 어깨 좀 따분해 보였다.
입을 열면 지나치게 활기 넘치는 여자인데 말이지……. 저러고 있으니까 어쩐지 세인과 분위기가 비슷해 보이는데.
……그렇게 생각하면 세인은 실은 수다쟁이인지도 모른다.
그리고 우리가 도착한 직후에 이츠키 일행도 나타났다.
"그럼 이동하자."
우리는 훔쳐 듣는 사람이 없도록 인기척이 적은…… 고가도로 밑 같은 곳으로 이동했다.
화차 같은 것이 머리 위를 지나갔다.
은근히 근대적이라 해야 할까? 화차가 아니라 전철이었다면 일본이라고 착각할지도 모르겠다.
"크리스의 안내에 따르면 키즈나는 지하에 붙잡혀 있는 것 같아. 입구에 보초가 많아 보였어."

가능하면 뒷문이나, 미궁 내부로 이어지는 통로 같은 걸 이용하고 싶다.

"그거 성가시게 됐는데……. 우리 쪽도 성가시기 짝이 없어. 용맥의 모래시계에 규제가 걸려 있더라고. 가까이 갈 수도 없게 돼 있더라니까. 아가씨들이 건물 밖에서 조사할 수 있는 능력을 갖고 있었기에 망정이지."

"이 누나들 대활약!"

사디나와 실디나가 득의양양하게 가슴을 폈다.

그 능력은 수인화한 상태에서만 쓸 수 있는 건데, 별 탈 없었던 건가?

"경비가 꽤 삼엄한가 보군."

"그야 타국의 권속기 소지자가 못 오도록 해 놓은 거겠지. 그리고 귀로의 용맥을 재현하는 기술이 유출된 것 같더라고."

"라르크 쪽 것도?"

"우리 쪽은 필터가 있으니까 문제없어."

아아, 그런 기술도 있는 건가? 은근히 편리한데.

"그나저나 사디나 아가씨가 이야기하길, 용각의 모래시계에서 뭔가 실험을 하는 중이었다는 모양이야. 이 나라에 살고 있는 녀석들에게도 정보를 수집해 봤는데, 요즘에 뭔가를 하고 있다나 보더라고."

"말 안 해도 알겠지만, 그렇게 깊게까지는 조사할 수 없다구."

"그렇겠지."

"채굴 같은 건 이미아가 잘할 것 같은데 말이야."

"있지도 않은 녀석 이야기를 해서 어쩌자는 거야?"

있었다면 땅을 파게 했겠지. 틀림없다.

"세인 님께서 건물 안으로 들어가는 자에게 은근슬쩍 핀을 달아 두었다고 하셨습니다."

"우리가 본 쪽 입구에서도 그런 식으로 장치를 해 볼까?"

문제는 그 입구로 드나드는 녀석이 없었다는 것……. 보초들은 건물 밖에 있는 초소에만 있을 뿐 건물 안에는 안 들어갔단 말이지……. 그야말로 빈틈없이 삼엄한 경비 체계였다.

사디나가 음파를 통해 탐지할 수 있다면 한번 조사해 보는 것도 괜찮을 것 같다.

"다만――."

"네, 알겠습니다. 으음, 건물에 들어가는 사람에게 핀을 꽂긴 했는데, 중간에 방해를 받았다고 합니다. 불길한 예감이 든다고 하십니다."

방해? 이상한데. 세인의 전이 스킬에는 전이 위치의 상황을 확인할 수 있는 효과가 있고, 전이 자체가 방해받는 경우가 아니라면 그 확인이 불가능한 경우는 지금껏 없었다.

우연히 키즈나 쪽 세계가 세인의 스킬과 궁합이 안 맞는 것일 가능성도 있지만, 방해받았다는 사실은 불길한 예감을 들게 만들기에 충분했다. 이런저런 상상을 하게 만드는 사태로군.

"그럼 이츠키 쪽은 어땠지? 뭔가 좀 알아낸 것 있어?"

"네. 나오후미 씨 일행이 조사한 내용은 워낙 중요 기밀로 취급되고 있어서 일개 모험가 신분으로는 알아볼 수 없었지만, 지하 미궁의 구조 가운데 일부는 알아냈어요."

이츠키가 그렇게 말하고, 리시아와 에스노바르트가 지하 미궁 지도의 필사본을 꺼내서 보여 주었다.

“이 도시 지하에는 미궁이 존재하는데, 지상에 가까운 층은 지리도 제법 많이 파악된 상태라고 해요.”

“흐음. 도시의 배치로 미루어 보아 이쯤인 것 같은데…….”

미궁을 통해서 침입하는 길도 유망한 코스로 생각해 볼 만하긴 한데…… 이건 뭐지?

“지하 3층까지는 개척도 진행돼서 지하 도시화 되어 가고 있어요. 그리고 국가의가 관리하는 구획은 지도에 안 실렸어요.”

“정보 규제라……. 귀찮아 죽겠네!”

“그밖에도 더 알아낸 게 있는데, 말씀드릴까요?”

“뭔가 더 있는 거야?”

“네, 수상한 점이 있어요.”

이츠키는 그렇게 말했지만, 리시아와 에스노바르트는 감이 잡히지 않는 표정이었다.

“우선 악기의 권속기 소지자 얘긴데, 이세계인…… 아무래도 일본인인 것 같고, 이름은 미야지 히데마사라고 하나 봐요.”

“호오……. 성격에 문제 있는 사성용사와 비슷한 타입이야?”

“아마 그런 것 같긴 한데, 문제는 그게 아니에요.”

“그럼 뭐가 문제지?”

“제가 느끼기에는, 용사가 된 경위가 어쩐지 좀 이상해요. 나오후미 씨도 한번 확인해 주셨으면 좋겠어요.”

“알았어.”

이츠키는 에스노바르트에게 다음 이야기를 재촉했다.

아…… 하긴 이 멤버들 중에 문자를 제대로 읽을 수 있는 건 에스노바르트뿐이겠지.

리시아도 똑똑한 인재이긴 하지만, 오자마자 문자를 읽어 낼 수 있을 정도는 아니니까.

"악기의 권속기 소지자인 히데마사가 선정된 경위를 취재한 기사를 발견했어요. 그 기사에 의하면, 그 사람은 사성용사 소환에 휘말린 일반인이었다고 해요."

휘말렸다? 성무기에 의한 용사 선정 과정에 휘말려서 소환됐다는 건가?

"그게 사실이야?"

"그런 것 같다는 말씀밖에는 드릴 수가 없네요. 다만, 원래 세계에서 성무기의 용사와 면식이 있었던 건 아니라는 모양이에요. 그런 이야기가 여기저기 나돌고 있어요."

이세계에 소환되는 경위라는 것도 다양할 것이다.

나는 책을 읽다가 소환됐고, 렌과 이츠키, 모토야스는 반죽음 상태에서 소환됐다.

키즈나도 게임인 줄 알았는데 어느새 이세계에 와 있었다고 했었고.

"그리고 그날 행방을 감추었다가, 다음에 나타난 건 엄중하게 관리되고 있었던 악기의 권속기 앞이었고……. 악기의 권속기를 사람들 앞에서 뽑았다나 봐요. 그러면서 그 자리에서 자신이 이세계인이라는 걸 밝혔다고……."

단, 이상한 점이 있었다.

"확실히…… 이상하긴 하군."

내 말에 이츠키도 고개를 끄덕였다.

"소환된 용사는, 소환된 직후부터 무기를 갖고 있는 거 아니야?"

그렇다. 나나 이츠키 같은 사성, 키즈나도 그랬을 테고, 우리 쪽 칠성용사들도 마찬가지였을 터였다.

용사 소환을 통해 소환되어 온 이세계인은, 이세계에 온 순간부터 이미 손에 무기를 갖고 있는 법이었다.

그런데 그 미야지 히데마사라는 작자는 다른 사람의 소환에 말려들어서 소환된 데다, 무기를 갖고 있지도 않았다는 이야기가 된다.

무기가 통역해 주지 않으면 말도 안 통하지 않는가. 무기가 없이는 이 세계 녀석들이 무슨 소리를 하는지 알아들을 수도 없다.

순서도 이상하고, 다른 소환에 휘말려서 소환됐다는 시추에이션도 지금껏 들어 본 적이 없었다. 애초에 무기 스스로가 선택해서 개인을 불러오는 소환에 휘말려든다는 게 있을 수 있는 일인가?

흐음, 이츠키가 의문을 느끼는 이유도 납득이 가는군.

국가 쪽에서는 수상하게 여기지 않은 건가?

뭐, 일반적으로 선정을 받지 않으면 가질 수 없는 무기를 뽑았으니, 결과만 좋으면 장땡이라는 식으로 넘어간 거겠지.

"자료가 잘못됐을 가능성도 있어요. 확실하다고 단정 지을 수는 없어요."

"그나저나, 교섭으로 해결할 수 있는 상대일 것 같아?"

내 질문에 에스노바르트와 라르크는 고개를 가로저었다.

붙잡혀 있던 키즈나를 가로채 가는 짓을 저지른 데다, 시치미를 떼고 있을 가능성이 높으니까. 교섭이 통할 녀석들이었다면 애초부터 감추지도 않았겠지. 교섭은 키즈나를 탈취한 후에 해도 늦지 않다.

그러고 나서 권속기 소지자로서 올바른 소유자인지 어떤지, 키즈나가 가진 감정의 힘을 사용하면 될 것이다.

올바르게 선정된 것이라면 권속기는 떨어지지 않을 터.

만약에 떨어진다면…… 뭔가 속사정이 있다는 뜻이다. 그야말로 파도의 첨병일 가능성이 높다.

천재 다음에는 소환에 휘말려든 이세계인인가? 될 수 있으면 말이 통하는 녀석이어야 할 텐데.

"그래서, 그 히데마사 군이라는 녀석은 현재 어디에 있지?"

웬만하면 쿄처럼 오지나 영지에서 뭔가를 하고 있거나, 마물 퇴치에 나서서 한동안 돌아오지 않거나 하는 상황이면 좋겠다.

뭐, 키즈나를 가로채고서 자리를 비웠을 가능성은 없겠지만.

"목격자의 이야기에 따르면, 오늘은 성 쪽에 있다는 모양이에요."

은근히 타이밍이 안 좋은데. 가능하면 조우하지 않고 우리 목적을 달성하고 싶었다.

"그리고…… 아뇨, 이건 제 착각일 거예요. 말이 안 되는 이야기니까."

"뭔데 그래?"

"아까 술집을 찾고 있다가, 인파 속에서 귀에 익은 목소리가 들린 것 같았어요."

"귀에 익은 목소리?"

나는 이츠키에게서 시선을 떼어 리시아 쪽으로 옮겼다.

"후에에에에……."

리시아는 알아채지 못한 모양이군.

"누구 목소리가 들렸는데?"

"마르드 일행과 비슷한 목소리가 들린 것 같아서 드린 말씀이에요."

누구지? 하지만 어디선가 들어 본 적이 있는 이름 같기도 하군.

……이츠키가 아는 사람일 거라 가정하면, 이츠키와 친했던 누군가……. 호칭을 따로 안 붙이고 이름만 부르는 걸 보면, 전에 부하였던 갑옷남인가?

그러고 보니 그런 이름이었던 것 같기도 하다.

하지만 아마 그건 착각일 것이다. 여기는 다른 세계 아닌가?

파도를 통해 이어진 것도 아닌데, 어떻게 그 녀석들이 이쪽 세계에 있다는 말인가.

그나저나, 그놈은 제르토블에서 이츠키를 이용해 먹은 뒤로 행방불명 상태였지.

생각해 보면 전에는 윗치와 행동을 함께했었는데, 타쿠토와는 같이 있지 않았었다.

그쪽 세계에서 암약하고 있을 거라고 생각하는 게 현실적이겠지만…… 지금의 이츠키가 거짓말을 할 것 같지도 않았다.

"그냥 목소리가 비슷한 사람을 만난 거 아니야?"

"……그렇겠죠. 제 생각도 그래요."

뭐, 이츠키가 그 녀석을 껄끄럽게 여기는 건 나도 이해가 간다. 워낙 못된 짓을 저지른 녀석이니까.

"흐음…… 그럭저럭 정보를 모으긴 했지만, 이제 어쩐다……."

도망칠 수단은 여럿 있지만, 쳐들어가는 게 너무 어렵다.

라프타리아와 라프짱의 감에 따르면, 마법이나 잠복 스킬을 써도 들킬지도 모른다.

그렇다고 신중하게 숨어서 행동하는 것도 한계가 있을 것이다.

"이제 슬슬 해도 지는 참이니, 잠복하기에 딱 좋은 타이밍이긴 해."

키즈나가 갇혀 있는 비밀 시설에 야음을 틈타 쳐들어가서 키즈나를 탈환, 곧바로 포털을 사용해서 도망칠 수만 있다면 최상의 결과. 여유가 있으면 키즈나 건으로 권속기 소지자를 규탄하고, 대답 여하에 따라서 토벌해야 할 것이다.

일이 순탄하게 풀리면 다행이겠지만……. 뭐, 여기서 우물쭈물하고만 있으면 아무것도 해결할 수 없을 테니까.

어딘가 안전해 보이는 루트를 찾아내서, 적에게 들키지 않고 키즈나를 탈환하는 게 가장 이상적인 방법이다.

가장 무서운 건 악기의 권속기 용사가 알아채고 키즈나를 인질로 삼는 것이다.

타쿠토 때처럼 눈앞까지 데려다준다면 빼앗을 수단은 얼마든지 생각해 볼 수 있지만, 상대가 바보일 것을 전제로 생각한다는 건 멍청한 짓이다. 그런 짓은 절대로 해서는 안 된다.

……어쩐지, 어딘가에 함정이 도사리고 있을 것 같은 느낌이 드는군.

하지만 레벨레이션 아우라 X가 있으면 그런 함정도 돌파할 수 있을 것만 같았다.

뭐랄까…… 타쿠토 같은 파도의 첨병은 권속기의 힘을 제대로 끌어내지 못하니까, 무슨 수를 써도 내가 유리하게 싸울 수 있다.

그래도…… 지혜의 현왕이 할 법한 소리지만, 어쩐지 불길한 예감이 든단 말이지.

쿄를 상대로 싸우던 때처럼 눈앞에서 라르크 일행이 파도에 소환되거나 하는 사태가 생길 것 같아서 무서웠다.

이츠키의 전 동료도 불길했다. 다양한 요소가 불안을 부채질해 댔다.

"악기의 권속기 소지자가 알고 있는 무기 강화방법이 어떤 건지는 판명됐어?"

"아…… 키즈나가 다른 사성용사들과 접촉했을 때 대화의 자리를 마련한 적이 있었는데…… 그때 대략 파악했습니다."

"글래스, 너희는? 라프타리아도 그렇고."

그러자 라프타리아는 말끝을 흐렸다.

"키즈나 씨 이외의 사성용사들은 상당히 쩨쩨한 분들이었다는 모양이라……."

하긴 키즈나는 이런 교섭에는 약한 타입이니까.

아마 자기 비밀을 공개할 테니까 가르쳐 달라는 식으로 제안했겠지.

"다른 사성 동료들이 난리를 쳐 댔었지요. 신뢰를 얻기 위해 공개한 건 키즈나뿐이었답니다. 그리고 요모기의 동료였던 자들과, 라르크의 낫을 빼앗아 간 배신자를 통한 유출이……. 강화방법이 외부에 새어 나가지 않았으리라고 장담할 수는 없는 상황이에요."

그나마 다행인 건 키즈나 이외의 사성용사들이 짠돌이라서 강화방법을 이야기하지 않았다는 점인가?

……살해당하기 전에 인질이라도 잡혀서 다 불었을 가능성도 있지만.

그렇다면 적은 우리보다 더 많은 강화를 실시했을 수도 있다.

하지만 어찌 됐건 성능을 다 끌어내지는 못했을 것이다.

"뭔가 함정이 있더라도 돌격하지 않으면 아무것도 못 해. 느긋하게 기다리다가 기회를 놓치느니, 그냥 돌격하는 게 나을 거야. 적들이 키즈나를 인질로 잡고 있다고 해도, 그 키즈나가 죽으면 녀석들도 곤란해질 게 틀림없어."

인질이라는 건 살아 있기에 의미가 있는 법이다. 죽이면 곧바로 자기들이 표적이 될 테니까.

상대도 바보는 아니다.

타쿠토는 그 점을 잘 모르고 있었던 거겠지. 바보였으니까.

"협박이라면 나만 믿어."

"기분 나쁜 자신감이네요……. 나오후미와 같은 편으로 활동하다 보면 못된 음모라도 꾸미는 기분이에요."

"아무리 인질을 방패로 삼아 봤자 협박에는 응하지 않겠다는 식으로 나갔다가, 적들이 당황하는 틈에 키즈나를 탈환해 주지. 일의 선악에 대해서는 키즈나를 탈환한 뒤에 따지면 돼."

이렇게 하면 된다. 나쁜 건 나. 착한 건 키즈나.

어차피 나는 이쪽 세계에서는 손님일 뿐이니, 부정적인 이미지는 뒤집어써도 된다.

"웬만하면 그 방식에 기대고 싶진 않지만, 나오후미라면 어떤 경우에도 적절하게 행동할 수 있을 것 같긴 하네요……. 알았습니다. 그쪽에 대해서는 맡기도록 하지요."

"하지만…… 글래스, 나는 때때로 냉혹한 판단밖에 못 하게 될 때도 있어. 그 이상은 기대하지 마."

상대방은 외교를 통해 부랴부랴 인질 석방을 요구한다고 해서 응할 타입이 아니다.

돈이나 무기 강화방법을 미끼로 삼아 봤자 동요하지 않는 스타일인 것이다.

증거를 붙잡아서 들이댄다 해도 오히려 당당하게 키즈나를 인질로 삼겠지.

세계가 위기에 처한 마당에 왜 이런 짓을 하는 건지 도무지 이해가 가지 않는다.

렌이나 이츠키, 모토야스도 게임 지식을 갖고 무쌍을 찍겠다는 생각은 했을지언정, 세계를 장악하겠다는 발상은 하지 않았다.

대화가 안 통한다면 무력으로 해결하는 수밖에 없다.

"알고 있습니다. 각오는 되어 있습니다."

"그럼 타당해 보이는 작전을 이야기하지. 우선 라프타리아나 리시아처럼 잠복 능력을 가진 녀석이 키즈나 탈환을 위해 시설에 잠입. 그 작전으로 운 좋게 구출에 성공하면 그 즉시 탈출하는 거야."

제1단계에 해당하는 원만한 작전.

쓰레기가 있었더라면 더 좋은 계책을 고안해 주었을까?

"라프타리아가 예감했던 것처럼 적에게 발각되면 우리가 돌입. 그 과정에서 적을 교란하기 위한 동시 작전으로 라르크 일행은 용각의 모래시계에 쳐들어가서 한바탕 소란을 피워. 교란 작전이라고 해도 본격적으로 공격해야 해. 증거만 잡으면 대의명분은 생기는 법이야. 나중의 외교 문제는 의식하지 마."

"좋았어! 제압해 버려도 되는 거지?"

"그래. 양동작전이기도 하니까. 최대한 화끈하게 날뛰어."

만약에 그쪽에 악기의 용사가 나타난다면, 내 입장에서는 반가운 일이다.

라르크 쪽은 키즈나를 구출할 때까지 시간만 벌어 주면 된다.

"혹시 뜻하지 않게…… 권속기 강탈 능력을 가진 적이 나타나면 어떻게 할까요?"

테리스가 나에게 물었다. 적절한 질문이군.

"작전 전에 예방책으로 레벨레이션 아우라 X를 걸어 둘게. 타쿠토를 상대로는 충분히 통했어. 우선은 기세로 몰아붙여서 용각의 모래시계를 점령해. 효과가 떨어지거든 상황에 따라서 후퇴도 염두에 두고. 최악의 경우에는 귀로의 용맥을 사용해서 도주, 지원군을 불러 와."

쿄나 쓰레기 2호가 쓰려던 수법을 우리가 쓰면 안 된다는 법은 없다.

귀로의 용맥을 통해 글래스 휘하의 병사들을 대량으로 증원해서 쳐들어가면 된다.

무기를 빼앗길 가능성 쪽은, 능력치가 높아지면 무기를 빼앗기지 않게 되는 건지, 아니면 한번 빼앗겼던 공격이기에 저항력이 생기는 건지는 알 수 없다.

레벨레이션 아우라가 레벨레이션 아우라 X로 강화된 이후로는 효과 시간도 대폭 늘어났다.

효과 시간이 떨어질 때까지 용각의 모래시계를 점령하지 못하면 작전을 실패한 거나 마찬가지니까.

여러 작전을 동시에 전개해 상대의 방어를 무너뜨리는 것.

어느 한쪽이 실패해도 다른 한쪽이 성공하면 어느 정도 효과는 거둘 수 있을 것이다.

"그리고 권속기를 강탈하는 녀석이 나타나거든…… 테리스."

나는 엄지를 세워서 목을 베는 동작을 취해 보였다.

"그 액세서리의 힘으로 강해졌다는 걸 증명해."

"네! 명공님의 명령이라면, 라르크 일행을 보호하면서 적을 처치해 보이겠습니다."

테리스가 내 지시를 듣고 경례를 붙이며 대답했다.

명령한 나는 물론, 라르크의 표정도 떨떠름해 보이는군.

"어머나…… 이 누나들도 질 수 없겠는걸, 라프타리아."

"그러게 말이에요. 최선을 다해 봐요."

"그럼 작전 개시다."

이렇게 해서 우리는 각자 작전 결행을 위해 움직였다.

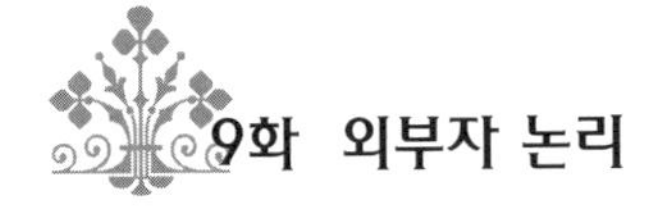

9화 외부자 논리

우리는 미리 의논한 대로 야음을 틈타서 행동을 개시했다.

우선, 잠복에 강한 라프타리아와 몸놀림이 빠른 리시아, 라프짱과 크리스, 글래스와 사디나가 앞장서서 키즈나가 있을 것으로 추정되는 지하시설 입구를 통해 은폐 상태로 잠입.

나와 이츠키, 실디나, 필로, 에스노바르트는 만약의 사태에 대비한 제2 부대로 대기.

같은 시각, 라르크와 테리스, 세인이 양동작전을 위해 용각의 모래시계를 점령할 예정이었다.

"그럼…… 갈게요."

"그래."

약속한 시간까지 라르크 일행과 그 자리에서 대기하기로 했다.

물론 사전에 레벨레이션 아우라 X를 걸어 둔 상태였다.

"매번 느끼지만 이건 진짜 대단하다니까."

"그럼──."

"다녀올게요."

"잘들 하라고."

"알았어!"

그렇게 말하고, 라르크 일행은 재빨리 용각의 모래시계 쪽으로 이동했다.

라프타리아 일행은 내게 시선을 보내고 고개를 끄덕였다.

"뭐, 뭐야? 윽──."

빛에 반응해서 하늘을 올려다본 보초를 재빨리 제압, 실신한 보초를 결박해서 그늘에 굴려 넣은 다음 건물 안으로 들어갔다.

뭐랄까, 동작이 제법 숙련돼 보였단 말이지.

잠입을 통한 인질 구출 작업이라고 하니, 메르티를 구하러 갔을 때가 떠오르는군.

그때도 우여곡절이 있었지만 결국은 어떻게든 이겼지.

작전 결행 후 5분이 경과했을 때, 성 쪽 상공에 서치라이트 같은 불빛이 켜졌다.

동시에 내 시야에 라프짱의 항목이 나타났다.

먼저 갔던 라프짱이 자신을 다시 불러 달라고 지시하는 건가?

"컴온 라프."

"라프~!"

퐁 하고 라프짱이 내 눈앞에 출현했다.

"라프! 라프라프!"

"무슨 일 있어?"

"라프!"

내 질문에 라프짱이 고개를 끄덕였다.

잠시 후…… 용각의 모래시계 쪽에서 커다란 불꽃놀이 같은 빛이 터져 나왔다.

나와 라프타리아를 원격으로 지켜보고 있던 세인을 통해 라르크 일행에게 정보가 전달되고, 용각의 모래시계에 대한 공격이 개시됐음을 알리는 마법이었다.

나는 뒤에 있는 동료들에게 시선을 보내고, 내달려서 지하시설 입구로 침입했다.

이츠키 등도 내 뒤를 따랐다.

지하시설은 잘 정비된…… 말하자면 판타지 세계와는 동떨어진 콘크리트제 건조물처럼 보였다. 복도가 길게 뻗어 있었다.

"경비 시설은…… 이미 라프타리아 쪽이 파괴했나 보군."

곳곳에 마법으로 만든 무언가가 부서져 있는 모습이 보였다.
뭐, 비상사태라면 경보 장치가 작동하건 말건 따질 때가 아니다.
유성방패를 전개하면서 함정을 무시하고 돌진했다.
내가 밖에서 기다린 시간은 5분 정도였다. 그렇게 오랜 시간은 아니었다. 금방 따라잡을 수 있을 것이다.
"라프!"
그렇게 생각하기가 무섭게, 지하 2층으로 내려가기 직전쯤에 라프짱이 우리를 세웠다.
"라프라프!"
라프짱은 문을 건드리지 말라는 듯 손짓으로 경고했다.
"이 너머에 뭐라도 있는 거야?"
"랏프! 라프!"
그리고 라프짱은 바닥을 가리키고 폴짝폴짝 뛰는 동작을 반복했다.
"라~프라라~프라!"
억양이 포털 실드와 비슷하잖아…….
"텔레포트 함정……이라는 걸까요?"
내가 해답을 도출해 내는 것과 거의 동시에 이츠키가 중얼거렸다.
"네, 저 방에 들어간 직후에 텔레포트 당했다나 봐요."
"응!"
에스노바르트와 필로가 동의했다. 말을 알아들을 수 있었으면 빨리 말했어야지!

“그렇겠지. 어떤 함정이든 힘으로 돌파할 수 있을 거라고 생각했는데, 텔레포트 함정이 여기 있을 줄이야.”

만약에 구멍 같은 함정이었다면 라프타리아 일행은 빠져나올 수 있었을 터.

애초에…… 라프타리아의 감이 여기서 작동한 건지, 아니면 감이 빗나간 건지를 알 수 없었다.

하지만 이렇게 경보가 울려 퍼지고 있다는 건, 라프타리아 일행의 은폐가 무효화되고 텔레포트 함정이 강제 발동됐다고 생각해야 할 것이다.

“그래도 한번 들어가 보는 수밖에.”

문을 열려고 한 바로 그때!

“라프?!”

라프짱이 놀랐잖아? 그러니까 이건…… 우리를 상대로 작동한 함정이었다는 건가?

설치되어 있는 곳으로부터 넓은 범위 안에 작동해서 여럿에게 영향을 주는 장치였으리라.

바닥이 빛나고, 순식간에 시야 속 풍경이 뒤바뀌었다.

흐음……. 이거, 오자마자 함정의 효과 범위 밖으로 도망치는 것밖에 대처 방법이 없겠군. 그 비좁은 통로 내에서는 어렵겠지.

“나오후미 님!”

목소리가 난 방향을 쳐다보았다.

그러자 거기에 바이올린 같은 무기를 든 일본인풍 남녀 다섯 명이 보였다.

그리고 라프타리아와 글래스가 그 자들과 대치하고 있는 형국이었다.

"네놈이 이세계의 성무기 용사라는 놈이냐."

악기를 든 녀석이 뭔가 중얼거렸다.

검은색 바탕의 옷을 입은, 느끼한 태도의 흑발 남성이다.

나이는 10대인 것 같다.

앳된 기색이 남아 있는 렌의 쿨함과는 다른, 조금 더 나이가 느껴지는 쿨함이 느껴졌다.

나쁘게 표현하자면 아니꼬운 표정이 영 성미에 거슬렸다.

이런 녀석들은 다들 검은색을 좋아하는군. 아직 정신연령이 중학교도 졸업 못한 거 아니야?

솔직히, 지금까지의 경험을 통해 얻은 직감이 이 녀석은 유치한 소리를 할 게 뻔하다고 가르쳐 줬다.

……일이 성가셔질 것 같군.

"그럼 너는 이 세계 악기의 권속기에게 선택 받았다는 미야지라는 녀석인가 보군……."

"이거이거…… 처음 뵙겠습니다. 악기의 용사인 미야지 히데마사라고 합니다."

미야지는 그렇게 말하며 고개를 숙였다.

수상쩍고 느끼한 태도군.

뭐랄까…… 자기는 전부 다 알고 있다는 식의 득의양양한 얼굴이 짜증 난다.

쿄도 '나는 엄청 똑똑한 놈이라고.' 라는 식으로 굴었었지만, 이 녀석은 은근히 그보다 더 무례함이 느껴졌다.

"이 지하 시설에 침입한 순간부터 나는 이미 다 알아채고 있었습니다. 너무 여럿이 몰려오면 상대하기 힘드니까 분단시켜 뒀죠."

주위를 확인해 보았다.

아까 분명히 같이 전송됐던 이츠키가 없었다.

실디나와 필로, 라프짱, 에스노바르트는 다른 곳에 떨어져 있었다.

라프타리아 일행 역시 리시아와 사디나, 크리스와 떨어진 것 같았다.

젠장! 귀찮아.

"일방적인 정의감으로 밀입국한 것도 모자라, 국가의 관리 구역에 무단침입까지 하다니……. 게다가 용각의 모래시계 습격까지. 아무리 권속기의 용사라고 해도 용서받지 못할 대죄라고 생각하지 않습니까?"

미야지가 글래스를 향해 내뱉었다.

"무슨 말도 안 되는 소리를……. 증언은 이미 확보했어요. 키즈나가 이 나라로 납치돼 왔다는 증언을. 그리고 키즈나가 만든 식신의 탐색을 통해 여기에 키즈나가 감금돼 있다는 사실도 알아냈어요."

글래스의 대답에, 미야지는 구역질 나는 웃음을 지으며 주위 여자들을 쳐다보았다.

"우리가 모른다고 해도, 당신들은 물러날 생각 따위는 털끝만큼도 없는 것 같군요. 우리는 성심성의껏 결백을 증명하려고 애쓰고 있는데 이렇게 나오다니……. 역시 카자야마 키즈나와 그 동료들은 용사라면 뭘 해도 된다고 착각하는 것 같군요."

"사성용사 살해에 가담해 놓고, 뻔뻔하게 잘도 그렇게 피해자 행세를……."

"잠깐, 글래스. 내가 이야기해 볼게."

나는 글래스를 제지하고 앞으로 나섰다.

"아무 상관도 없는 다른 세계의 용사가 무슨 의견이라도? 발언권이 있다고 생각하는 겁니까?"

우와……. 예전의 나였다면 대충 웃어넘기고 슬쩍 거리를 벌릴 것 같은 대사잖아.

장난하는 거냐?

나는 너처럼 은근하게 무례한 놈은 얼마든지 상대한 적이 있단 말이지.

"용사로서 이세계에 소환돼서 파도를 잠재우기 위해 싸운다는 점에서 나와 키즈나는 동료거든. 네놈이 모르는 곳에서 여러모로 신뢰 관계를 구축해 왔지. 상관없는 사이라는 소리를 들을 이유는 없어."

비록 표현은 꼬아 놓았지만, 이 녀석 말은 결국 이런 것이다.

네놈이 무슨 상관이야. 찌그러져 있어.

그런 녀석을 상대할 때 필요한 첫 번째 수순. 상관없는 사이가 아닌 동료임을 밝혀서, 개입할 이유를 내놓는 것.

"어떤 구실을 붙이건 간에 당신 담당은 여기가 아니잖아요? 외부인이 무슨 소리를 한들 이 세계의 용사를 설득할 수는 없을 것 같은데 말이죠."

흐음……. 역시 예상대로, 무관계한 외부인이라 주장해서 내가 개입할 여지가 없다는 억지 논리로 강변하려는 꿍꿍이인가

보다.

이쪽은 근거를 들어서 논리를 펴고 있는데, 이해할 생각 따위는 없어 보이는군…….

여기까지는 렌이나 이츠키, 모토야스와 같은 타입이라고 판단됐다.

그럼 필요한 두 번째 수순으로 이행해 볼까.

"애석하게도 무관계한 사이가 아니라서 말이야. 여기에 있는 이 세계 도의 권속기 용사는 원래 내가 담당하던 세계 사람이야. 이쪽 세계가 멸망하면 여러모로 곤란해지지. 원래 내 담당 세계의 주민이자, 내 소중한 동료니까 말이야."

라프타리아를 가리키며, 나와 이 세계의 관계성을 주장했다.

이러면 나는 녀석이 주장하듯 담당 세계가 다른 무관계자가 아닌, 담당 세계의 동료를 지키러 온 관계자가 된다.

"무관계 운운하는 소리를 하려거든 권속기 용사로서 해야 할 역할을 내팽개친 채 멋대로 설치는 짓은 그만두는 게 좋을걸. 관계자 녀석들이 싫어할 테니까."

무관계 담론을 통해 상대를 몰아붙이는 게 정석이겠지.

어차피 이런 타입은 말싸움에 졌다고 물러날 생각 따위 없다는 건 이미 알고 있다.

상대가 대꾸하기 전에 이쪽이 먼저 공격에 나서면 된다.

"키즈나 쪽과 대화를 거쳐서 협조하거나, 자기 방식대로 용사로서 대처하면 됐을 거 아니야? 왜 적대하는 거지? 이유가 있거든 말해 보시지. 정당한 이유라면 협조해 줄 테니까."

그렇다. 자기는 용사니까 이 세계의 관계자라고 주장하려면,

용사로서의 역할을 성실히 수행하는 것이 전제가 되어야 한다.

그런데도 불구하고, 미야지라는 녀석은 키즈나 일행과 연락도 취하지 않고 멋대로 날뛰어 댔다는 것이다.

나도 처음에는 용사의 역할에서 도망치고 싶었으니 그 기분도 이해가 안 가는 건 아니다.

나를 공격해 온 모토야스를 죽일 수 있는 타이밍이 있었더라면, 녀석을 죽임으로써 그 역할을 내팽개쳐 버렸을지도 모른다.

"입만 산 놈이군."

"그 말 그대로 돌려주마. 자, 너는 왜 이런 짓을 하고 있는 거지? 그렇게까지 적의를 드러내는 이유가 뭐냔 말이다."

서로 힘을 모아야 할 상황에 대화를 해 볼 생각은 조금도 하지 않고 나라 안에 틀어박힌 채 뭔가 꿍꿍이를 꾸미고 있다면 적대시하는 거라고 받아들여도 이상할 게 없겠지.

지독하게 버림받았다거나 뭔가 이유가 있다면 나도 어느 정도는 정상 참작을 해 줄 수도 있다.

"멋대로 소환해 놓고 용사의 임무를 하라고? 농담도 작작 좀 하라지."

"그 점에 대해서는 나도 동감이야."

정말이지…… 생각해 보면 참 먼 길을 왔지만, 아직도 그런 생각이 완전히 가신 건 아니다.

미야지의 경우는 다른 사람의 소환에 끌려 왔다는 모양이니, 더더욱 열 받을 만도 하겠지.

"나오후미!"

글래스가 나를 쏘아보았다. 나도 알아. 이런 건 그냥 말장난

일 뿐이지.

라프타리아 쪽을 쳐다보며 가볍게 손을 흔들자, 라프타리아는 내 생각을 알아채고 글래스를 다독였다.

나는 라프타리아나 아트라 등의 도움 덕분에 싸우기로 마음먹었던 거니까.

일방적인 소환에 대해 더 이상 볼멘소리를 할 생각은 없다.

"이세계에서 꿈의 무쌍 생활 야호— 같은 걸 바란 거냐? 그 기분도 이해는 가지만, 자기 마음대로 되는 세계 같은 건 없어. 소중한 사람이 있다면 파도라는 수상한 재앙을 최대한 잠재울 수 있도록 노력해. 그러려면 용사들끼리 협조하는 편이 더 편할 거야. 무기의 선정을 받았다면 더더욱 그렇고."

파도를 경시하는 건 상관없다. 그런 사고방식도 있을 수 있을 수 있겠지.

하지만 파도에 의해 발생하는 피해를 생각하면, 싸울 이유는 수도 없이 많아진다.

지진이나 쓰나미, 기근 등 파도에 의한 천재지변은 얼마든지 있는 것이다.

그에 비하면 멋대로 행패를 부릴 이유는 한참 부족하다.

우리가 어떤 기대를 짊어지고 있고, 왜 싸워야 하는지를 생각해야 한다.

게다가 주위에 있는 동료들은 이 세계의 주민들 아닌가.

파도에 의해 세계가 멸망할 위기에 처한 상황을 경시한다는 건 말도 안 되는 짓이다.

혹시 게임 지식 같은 것 때문에 그러는 건가? 키즈나 이외의 사성용사들도 파도를 업데이트로 오해했었다는 모양이니까.

"강 건너 불구경만 하고 있으면, 언젠가 이쪽에도 불씨가 날아와서 고생하게 될걸."

"나는 친목질 따위 할 생각 없어."

"친하게 지내라고 하는 소리가 아니야. 최소한의 일만 하겠다, 하지만 그 이상은 간섭하지 마라, 그런 식의 주장이라면 키즈나나 글래스, 그 외의 이 세계 녀석들도 불만은 없을 거야."

내 말에 글래스는 떨떠름한 얼굴로 고개를 끄덕였다.

같은 조직에 속해 있다고 해서 꼭 친하게 지내라는 법은 없다.

오히려 다양한 사고방식을 가진 사람들이 있는 편이 여러모로 편리한 법이다.

"뭐야, 그 거만한 말투는. 예의를 모르는 놈이군."

내가 내놓은 정론에, 미야지는 언짢은 얼굴로 논점을 흐렸다.

"설마 내가 예의를 갖추고 대해 줄 줄 알았나? 자기는 시종일관 무례한 발언만 해 대던 주제에?"

먼저 그 수상쩍은 말투부터 어떻게 좀 해 보시지. 네 얄팍한 인간성이 다 드러난다고.

렌이나 이츠키, 모토야스 쪽은 이 녀석에 비하면 개성이나 자기 주관이 있어서, 그나마 이야기하기 편한 편이었다.

"성무기는 분명 권속기보다 급이 높을 텐데. 애초에 너와 동격인 글래스를 대할 때도 최소한의 예의조차 안 갖추던 네놈이 예의 운운하는 소리를 하다니, 황당한 일이군."

키즈나와 합류하고 나면 이 녀석의 권리를 박탈해 버리는 게 좋을 것 같다.

문제 행동을 밥 먹듯이 해 대는 권속기 소지자라면, 권속기가 관계를 끊으려 할 터.

"무슨 짓을 해도 괜찮을 거라고 생각하는 건 내가 아니라 너겠지."

용사라는 게 면죄부가 되는 건 아니고, 상대의 소행을 규탄하는 데에도 상황을 고려해야 하는 법이다.

"시끄럽다. 닥쳐. 네놈의 궤변 따위 들어 줄 생각 없어."

결국은 대화에 응하지 않겠다는 식으로 나오기냐?

아직 그렇게까지 심하게 찔러 댄 것도 아닌데……. 지적인 척하더니 결국은 꼬맹이였군.

"너, 아까 성심성의껏 대응하겠다는 식으로 말하지 않았던가? 내 눈에는 그게 성의 있는 대응으로 보이지는 않는데."

내가 무슨 말을 하려는 건지 이해하겠지? 문제가 된 자들과 네놈이 무슨 차이가 있는지를 명확히 해 두고 싶다는 거다.

사성 살해를 저지른 건 권속기 용사라고 들었다.

권속기 소지자 한 명이 단독으로 저지른 일이었다면 글래스 일파는 그 범인을 지명해서 밝혔을 것이다.

그리고 소지자 불명 혹은 행방불명 상태인 권속기, 즉 거울과 책을 제외한 칠성용사들은 모두 용의선상에 있는 셈이니, 이 악기의 용사 미야지 역시 사성용사 살해 용의자 중 하나가 되는 것이다. 아까 글래스가 한 말로 미루어 보아도 그 점은 틀림없을 것이다.

"지금 네가 해야 하는 건, 이 자리에서 정보를 공개하는 거다. 혹시 뭔가 짐작 가는 게 있다면, '나를 의심한다면 똑똑히 설명해 주지. 식신이 감지한 게 무엇이었는지, 원인을 밝혀내서…….' 라는 식으로 말이지. 반대로 정당한 이유가 있어서 사성용사를 살해한 거라면, 그 이유에 대해 설명하면 되고."

사성용사들이 지난날의 렌이나 이츠키, 모토야스처럼 저주에 침식당했다거나 하는 식으로.

만약 사성용사가 세계 정복을 선언하고 부하가 되라면서 습격해 오는 바람에 하는 수 없이 반격한 거라면, 그건 불가피한 일이라 할 수 있을 것이다.

"그 녀석이 쓰레기라서 죽인 것뿐이다."

"어떤 쓰레기였는지를 묻고 있는 거야. 세계 정복이라도 하겠다고 나선 거냐?"

"자기가 강하다고 건방지게 굴기에, 몸으로 가르쳐 주었을 뿐이야."

"……말이 안 통하는군. 네가 그자들과 뭐가 다른지 전혀 모르겠어. 그게 죽일 만큼의 잘못은 아닐 텐데."

누가 강하다느니 약하다느니 하는 말다툼 때문에 죽였다니 황당해서 말이 안 나오는군.

"약한 녀석일수록 시끄럽고 무리를 짓지. 불만 있으면 나를 이기고 지껄이시지."

완전히 힘에 현혹되어서, 강하기만 하면 무슨 짓을 해도 된다고 생각하는 것이리라.

만약에 상대가 사성이었다면 어떻게든 설득해서 파도 대처에 진지하게 임하도록 이야기를 유도해 나갔을 텐데.

하지만 이 녀석은 사성 살해라는, 용사의 길과는 정반대의 소행을 저지른 놈이다.

"힘만 있으면 어떤 일도 허용될 거라니, 그건 잘못돼도 한참 잘못된 생각이에요."

그때 이츠키가 가만히 뇌까리듯 말했다.

내가 이츠키 쪽을 쳐다보니, 이츠키가 경멸 어린 눈초리로 미야지를 쳐다보고 있었다.

"정의 없는 힘은 폭력일 뿐이에요. 당신이 왜 힘에만 의존하려 하는지 말씀해 주세요."

"엉? 무슨 개소리를 지껄이는 거야? 이제 슬슬 짜증 나니까 힘으로 주둥이를 닥치게 만들어 주마! 힘이 곧 정의라는 건 당연한 상식이란 말이다!"

"……그렇게 생각하신단 말이죠? 그럼 우리는 당신이 부리는 힘의 폭력에 맞서기 위해, 당신의 규칙에 따라 힘을 휘두르도록 하죠. 괜찮겠죠, 나오후미 씨?"

"처음부터 그럴 생각이었어. 저 녀석도 한판 붙고 싶어서 좀이 쑤시는 것 같고."

내가 그렇게 고개를 끄덕이자 이츠키는 마법 영창을 시작했다.

동시에 나와 라프타리아와 글래스도 준비 태세를 취했다.

레벨레이션 아우라 X의 효력은 아직 지속되고 있다.

『나, 용사가 하늘에 명하고, 땅에 명하고, 이치를 끊고, 연결하여, 고름을 토하게 하노라. 용맥의 힘이여, 내 마력과 용사의 힘과 함께 힘을 이룰지어다. 힘의 근원인 용사가 명한다. 삼라만상을 다시금 깨우쳐, 저자들에게 모든 것을──.』

이츠키의 마법을 시작으로 전투를 개시하기 위해, 미야지 일당의 선제공격을 경계하고 있던 바로 그때!

"후후후──."

미야지가 부적을 꺼내서 움켜쥐었다.

그 순간, 뭔가가 등 뒤를 통과했다.

이 감각, 굳이 유사한 것을 찾자면 모토야스가 쓰는 커스 스킬인 르상티망이나 템테이션과 비슷하다!

직후── 퍽 하고, 방패를 들고 있던 손이 거센 물결에 휩쓸리듯이 당겨졌다.

"우워!"

그것은 이츠키도 마찬가지였는지, 총의 형태로 변형된 상태였던 활이 한껏 당겨져 있었다.

뭐, 뭐야? 내가 미처 인식하기도 전에 뭔가가 떨어져 나가는 감각이 느껴졌기에, 방패를 쳐다보았다.

그러자…… 내 팔에서 방패가 떨어져 나가서 공중을 둥둥 떠다니는 모습이 보였다.

그리고 그 방패는 빛이 되어 내 손으로 돌아오더니, 작은 액세서리로 변했다.

어, 어떻게 된 거야?

"훗훗훗! 하─핫핫핫! 이것 참, 방금 그 표정이 너무 얼빵해 보여서 웃음을 참을 수가 없네!"

미야지가 머리칼을 쓸어 올리는 동작을 취하며 소리 높여 웃음을 터뜨렸다.

"나, 나오후미 님!"

이번에는 라프타리아가 파랗게 질린 얼굴로 나를 쳐다보며 소리쳤다.

"왜 그래?!"

"나오후미 님이 걸어 주셨던 지원마법의 효과가 사라졌어요!"

"뭐야?!"

스테이터스를 확인해 보았다.

그랬더니, 내가 동료들에게 걸었던 레벨레이션 아우라 X의 효과가 말끔히 사라져 있는 게 확인됐다.

무효화된 건가?

전에 세인의 적대 세력 놈들이 지원마법을 해제한 적이 있었는데, 그것과 같은 건가?

"나오후미 씨."

이츠키가 찌푸린 얼굴로 자기 손을 쳐다보며 내게 말했다.

"레벨레이션 다운의 영창이 중간에 끊겼어요. 다시 영창하려고 시도해 봤지만 실패했어요."

"뭐라고?!"

말도 안 되는 소리라는 생각에, 나도 레벨레이션 아우라 X 영창을 시작하려 했다.

하지만 마법을 발동시키려 해 봐도, 영창이 시작될 조짐조차 나타나지 않았다.

"마법 봉인에라도 걸린 건가?"

"아뇨……. 그건 아니에요. 마법 봉인에 걸렸다면, 마법을 영창하려 할 때 정신 집중이 안 되는 것뿐이에요. 그리고 영창 방해와도 달라요……. 게다가 이건……."

이츠키의 손에도 무기가 없었다.

"이것 참, 이렇게까지 대성공을 거둘 줄은 나도 생각 못 했지 뭐야! 역시 이 눈으로 직접 보기 전에는 확신이 안 생긴다니까."

아니꼽기 짝이 없지만 물어보는 수밖에 없겠지. 이야기해 줄지 어떨지는 모르겠지만.

"무슨 짓을 한 거예요?!"

내가 물어보고 싶던 것을 글래스가 물어 주었다.

"별거 아니야. 거만한 권속기 소지자 일행이 이세계의 원군을 불렀다는 소식을 들어서 말이지. 이것저것 준비해 본 것뿐이야."

미야지는 우리에게 악기를 겨누고 대꾸했다.

어……? 저 액세서리는…… 타쿠토도 무기에 달고 있었는데?

알겠군……. 뭔가 연결 고리가 있다는 뜻이다. 하지만 지금은 그걸 생각할 때가 아니었다.

스테이터스를 확인해 보니…… 지난번에 방패를 빼앗겼을 때처럼 상태가 변동되어 있었다.

약화돼도 한참 약화돼 버렸잖아!

상황을 정리해 보자.

아까 느껴졌던 묘한 기운은, 방향으로 보아 용각의 모래시계 쪽에서 난 것이었다.

라르크와 사디나 등을 통해 얻은 정보를 참고해서 추측하면, 용각의 모래시계에서 실시된 실험의 영향으로 보였다.

이거였구나! 이 나라에 온 뒤로 방패가 있는 곳이 어쩐지 저릿저릿하게 느껴졌던 게!

"뭐, 아—무것도 모른 채 죽는 건 불쌍하니까 가르쳐 주지. 너희의 무기를 빼앗은 건 이 세계의 성무기님이 우리의 설득을 드디어 이해해 준 덕분이야. 원래 다른 세계의 성무기는 그 세계에 간섭할 수 없는 게 원칙이야. 그 이치를 깨고 나타난 이단자인 네놈들이 건방지게 웅변을 늘어놓을 자격 따위는 없어. 알겠나? 이게 바로, 내가 옳고 네놈들은 무관계한 놈들이 되는 근거란 말이다."

느닷없는 장광설.

타쿠토 2호 같은 느낌이다. 타쿠토도 이런 느낌이었다.

자기가 얼마나 강한지 자랑이라도 하는 것 같군.

그런데 미야지는…… 성무기를 설득했다고 했다.

모종의 수단으로, 살해한 사성용사들의 무기를 결박해서 강제로 복속시킨 모양이었다.

그나저나 갑자기 궁지에 빠졌잖아.

효과 범위가 어느 정도인지는 모르겠지만, 개별 행동을 하고 있는 동료들의 안위도 걱정해야 한다.

"나오후미 님! 괜찮으세요?!"

"별로 안 괜찮은데."

레벨이 리셋된 건 아니니, 싸울 수 없는 상태는 아니다……라고 믿고 싶군.

마법은 사용할 수 없다. 기의 순환을 통한 무쌍 활성은 가능할 것 같지만, 무기가 없다.

라프타리아나 글래스에게서 드롭 아이템을 받아다가 동료들을 지원하는 것 정도가 한계인가?

"받아라!"

미야지가 바이올린처럼 생긴 악기의 현에 활을 대고 연주하기 시작했다.
직후, 폭음이 울려 퍼지고 음표처럼 생긴 무언가가 우리를 향해 고속으로 사출됐다.
"위험해요!"
글래스가 커다란 부채를 꺼내며 우리 앞으로 나서서 공격을 막아 냈다.
"하앗!"
라프타리아도 우리를 보호하기 위해 도를 휘둘러서 음표를 격추시켰다.
단지 그것뿐이었는데도, 라프타리아와 글래스의 표정이 고통에 일그러졌다.
"크……."
"아직 안 끝났어! 너희도 공격해!"
"히데마사 님의 명이라면!"
미야지의 동료로 보이는 여자들이 달려들었다.
그때——.
"하앗!"
"이쪽이나 저쪽이나 다 대난투네요."
세인과 사역마가 전이를 통해 나타나서, 여자들과 힘겨루기를 시작했다.
기술 면에서는 세인이 앞선 건지, 여자들을 떨쳐냈다. 하지만 그 직후, 미야지가 사출한 음표가 근처로 파고들려 하는 세인을 가로막았다.
"이렇게 느닷없이 나타나다니…… 벌써 복병을 써도 되는 거냐?"

"그래, 그래. 마음대로 생각해. 네놈과 대화하는 것 자체가 귀찮아."

진심으로 그렇게 생각했다.

뭔가 함정을 파고 기다릴 줄은 예측했었지만, 방패의 기능을 정지시킬 줄이야.

이렇게 정확하게 노리고 기다리고 있었다니 넌덜머리가 난다! 또 역풍 속에서 싸워야만 하는 거냐.

"세인, 라르크 쪽은 어떻게 됐어?"

"괜찮——."

"무사합니다. 나오후미 님의 지원마법이 해제되긴 했지만, 전투는 계속할 수 있고, 테리스 씨가 건투를 펼쳐 주고 계십니다. 예정대로 상황이 위험해지면 후퇴할 수 있을 만큼의 여유는 확보할 수 있을 것입니다."

그거 다행이군.

"우리를 이기겠다고? 무기와 힘을 잃고 무슨 수로 이기겠다는 거지? 뭐든지 힘으로 해결하려고 드는 바보 놈들은 이래서 안 된다니까. 지략에 패배할 수도 있다는 걸 상상도 못 하는 그 멍청함에 구역질이 날 지경이야."

뭘 다 이겼다는 듯 빼기는 거냐! 승부는 아직 안 끝났단 말이다.

"이것 참…… 역시 대단하세요, 히데마사 님!"

"어——!"

그때, 나는 미야지 뒤에 있는 문에서 나온 한 녀석의 목소리를 듣고, 자기 귀를 의심하는 동시에 적의를 불태웠다.

그것은 라프타리아도 마찬가지였다.

안 그래도 국가가 음모를 꾸며서 있지도 않은 죄를 날조하려 든 마당에, 자기가 직접 관여해서 나에게 강간 누명을 씌우고, 모토야스 뒤에 숨어서 내가 절망하는 얼굴을 보며 웃었던 여자.

재건 중이던 류트 마을의 영주가 되어 들이닥쳐서 무거운 세금을 매겨 횡포를 부리려다가 실패하고, 모토야스를 부추겨서 필로와 경쟁시킴으로써 사태를 자기 뜻대로 끌고 가려 하는 등, 온갖 일들에 사사건건 편승해 가며 어째서인지 나를 곤경에 빠트리는 일을 열심히 획책했다.

심지어 자신의 신분을 확고히 하기 위해, 소란에 편승해서 자기 여동생을 죽이려 들기까지 했다.

"어머나, 뭘 그렇게 놀라는지 모르겠네."

게다가 자업자득으로 벌을 받은 주제에 반성하는 기색도 없이, 진심으로 자신을 믿던 모토야스를 배신하고, 렌을 속이고, 이츠키를 농락하고, 나아가 타쿠토에게 아부해서 자신의 어머니를 죽이는 데에 한몫하기까지 한, 내 세계에서 지명수배된 대죄인!

"후후후…… 그렇게 뜻대로 풀리지는 않을걸. 우리가 있는 한은……. 뭐든지 다 자기들 마음대로 흘러갈 거라고 생각했다가는 오산이라구."

왜 이 녀석이 이런 곳에 있는 거지?

마치 악몽이라도 꾸고 있는 것 같이, 묘하게 현실감이 느껴지지 않는 광경이었다.

"말도 안 돼…… 대체 어떻게……."

"모습을 감춘 뒤로 어디 숨어 있다 해도 이상할 게 없다고 생각하긴 했지만, 설마 이런 곳에서 만나게 될 줄은 생각도 못 했어."

나쁜 의미에서 나의 상상을 뛰어넘는 출현 방법이잖아.

저쪽 세계에서 못된 음모라도 꾸미고 있을 줄 알았는데.

그렇다! 창녀 같은 전직 왕녀이자 마왕 같은 여자!

"어때요, 히데마사 님, 이 방패의 비열한 책략을 예측하고 적절한 대처를 제공한 저희의 실력이?"

그렇다. 거기에는…… 타쿠토 소동 이후로 행방을 감추고 도주 중이던 윗치가 거만하게 웃으며 우리를 쳐다보고 있었다.

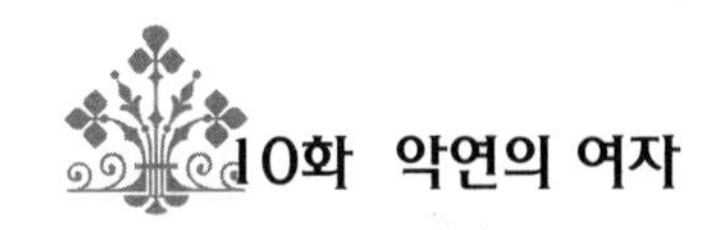

10화 악연의 여자

"이것 참, 너희가 가르쳐 준 덕분에 이렇게까지 적절하게 처신할 수 있었어. 고마워."

미야지는 후후후 하고 불쾌한 웃음을 지으며 목소리의 주인에게 다가갔다.

"네가 왜 여기에 있는 거냐?! 윗치!"

"또 그렇게 이상한 별명을 붙이다니! 히데마사 님! 아시겠어요? 녀석은 저런 놈이에요! 남이 싫어하는 별명을 붙이는 버릇이 있다니까요!"

"별명? 무슨 착각을 하는 거냐. 이제 그건 네 부모가 인정한 네 본명이야."

녀석의 일거수일투족에 짜증이 나고 살의가 솟구쳐 오른다!

"끔찍한 별명을 붙이는군. 그게 인간이 할 짓이냐!"

"네 논리대로 따지자면 외부인은 닥치고 있어!"

"뭐가 어째?!"

그렇게 실랑이를 벌이는 와중에…….

"마르드……."

이츠키도 미간을 찌푸리며, 윗치 옆에 있는 갑옷 차림의 옛 부하를 쏘아보았다.

길거리에서 목소리를 들은 것 같다고 했던 건 정확하게 들은 것이었던가…….

"함부로 이름 부르지 마라, 이 가짜 자식! 우리의 올바른 정의 집행을 가로막는 악당은 여기서 퇴장해 버려!"

갑옷이 건방지게 경멸 섞인 눈으로 이츠키를 규탄했다.

……그나저나 은근히 말을 알아들을 만한데?

방패가 없는 탓에, 어렴풋이 알아들을 수 있는 정도의 어중간한 상태가 되어 있었다.

하지만 지금은 그런 데 생각을 빼앗길 때가 아니지.

퇴장이라니 무슨 헛소리냐!

"하지만…… 그래, 활의 용사. 네가 거기 있는 방패 악마의 숨통을 끊어 놓는다면, 다시 우리의 진정한 동료로서 받아 주지."

엑! 젠장. 이츠키는 지금 주체성을 상실한 상태잖아.

약간은 개선되긴 했지만, 누군가의 명령을 받으면 순순히 따르는 경향이 있다.

지금의 나와 이츠키의 힘은 거의 동등한 수준이다. 이런 곳에서 쓸데없는 전투를 벌이는 사태는 피하고 싶었다.

"죄송하지만, 저는 이제 지키고 싶은 게 생겼어요. 마르드, 당신의 말에는 따를 수 없어요."

오? 명령에 안 따랐잖아?

이츠키도 어느 정도 사고 능력이 돌아온 건가? 아니면 리시아의 교육이 잘 먹혀든 건가?

어찌 됐건 이건 긍정적인 경향이다.

"그보다 마르드, 당신이 왜 여기에 있는 거죠?"

"악당에게 이야기할까 보냐! 어떻게 침입했는지 이야기해 주는 바보짓을 할 줄 알고?!"

"그럼 표현을 바꿔 보죠. 왜 그런 분들과 한편이 된 거죠?"

"무슨 뻔한 질문을 하는 거냐. 우리는 정의와 뜻을 같이 하는 사이다!"

"마르드, 당신 곁에 있는 사람은 세계를 멋대로 농락하려 들던 악인 타쿠토에게 아부하고 이용하던 사람이에요. 그런 걸 정의라고 할 수는 없어요."

"타쿠토? 우리가 정의의 초석으로 삼으려던 제물 아니냐. 우리의 정의를 증명하기 위해 날뛰던 것에 불과해. 우리가 정의의 철퇴를 내리려고 했는데 네놈들이 방해한 거다."

"그 정의를 집행하기 위해서 얼마나 많은 사람들이 피해를 입었는지 알기는 하는 건가요? 세계는 일방적인 정의를 위해 존재하는 게 아니에요."

리시아가 좋아하는 이야기 속 정의의 사자 같은 말이군.

뭐랄까, 동료가 그릇된 길을 걸을 때 정의의 사자가 완력으로

라도 설득해서 길을 바로잡아 주거나 하는 전개는 만화 같은 곳에서 흔히 나오지만…… 실제로는 힘들지 않을까?

저 갑옷남과는 몇 마디 해 본 게 전부인 사이지만, 남 이야기를 진지하게 듣는 타입은 아닌 것 같았단 말이지.

어찌 됐건 이츠키가 다른 사람과 대화를 나눌 생각을 하게 된 것 자체가 진보라는 생각도 들었다.

예전의 이츠키는 이야기를 하려 해도 '악당의 이야기 따위 귀담아들을 수 없다!' 라는 식이었다.

"흥, 무슨 소리를 하건 가짜 정의인 네 이야기 따위 들을 생각 없다!"

갑옷남은 거만하게 대꾸하고 나를 쏘아보았다.

"가짜 활의 용사까지 세뇌하다니, 더더욱 용서 못 해."

"왕따 피해자가 다른 사람의 조언을 받고 자기 말을 안 듣게 되니까, 그 조언해 준 녀석을 공격하려고 드는 왕따 주동자로밖에 안 보여!"

"뭐가 어째?! 이 자식…… 역시 방패의 악마! 우리가 직접 처벌해 주마!"

그 표현…… 어쩐지 의문이 느껴지는군.

"그 이전에, 내가 너한테 미움 받을 짓을 한 적이 있었던가?"

나는 갑옷남을 삿대질하며 물었다. 옆에 있는 윗치가 거슬려서 미치겠지만 말이지.

생각해 보면 갑옷남의 미움을 받을 짓을 한 기억은 없었다.

뭐, 미워하는 건 사실인 것 같지만, 실제로는 그냥 성격이 안 맞는 정도일 뿐이었다.

애초에 접점이 별로 없었으니까.

"또 뻔한 걸 묻는군. 네놈이 세뇌의 힘으로 우리의 정의를 방해하기 때문이다!"

……엉? 음, 중간 과정이 날아가 버려서 이해가 잘 안 되는데.

이 녀석의 정의라는 건, 지금 뭘 하려는 거지?

"세뇌? 그건 이츠키가 전에 저주의 무기로 하려던 짓이었어. 난 아무 짓도 안 했다고."

"헛소리 마! 방패의 악마인 네놈이 세계를 세뇌해서 지배하려고 했었잖아!"

"저런 사악한 녀석 같으니. 외부인 주제에 거만하게 난입한다 싶더니, 이미 자기 세계를 지배하고 나서 그 마수를 이 세계에까지 뻗으려던 거였군!"

시끄러, 미야지! 넌 닥치고 있어!

"차근차근 실적을 쌓고, 사람들의 신뢰를 구축하고, 세계 정복을 시도한 바보를 해치워서 국가의 중진들에게 인정받는 걸 세뇌라고 부른다면, 네 말대로 세뇌한 게 맞겠지. 하지만 이걸 세뇌라고 부르는 건 네놈들밖에 없어!"

이건 어디까지나 내가 용사의 역할을 착실하게 수행하고, 무고한 피가 조금이라도 덜 흐를 수 있도록 최선을 다한 끝에 얻어 낸 신뢰란 말이다!

신뢰를 세뇌라고 부른다면, 세상에 세뇌가 널려 있는 꼴이 될 거다!

"그렇기에! 우리의 정의가 너희 같은 악당들의 야망을 깨부술 것이다!"

그렇기에! 는 무슨! 이런 비열한 짓만 하는 녀석의 책략에 협조한 데다, 상황이 유리해지니까 뻔뻔하게 나온 것뿐이잖아.

"일단 한번 확인해 보자. 네놈이 말하는 정의라는 건 뭐지?"

어차피 별 하잘것없는 소리나 지껄일 게 뻔하지만.

"우리의 정의란, 악이 존재하지 않는, 우리가 이상적으로 여기는 평화로운 세계를 만드는 것이다. 그러니 악은 힘으로 단죄할 뿐!"

내 입장에서는, 이렇게 전형적인 독재자 같은 사고방식을 가진 녀석이 정말로 존재한다는 것부터가 깜짝 놀랄 일이라고. 애초에 자신이 정의가 아니라는 걸 알고는 있는 거냐?

이츠키의 부정적인 유산이 여기에 뿌리를 내리고 있었군.

이 녀석이 보기에 미야지는 독재자가 아닌 건가?

이츠키의 실수로 평판이 떨어지는 바람에 용사의 동료가 된 덕을 보지 못하게 되니까 자기 뜻대로 세상을 고치지 못한 건 다 사성용사 탓이라는 생각에 빠져 버린 거겠지.

게다가 행상을 통해 메르로마르크 국내의 활기를 불어 일으키는 내 행위가 선행으로 평가받는 것을 아니꼬운 눈으로 보고 있었던 것이리라.

자기 뜻대로 권력을 손에 넣지 못했다고 해서 원한을 갖다니, 뻔뻔한 것도 정도가 있지.

이런 정신 나간 사고방식을 가진 놈들 상대하는 것도 이젠 진절머리가 난단 말이다.

그냥 물리적으로 후려쳐서 입 좀 닥치게 만들어 버리고 싶어졌다.

"방패의 악마…… 아니, 방패의 마왕과 그 부하! 우리, 새로운 용사들이 네놈들을 처치하겠다!"

악마를 넘어서 마왕이냐.

용사의 적이라면 마왕이 일반적이긴 하지만, 아무리 생각해도 이 녀석들이 용사 노릇을 제대로 해낼 수 있을 것 같지가 않다.

갑옷남은 챙강 하고 탁한 색 보석이 박힌 도끼를 꺼냈다.

"그 도끼……?! 어째 눈에 익은데!"

타쿠토가 꺼내서 내게 휘둘렀던 도끼와 똑같이 생겼잖아!

왜 칠성무기가 이 녀석 손에 있는 거야?!

"후후후…… 놀랐나 보네. 그 색마가 독점하려고 들어서 빼앗아 줄까 하고 생각한 거야. 멍청하게도 놓쳐 버린 어리석은 마왕 씨."

윗치가 도발하고 들었다.

갑옷남 때문에 잠시 중단했었지만, 한 번 중단됐던 질문을 다시 한 번 던져 봐야겠다.

"윗치, 왜 네놈들이 여기 있는 거냐! 그 도끼는 어떻게 얻은 거냐!"

소속된 세계가 다르면, 파도 없이는 다른 세계로 건너갈 수 없을 터였다.

우리처럼 뭔가 특수한 수단이 있다면 몰라도 말이다.

"그걸 이야기하는 게 무슨 의미가 있지? 수법을 하나하나 밝혀 봤자 피곤할 뿐이잖아?"

윗치는 의기양양한 웃음을 머금고 대꾸했다.

그렇겠지. 너는 항상 나에게 거짓말만 해 대는 쓰레기 같은 여자였으니까.

"그 난봉꾼은 사람을 자기 물건처럼 대하는 데다, 사사건건 생색을 내 대고, 주위에 있는 여자들이 재수 없었으니까 죽은 건 당연한 거겠지. 그치만 그건 원래 우리가 하려던 일이었어."

방금 그 난봉꾼이라는 말은 타쿠토를 가리킨 말일 것이다.

하지만, 자기들이 하려던 일이었다고?

내가 보기엔 그저 하렘 멤버의 일원으로만 보였었는데, 설마 타쿠토도 다른 용사들처럼 함정에 빠트릴 생각이었던 건가?

윗치 정도의 힘으로 그런 게 가능할 것 같지는 않았지만, 배후 관계가 궁금해졌다.

이세계에도 넘어오지 않았는가. 배후에 뭔가 있는 게 틀림없었다.

"나 참…… 건방지게 설치던 난봉꾼한테 졌으면 좋았을 텐데. 그 바람에 엄청 먼 길을 돌아오는 신세가 됐잖아. 정말이지 어쩜 그렇게 거머리처럼 끈질긴지, 보기만 해도 구역질이 난다니까."

"그건 피차일반…… 아니, 네 존재 자체를 혐오한다는 점에서는 오히려 내가 더 위라고 장담할 수 있어. 마침 잘 만났다. 이번엔 기필코 죽여 버릴 테니까 각오하시지."

증오의 정도를 비교하자면 틀림없이 내가 더 위라고 장담할 수 있을 만큼, 나는 네놈의 존재를 용납할 수 없단 말이다.

반드시 처절한 고통에 신음하면서 이 세계에서 말살되도록…… 아니, 혼까지 갈가리 찢어발겨 주마.

안 그러면 여왕도 성불하지 못할 것이다.

"아는 사이인가요?"

글래스가 우리에게 물었다.

"그래. 저 여자는 우리 쪽 사성 전원의 우호 관계를 파괴하는 원흉이 된 여자고, 저기 저 갑옷 입은 놈은 이츠키의 옛 부하였던 배신자야."

적어도 사성용사의 동료 출신이라는 공통점은 있는 셈이군.

"솔직히 말해서, 두둔할 여지가 없을 만큼 악랄한 분이에요."

"그러고 보니…… 전에 나오후미가 저분의 품속에서 뭔가를 빼앗았었죠."

용케 기억하고 있군. 마력수와 혼유수를 훔칠 때 일을 말하는 모양이었다.

그때는 참 편리하게 활용했었지.

"라르크의 낫을 훔쳐간 녀석의 동료 기억 나? 그 녀석과 비슷한 부류야."

그러자 글래스는 사정을 이해한 듯 한층 더 살의를 불살랐다.

"그렇군요. 용서할 필요는 전혀 없어 보이네요."

"어머나? 소중한 무기도 잃었으면서 정말로 우리를 이길 수 있을 거라고 생각하는 거야? 기껏해야 요전처럼 꼴사납게 패주하는 게 고작이겠지."

저 여자, 내 신경을 긁고 싶어서 환장한 것처럼 구는군.

어떤 수단을 짜내서든지 기필코 해치워 주고 말겠어!

현재 이 자리에 있는 동료들과, 사용 가능한 수단들을 생각해본다.

지금 이 자리에 있는 동료는 라프타리아, 글래스, 세인. 그리고 무기를 잃은 나와 이츠키.

게다가 마법과 스킬 사용이 불가능하다는 덤까지 붙어 있다.

라프짱을 부르는 컴온 라프는 스킬이라서 사용 불가 상태다.

이럴 줄 알았으면 미리 불러 둘걸!

아까 미야지가 한 말로 미루어 보아, 녀석들은 이세계의 사성 무기인 나와 이츠키의 무기를 배제한 것이리라.

적에게서 키즈나를 탈환하려다가 오히려 우리가 기능 정지 상태에 빠지다니!

"역시 히데마사 님! 자, 자, 빨리 이세계의 사성과 권속기 용사를 처치해 버리세요. 우리에게는 크나큰 야망이 있으니까!"

방문이 열리고 또 다른 여자가 나타나서 그렇게 소리쳤다.

뭔가 말투가 윗치와 비슷하잖아.

제발 그만 좀 해. 이런 여자가 또 늘어난 거냐!

크림색 머리칼이 인상적인, 장신의 미녀 같은 느낌의 여자였다.

사디나나 라트와는 또 다른 어른스러운 여인……으로 보였지만, 방금 한 말로 미루어 보아 내면은 바보일 거라 추측할 수 있었다.

이런 점까지 포함해서, 윗치의 아류처럼 느껴졌다.

곳곳에 커다란 단추가 달린, 노출이 심한 옷을 입고 있었다.

그런데, 어쩐지 세인과 비슷하게 느껴지는 건 왜지? 옷의 분위기가 비슷해서 그런가?

디자인은 세인의 옷과 비슷했지만, 이곳의 기후는 덥지도 춥지도 않음에도 불구하고 털가죽 같은 소재로 만들어져 있었다. 생김새나 언동과는 딴판으로 시선에서는 냉정한 인상이 느껴진다는 점도 세인과 비슷했다.

"너는――."

그러자 세인이 지금껏 한 번도 본 적 없는 날카로운 눈매로 살기를 흩뿌리면서, 재빨리 그 여자에게 접근해 가위를 휘둘렀다.

"어머어머어머, 이거 세인이잖니."

여자는 앞으로 나서서, 어디선가 사슬을 꺼내어 세인의 가위를 막아 냈다.

저 사슬은…… 엄청 불길한 예감이 드는데.

성무기에 속하는 무기의 특징인 보석이 박혀 있고, 그 보석이 탁하게 흐려져 있는 것처럼 보였다.

"오랜만의 재회인데 너무 성급하게 구는 거 아니니, 세인?"

"그 사람을―― 배신한 건 절대 용서 못해!"

여자는 세인의 사역마가 날린 추가 공격을 간파하고 슬쩍 피했다.

싸움에 아주 익숙해 보이는 움직임이었다.

"아직도 그걸 마음에 두고 있니? 그래서 다 망가져 가는 권속기를 휘두르면서 세계를 떠도는 복수의 여행? 그래서 네가 어리석다는 거야. 어리석은 동생을 둔 언니는 참 고생이 많다니까."

"언니?!"

내가 토해 낸 말에, 세인의 언니라는 녀석이 내 얼굴을 쳐다보았다.

……뭐지?

어쩐지 어리둥절해하는 것 같기도 하고 놀란 것 같기도 한 표정이잖아?

"어머어머어머…… 황당해서 말도 안 나오는걸―."

직후, 쓰레기 같은 반응으로 내 성질을 돋웠다.

나를 보고 뭘 알아챈 거냐, 이 자식!

"너는 참 변함이 없구나, 세인. 그치만, 계속 고집 부려 봤자 좋을 건 아무것도 없어. 이루어질 수 없는 소원을 갈망한들 뭘 얻을 수 있다는 거지?"

"시끄러워!"

소리가 끊어지는 와중에서도 세인은 강렬한 감정을 드러내며, 여자를 향해 힘껏 가위를 휘둘렀다.

여자가 가진 사슬 끝이 세인의 복부에 명중하고, 세인은 그대로 나가떨어졌다.

"윽——."

"빌어먹을!"

나가떨어진 세인이 벽에 부딪치기 직전에, 내가 가까스로 받아 냈다.

우오…… 이 여자, 무슨 힘이 이렇게 센 거냐.

방패의 가호가 사라져서 그다지 강한 힘을 낼 수 없는 상황이라, 자칫하면 나도 같이 나가떨어질 뻔했다.

빌어먹을, 회복마법과 스킬만 쓸 수 있었더라면 아예 공격 자체를 막을 수도 있었을 텐데!

"내 눈에는 그런 식으로 바닥을 기는 모습이 오히려 더 유쾌하게 보인다니까."

여자는 큭큭거리고 웃으면서, 경멸 어린 눈매로 지껄였다.

"히데마사 니~임. 저 애는 내 장난감이니까, 여기서 어리석은 권속기 소지자랑 이세계의 성무기 소지자는 죽여 버리시더라도 저 애는 살려 놓아 주세요. 아시겠어요? 항상 반항적으로 굴던 아이가, 저항이 무의미하다는 걸 깨닫고 부하로 들어오는 게 얼마나 즐거운 일인지를."

"그래그래, 하긴 그렇지. 말 잘 듣는 녀석만 있는 것도 재미없으니까. 저런 타입도 있어야 분위기가 좀 살지."

분위기가 살긴 개뿔!

바보녀는 아니꼽게 웃으며 우리를 흘겨보았다.

"뭐라고 해야 하나? 보기에 너무 안쓰러우니까, 우리가 무슨 수로 너희를 궁지에 몰았는지, 그 방법을 가르쳐 줄게."

……이 녀석들은 늘 이렇다니까.

윗치도 그렇고, 쿄도 그렇고, 타쿠토도 그랬지.

어차피 가장 중요한 건 아무것도 말 안 할 거 아니야?

안 봐도 뻔하단 말이다!

"너희의 성무기를 우리가 제압한 건 알고 있겠지? 하지만 그것만 가지고는 이해가 잘 안 되겠지. 알기 쉽게 설명하자면, 이 세계의 성무기를 모조리 붙잡고, 저항하는 성무기를 우리가 가진 기술의 힘으로 제압해서, 다른 세계의 성무기와 기술을 무효화시킨 거란다."

우리의 기술이라는 단어…… 세인의 숙적 세력이라는 것, 이 점들로 미루어 보아, 그 기술이란 미야지의 독자적인 기술이 아니라, 우리를 제압하기 위해 누군가가 제공해 준 기술이라는 것임을 쉽게 예측할 수 있었다.

"다른 매개체는 용각의 모래시계. 제압한 이 세계 사성무기를 통해 세계 곳곳의 모래시계에 간섭해서 작동시키고 있지. 그건 원래는 성무기의 정령이 설치한 이 세계의 방어 장치라는 모양이라지만. 성무기가 침략 목적에 이용됐을 경우에 효과가 있다나 보더라구. 뭐, 성무기와 다른 세계의 마법 기술에 대해서만 효과가 있고, 이쪽이 쓰면 오히려 역효과가 난다는 모양이지만."

윗치 패거리와 같은 부류인 줄 알았는데…… 사정을 너무 술술 털어놓는 거 아니야?

판단 재료는 이미 충분하지만, 그래도 이렇게까지 내용을 이야기해 주는 건 너무 어리석은 짓일 텐데?

수다쟁이이면서 거짓말쟁이일 가능성도 있지만…… 거짓말이라고는 느껴지지 않을 만큼 설명이 꼼꼼했다.

"성무기나 권속기 소유자는 결국은 무기의 노예나 마찬가지잖니? 무기의 명령에 따르지 않는 사람에게는 힘을 빌려주지 않으니까, 성무기를 제압하고 그 힘을 강제로 끌어내고 있는 거야. 지금까지의 권속기 소유자들과 우리를 똑같이 여기는 어리석은 짓은 하지 말라구."

성무기를 제압함으로써 권속기의 저항까지 찍어 누르고, 힘을 강제로 끌어낸다……?

으엑, 우리는 녀석들이 강화방법을 알고 있더라도 힘을 제대로 끌어내지 못할 거라고 생각했었는데.

이런, 너무 안이하게 생각했었다.

섣불리 상대했다가는 죽었을 수도 있었다.

"어이!"

"왜 우리 카드를 다 알려 주는 거야?!"

"그래그래! 악에게 이야기해서 어쩌자는 거냐!"

미야지와 윗치, 갑옷남이 언짢은 듯 바보녀에게 욕설을 퍼부었다.

이건 오히려 이 녀석의 말이 진실이라는 증거가 되지 않을까?

그러나 바보녀는 팔짱을 낀 채 일동을 쳐다보고는, 도발적인 태도로 한 손을 펼치며 말했다.

"어머어머어머—, 이 세계 악기의 용사님과 신인들은 왜들 이렇게 여유가 없나 몰라?"

"뭐가 어째?"

"당신, 감히 나한테 시비 거는 거야?"

경멸 어린 말에 미야지와 윗치가 증오 어린 표정으로 쓰레기녀를 쏘아보았다.

오? 내부 분열인가? 그대로 바보들끼리 죽고 죽이는 싸움이나 벌이면 좋겠군.

"당신도 그렇잖아? 아무것도 모르는 상대를 죽이는 것보다, 약간의 승산을 보여 주었다가 죽이는 편이…… 절망한 표정을 더 많이 즐길 수 있다구."

바보녀는 윗치를 도발하듯이 말했다.

전형적인 악역의 대사이긴 한데, 지금까지 그런 짓을 하다가 우리에게 당한 녀석이 몇 명이나 되는지 알고는 있는 걸까.

"쓸데없는 노력과 비겁한 전략을 구사해서 저항하는 버러지를 벌레 잡듯이 짓밟아 버리는 게 진정한 강자의 도리 아니겠니? 쪼잔하게, 비열한 수단으로 사냥감을 해치우는 건 버러지들이나 할 짓 아니야?"

"뭐가 어째?! 우리의 방식이 쪼잔하다는 거야?!"

흐음, 윗치와 바보녀는 사이가 썩 좋지 않은 것 같군. 동족 혐오 같은 거겠지.

그나저나, 이 녀석들은 왜 내부 분열을 일으킨 거야?

뭐, 내 입장에서는 더 화끈하게 싸워 주면 반갑겠지만.

"정당한 지략을 통해서 상대를 굴복시켜야지. 안 그러면…… 수단 방법 가리지 않는 비겁자와 뭐가 다르다는 거지?"

"……흥!"

바른말 같기도 하고 비겁해 보이기도 하는, 종잡을 수 없는 논리로 윗치를 밀어붙였다.

아마도 이렇게까지 비열한 전략을 사용해서 아무것도 모르는 녀석을 찍어 누르는 식의 전투법은, 저 녀석들 입장에서는 찜찜한 일인가 보다.

다소 상대에게 자신의 패를 보여 주고, 그런데도 이기는 힘, 그리고 정의로운 연출을 원하는 것……인가?

지략이라는 건 아무리 잘난 현자가 사용한다 해도 당하는 쪽 입장에서는 그저 비열하기 그지없는 작전에 불과할 뿐이다.

상대에게 한 방 먹이는 건 통쾌하겠지만, 수법이 너무 비열하면 찜찜하지 않아? 라는 게 바보녀의 제안인 모양이었다.

이해가 안 가는군. 그럼 정면으로 치고 들어오면 되잖아?

대화로만 야망을 이루겠다는 거냐?

"아니면 뭐야? 내가 이렇게까지 판을 깔아 줬는데도 역습당할 걱정을 하는 거야? 말도 안 되는 소리. 아—아, 강하고 멋있을 것 같아서 일을 돕겠다고 한 건데, 시시한걸."

"크…… 알았다고. 어차피 살려서 보낼 생각 따위는 없었어.

패를 다 밝히고 싸우는 것도 정정당당하다는 면에서는 나쁠 것 없지. 어이, 고마운 줄 알라고."

우리를 이렇게 약화시킨 후에야 해제 방법도 알 수 없는 비법을 가르쳐 줘 놓고 정정당당 운운이라니. 해결 방법이라고는 이 세계의 성무기를 되찾는 것밖에 생각이 안 나잖아. 감사는 무슨!

"자기 무기를 되찾고 싶거든, 붙잡힌 성무기를 되찾아서 해방시키는 수밖에 없다는 거지."

바보녀의 말이 사실이라면, 붙잡힌 성무기를 탈환하는 것 이외에 다른 방법은 없겠군.

빈틈을 최대한 이용해야겠군. 그것도 어디까지나 가능할 때의 이야기지만…….

"참 터무니없는 논리네요."

"그러게 말이에요……. 이런 짓을 저질러 놓고 정정당당이라니, 황당해서 말도 안 나와요."

"징징대지 마! 이건 싸움이야. 싸움에는 비겁이고 뭐고 없어. 하지만 우리는 비겁한 놈들이 아니니까 가르쳐 줬잖아! 불만 있으면 이 상황을 뒤집어 놓고 이야기하시지!"

이렇게 정신 나간 머리를 가진 놈들이란, 어쩜 이렇게 다들 이기면 장땡이라는 논리를 좋아하는지 모르겠다니까.

그런 판에 박힌 대사가 적힌 책이라도 있는 건가?

"어머어머어머. 우리가 제공해 준 기술 덕분에, 당신들은 이 상황 속에서도 즐겨 쓰는 마법을 마음껏 쓸 수 있잖아? 잘해 보라구—!"

바보녀가 윗치의 팔목에 달린 팔찌를 가리키며 말했다.

뭐야?! 윗치 패거리는 저쪽 세계의 마법을 쓸 수 있다는 거냐?

"왜 나만 싸워야 하는 건데?! 우리는 히데마사 님을 지원하기 위해 온 거란 말이야!"

……윗치 녀석, 이런 상황에서도 뒤에 숨어서 날로 먹으려 드는 거냐?

모토야스의 동료 흉내를 내던 때나 지금이나 포지션은 달라진 게 없군.

어찌 됐건, 적이 말다툼을 하고 있다고 해서 우리가 유리해진 건 아무것도 없다.

진정하자……. 우선 유효한 한 방을 생각해 내야 한다.

위험도가 높은 것은 미야지와, 도끼를 든 갑옷남. 그리고 사슬의 권속기로 보이는 것을 든 바보녀였다.

라프타리아나 글래스의 움직임을 보아하니, 다른 자들은 썩 위협적이지 않은 것 같았다.

이길 수 없는 적은 아닐 터였다.

게다가 성무기를 제압해서 힘을 끌어내고 있다는 정보로 미루어 보아, 갑옷남의 도끼는 성능이 낮을 게 분명했다.

도끼의 칠성무기는 우리가 관할하는 무기지, 이쪽 세계 사성무기의 관할이 아니다.

……그러나 나와 이츠키의 무기가 제압당한 상태라 그 사실을 확인해 볼 길이 없었다. 경계를 강화하는 게 좋을 것이다.

앵천명석 무기나 가호를 사용할 수 있었으면 좋았겠지만……
호환이 불가능했다.

그걸 쓸 수 있으면 라프타리아를 통해서 기습을 가할 수 있었을 텐데…….

"좋—아, 그럼 가볍게 싸움을 시작해 볼까."

극한까지 상대를 약화시키고 갈라놓은 후에, 자신들은 전력을 집중해서 싸움을 시작하겠다니…… 이 정도면 타쿠토와 똑같은 수법이군.

그래도 바보녀가 득의양양한 표정으로 우리에게 알려 준 힌트 덕분에 조금이나마 이 상황을 이해할 수 있었던 게 그나마 다행이라고나 할까?

"자! 이제 정정당당하게 네놈들의 숨통을 끊어 주마!"

정정당당이라니…… 이제 태클 걸기도 지치는군.

"우리의 정의가 방패의 마왕과 그 일행의 야망을 꺾으리라!"

"여기가 너희의 무덤이야! 자! 해치워 버려요!"

갑옷남과 윗치가 짜증 난다. 아니, 적 전원이 짜증 난다.

"나오후미 님과 이츠키 님은 물러서 계세요!"

"저희가 상대하겠습니다."

라프타리아와 글래스가 무기를 움켜쥐고 미야지 패거리 앞을 막아섰다.

"으——."

내 품에 안겨 있던 세인이 의식을 되찾았기에 내려놓았다.

"세인, 괜찮아?"

"괜찮——."

세인은 약간 휘청거리면서도 적의를 상실하지 않고, 당장에라도 가위를 휘두르며 적에게 달려들 것 같은 기세였다.

세인은 나와 이츠키에게 실을 쏘았다.

"마리오넷 어시스트——."

"지원 스킬이에요. 조금이나마 힘을 보태겠습니다!"

자세히 보니, 내 스테이터스가 다소 올라간 것을 확인할 수 있었다.

이런 스킬도 있었던 건가.

하긴…… 지금까지 아우라를 사용해 왔던 나에게는 별로 필요하지도 않았겠지만.

"히데마사 님! 저희도 힘을 보태겠어요."

미야지의 여자들도 각각 전의를 불태우고 있었다.

불리한 상황……. 가능하면 후퇴하고 싶지만 포털 실드를 사용할 수가 없는 게 문제였다.

라르크 쪽이 용각의 모래시계에 걸린 잠금장치를 풀어서 귀로의 사본 사용이 가능해진다면 태세를 정비할 수 있을 텐데…….

하지만 상황이 돌아가는 걸로 미루어 보아, 그쪽에도 여러모로 성가신 적이 출현했을 가능성이 높았다.

"으랏차아아아아아아!"

"죽어라! 우리의 정의가 승리할 때가 왔다!"

"뭐, 딱히 원한은 없지만 나도 싸워야겠지."

"하아아아아아아아아아아아아아!"

미야지가 악기에서 음표 같은 공격을 날리고, 갑옷남이 도끼를 휘두르며 덤벼들었다.

바보녀가 휘두른 추 달린 사슬이 뱀처럼 세인을 향해 날아가고, 미야지의 여자들이 저마다의 무기를 치켜든 채 덤벼들었다.

"스타더스트 블레이드!"

"윤무 · 연격 형태 1식 · 2식 · 3식 · 4식!"

라프타리아의 스타더스트 블레이드에 의해 반짝이는 별들을 휘감은 참격이 흩날리고, 글래스의 재빠른 연속 공격이 미야지에게서 빠르게 사출된 음표와 갑옷남의 맹공을 막아 냈다.

"어머어머어머. 빨리 막아 내지 못하면 또 나가떨어질 텐데. ~~우후후후후~~."

"질 수 없――!"

세인이 불꽃을 흩날리며 바보녀의 사슬을 쳐내고 있었다.

하지만 바보녀의 맹공이 더 강한 듯, 서서히 밀리고 있음을 알 수 있었다.

"이때예요!"

세인의 사역마가 바보녀의 배후에 출현해서 공격했지만, 사슬이 등 뒤에서 교차되어 공격을 막아 내 버렸다.

"허술한 건 여전하구나, 세인."

젠장…… 뭐 좀 방법이 없을까?

그렇게 생각하고 있을 때 귀에 익은 마법 영창이 울려 퍼졌다.

『힘의 근원인 차기 여왕이 명한다. 삼라만상을 다시금 깨우쳐, 저자를 지옥의 업화로 불살라라!』

"드라이파 헬파이어!"

이 여자, 아직까지도 차기 여왕이라는 단어에 집착하고 있는 거냐!

세계의 여왕은 메르티라고! 네 자리는 더 이상 없단 말이다!

그런 생각이 들었지만, 이걸 어떡한다……. 아니, 그러고 보니 영창이 들렸잖아?

모 아니면 도, 한번 해 보자!

『힘의 근원인 방패 용사가 명한다! 삼라만상을 다시금 깨우쳐, 저자의 지옥의 업화를 흩어 놓아라!』

"안티 드라이파 헬파이어!"

윗치가 영창한 마법에 의해 발생한 거대한 불덩어리를 무효화시켰다.

"마법 무효화?! 영창 속도가 이렇게 빠르다니!"

하긴 윗치 녀석은 타쿠토와 재대결할 때 전장에 없었으니, 이런 걸 알 리가 없었겠지.

영창 무효가 작동한 걸 보면 용맥법은 사용 가능하다고 생각해도 되겠지?

어차피 나는 공격마법을 쓸 수 없는 상황이고, 지원마법을 쓴다 해도 이 전장에서 할 수 있는 건 한계가 뻔하다.

지원마법 쪽은 이츠키에게 부탁하는 게 나으려나?

방패가 실질적으로 없어진 상황이라, 오히려 어느 정도는 공격도 가능할 것이다.

"히데마사 님을 위해, 이세계의 용사에게 죽음을!"

미야지의 여자들이 우리를 향해 흉기를 휘둘렀다.

"나오후미 님!"

"걱정 마!"

지금까지 싸워 온 상대들의 맹공과 비교하면, 미야지의 여자들이 하는 공격을 간파하는 건 식은 죽 먹기였다.

변환무쌍류의 기를 몸속에 순환시켜서, 여자들의 공격을 간파해 냈다.

"피했잖아?!"

기를 쓸 수 있음이 밝혀졌다. 좋아! 이 정도면 싸울 수 있어!

그렇게 생각한 순간, 갑옷남이 돌진해 왔다.

"대격진 Ⅲ!"

갑옷남이 도끼를 휘두르며 지진을 일으켰다!

"멍청아! 뭐 하는 거야!"

이런 지하 미궁에서 그런 기술을 쓰면 같이 생매장 당할지도 모르잖아!

"후하하하하! 마왕의 헛소리 따위 들을 쏘냐!"

여기는 지진 대책까지 갖춰져 있는 건가?

빌어먹을, 바닥이 흔들려서 피하기가 힘들다. 게다가 강화방법까지 도둑맞은 것 같다! 갑옷남이 X 클래스까지는 재현하지 못하는 것 같지만, 녀석이 현재까지 밝혀진 강화방법을 전부 사용했다면 방패가 있는 상태의 나라도 무사하기 힘들다!

"하아아아아아앗!"

"받아라!"

"윽!"

바닥이 흔들라는 바람에 미야지의 떨거지 여자들이 날린 공격에 스치고 말았다.

"뭐야?!"

"힘을 주었는데도 대미지가 안 들어가잖아?!"

무쌍활성과 현재 장비한 갑옷의 성능, 그리고 세인에게서 배운 기 활용 기술 『벽』 덕분에 가까스로 피해를 막을 수 있었다. 레벨도 그럭저럭 높고 말이지. 불행 중 다행이었다.

"으랏차!"

무쌍활성을 발동시키고, 기를 섞어서 적을 후려쳤다.

퍽 하고, 뭔가…… 공기의 벽 같은 것에 부딪치는 손맛.

미야지의 동료가 쳐 놓은 방벽 같은 건가?

"여자를 때리면 안 된다는 것도 못 배웠나? 이래서 쓰레기는 안 된다니까."

자기 여자가 맞은 것에 분노한 미야지가 그런 경멸 섞인 말과 함께 음표를 날려서 공격해 왔다.

라프타리아와 글래스가 그것을 요격했다.

"알 게 뭐야! 이건 싸움이잖아! 남자건 여자건 무슨 상관이야!"

또 그런 페미니스트 발언이냐! 작작 좀 하시지!

네놈들이 지금 싸우는 상대에는 라프타리아와 글래스도 섞여 있잖아!

"얘들아! 지금부터 본격적으로 간다! 너희는 권속기 소지자의 발을 묶는 데 전념해. 우리는 이세계의 성무기 소지자를 우선적으로 노리는 게 좋을 것 같다."

"네!"

지금까지는 본격적으로 싸운 게 아니었다는 식의 말투군.

하여간에, 상황이 성가시게 됐다.

"자…… 정의의 철퇴를 받아라!"

갑옷남도 우리, 특히 이츠키 쪽을 집중적으로 노리기 시작했다.

그 공격 대상인 이츠키는…… 어째선지 품속에서 약초를 꺼냈다.

뭘 어쩌려는 거지?

이츠키는 약초를 입가에 대고 풀피리를 불기 시작했다.
그러자 주위에 마법의 빛이 생겨났다.
"마법?! 말도 안 돼!"
미야지가 전율했지만…… 네가 갖고 있는 무기는 뭔데?
"가짜 활의 용사 놈! 무슨 잔재주를 부리려는 거냐! 하아아아아앗!"
갑옷남이 도끼를 치켜들고 휘둘렀다.
"어림없어요!"
글래스가 막아서서 도끼를 받아 냈다.
"……썩 위협적이지는 않네요."
"생각보다 약한데? 정의의 사자치고는 기대에 못 미치는군."
미야지가 업신여기듯 갑옷남을 조롱했다.
"흥! 힘이라는 건 이렇게 쓰는 거였군!"
도끼가 수상쩍게 번쩍이더니, 형태가 바뀌었다.
저건…… 커스 시리즈!
"하앗!"
"윽……."
도끼를 막아 낸 줄 알았던 글래스의 어깻죽지에 별안간 커다란 상처가 생겨났다.
"관통 공격…… 이군요."
글래스는 부채를 옆으로 힘껏 휘둘러서 갑옷남을 후퇴시켰다.
그리 깊은 대미지를 입은 건 아니었지만, 저주의 일격에 당했기에 그 표정에는 약간 고통이 깃들어 있었다.
"귀찮게 됐네요……."

글래스가 혼유수를 상처에 뿌렸다.
그러나 저주 때문인지 치료의 효과가 무뎠다.
빼앗긴 무기는 여전히 성가신 효과를 갖고 있는 것 같군.
이것도 성무기의 권속 같은 것이니 성능을 완전히 끌어내지는 못하겠지만, 타쿠토가 갖고 있을 때 사용했던 강화방법은 전부 담겨 있다고 봐도 좋을 것이다.
그리고 갑옷남과 윗치 자신도 무기의 강화방법을 들었으리라.
성무기의 강화방법까지 모조리 사용한 것 아닐까? 위협적이라는 건 틀림없었다.
티끌도 모이면 산이 되는 법. 성가시기 짝이 없는 일이었다.
"자, 받아 보시지!"
"나도 간다!"
미야지의 무기도 흉악한 에너지 같은 형태로 변화했다.
이 녀석들, 저주받은 무기를 참 좋아하는군. 어차피 대가는 안 치러도 되는 상태겠지만.
"체인 바인드 Ⅲ! 체인 니들 Ⅲ!"
땅바닥에서 가시가 달린 사슬이 출현해서 나와 이츠키를 겨냥했다.
"어머어머어머, 그럼 나도."
바보녀가 사슬을 날렸다.
"어림없어!"
세인이 사슬을 막으려 했지만, 사슬은 교묘하게 세인에게 얽혔다. 뿌리치는 게 불가능해 보이지는 않았지만, 우리를 향해 날아드는 사슬을 막을 여유는 없어 보였다.

"가!"
"네!"
세인의 사역마가 우리를 구하기 위해 뛰쳐나왔다.
"나오후미 님!"
라프타리아가 내 쪽으로 정신을 팔았다.
"이리 오지 마! 공격을 계속해!"
"하, 하지만……."
라프타리아를 향해 미야지의 여자들과…….
"라프타리아! 위험해!"
별안간, 라프타리아의 발치에서 무수히 많은 창들이 튀어나와서 라프타리아를 꿰어 버리려 했다.
"하앗!"
라프타리아는 창이 뻗어 오기 전에 점프로 회피하고 창을 베어 냈지만, 그러는 동안에도 우리에 대한 공격은 점점 더 거세어져 갔다.
"누가 당할 줄 알고?!"
나와 이츠키는 날아오는 사슬을 재빨리 회피하려 했다.
하나—— 미야지가 악기를 연주하자, 마치 주위의 공기가 물로 변하기라도 한 것처럼 몸이 뜻대로 움직여지지 않았다.
이건……?! 약화 스킬이나 마법이군. 귀찮아 죽겠네!
짤랑 하는 소리와 함께, 사슬이 나와 이츠키를 옭아맸다.
『그 어리석은 죄인에 대해 내가 정한 벌의 이름은, 참수형일지니. 절규할 틈도 없이 자신의 목과 몸통의 분리에 절망하거라!』
갑옷남의 영창…… 전에 들어본 적이 있는 영창이다!

"기요틴!"

기요틴의 거대한 칼날이 나와 이츠키의 목을 향해 낙하했다.

"순순히 당할 줄 알고?!"

내 위에 수많은 벽들이 전개됐다.

하지만 지금 내게는 커스 스킬을 막아 낼 만큼의 방어력이 없었기에, 기로 만들어 낸 벽은 모조리 깨져 나갔다.

한 장 한 장 파괴될 때마다…… 시간의 흐름이 더없이 더디게 느껴졌다.

빌어먹을……. 이런 곳에서 정의로운 척하는 이츠키의 전직 부하 따위가 쏜 커스 스킬에 죽을 수는 없어!

세인의 사역마가 우리를 구하러 달려왔지만,

"이런! 여기는 통행금지라구."

"……!"

미야지의 여자들이 사역마를 붙잡아서 방해하고 들었다. 모조리 쓸어버리려 해도 힘이 부족한 모양이었다.

"나오후미!"

"뭐야! 한눈팔다가는 자기 몸을 못 지킬걸! 이거나 받으시지!"

미야지가 전자 기타를 휘둘러서 글래스에게 휘둘렀다.

움직임이 빠르다! 글래스와 비슷하거나…… 약간이나마 빨라졌어!

글래스는 종이 한 장 차이로 피했지만, 살짝 스치는 바람에 머리칼이 잘려 나가 공중에 나부꼈다.

미야지는 그 머리카락을 붙잡고 웃음을 지었다.

"히데마사 님! 여기도 있어요!"

라프타리아에게 맹공을 퍼붓고 있던 미야지의 여자들이, 한 올의 털을 종이에 싸서 미야지에게 건넸다.

"오오! 잘했어!"

"히데마사 님을 위한 일이니까요!"

뭘 어쩌려는 거냐?

"주가(呪歌) · 축시(丑時)의 저주!"

끼잉, 끼잉, 하는 소리가 울려 퍼지고, 미야지의 손에 지푸라기 인형이 나타났다.

"이걸 이렇게 하면…… 하앗!"

미야지는 그 지푸라기 인형에 라프타리아와 글래스의 머리카락을 집어넣고, 다른 한쪽 손에 출현한 말뚝을 인형의 가슴에 박아 넣은 다음, 전자 기타로 후려쳤다.

"으…… 헉……."

"이, 이건……."

그 직후, 라프타리아와 글래스가 일제히 가슴…… 지푸라기 인형의 말뚝이 박힌 부분인 심장 부근을 부여잡고 신음했다.

반드시 적중하는 커스 스킬?!

특수한 조건이 붙어 있겠지……. 머리카락을 매개체로 발동된 것처럼 보였다.

이 두 사람에게도 타격을 입히는 걸 보면, 상당히 높은 위력을 갖고 있는 게 분명했다.

"나오후미…… 님!"

라프타리아는 비틀거리면서도 필사적으로 내게 달려오려고 한 발짝 앞으로 내디뎠지만, 나는 지금 나 자신과 이츠키를 보호하는 것만도 벅찬 상태였다.

기를 가다듬어서 수없이 전개시킨 『벽』이 연신 깨져 나갔다.

기요틴의 칼날은 시간이 지날수록 위력이 점점 더해져 갔다.

어떻게든 파괴해야 하지만, 몸을 옭아맨 사슬의 힘이 너무 강해서 결박을 풀 수가 없었다.

이대로 가면…… 치명상을 입지 않기를 기원하면서 기를 순환시켜서 받아 내는 수밖에 없다.

목의 힘만으로 버텨낼 수 있을지 어떨지는 모르겠지만…….

"오오오오오오오오오오오오."

기를 가다듬으면서 최대한 힘을 쥐어짜서 결박을 풀어 냈다.

"끄으으으으…… 마왕 주제에 잔꾀 부리긴! 정의의 심판을 순순히 받아들여어어어어!"

"정의의 심판 좋아하시네. 헛소리 마라아아아아아아아아아아아아아아!"

외치면서 사슬을 찢어발기고 기요틴의 칼날을 향해 손을 내뻗으려 한, 바로 그 순간!

——내 눈앞에 두 개의 눈부신 빛이 출현했다.

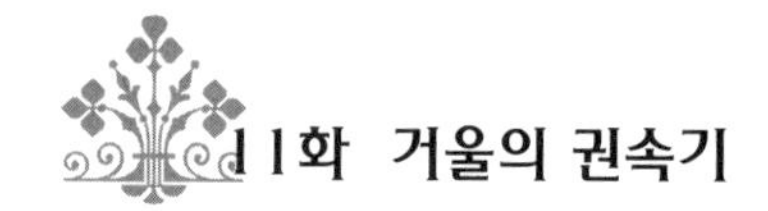

11화 거울의 권속기

"뭐, 뭐야?! 무슨 일이 벌어진 거야?"

예상치 못한 사태에 놀란 듯, 미야지가 바보녀 쪽을 쳐다보았다.

바보녀는 세인을 농락하면서, 자기는 모르는 일이라는 듯 고개를 갸우뚱거리고만 있었다.

두 개의 빛은 나와 이츠키 사이를 빙글빙글 돌며 기요틴의 칼날이 내려오는 속도를 늦추었다.

누군가의 지원마법……은 아니다.

빛 속에 어렴풋이 형체가 보였다.

그것은 거울과 책이었다.

거울은 우리를 이 성가신 나라에 데려다주었었지.

책…… 넌 뭘 하고 있는 거지?

그리고 거울과 책의 빛은 마치 경쟁이라도 하듯 내게 충돌했고, 그중 하나가 튕겨 나갔다.

강렬한 빛에 잠시 눈이 멀고, 눈을 깜박이고 나니 빛은 이미 사라진 상태였다.

한편── 나는 내 손에서 이상한 감각을 느꼈다.

그것은 지금까지 팔에 달려 있었던 방패와 비슷한 느낌이었지만, 은근히 달랐다.

내 시야에 문자가 나타났다.

방패의 성무기가 거울의 권속기와의 접촉을 확인── 변이 작업 중…….

뒤이어 눈에 익은 듯하면서도 전과는 약간 다른 스테이터스 항목이 출현했다.

호환성 있는 무기를 해방!

웨폰북의 항목이 고속으로 흘러가고, 하나의 형태로서 집약됐다.

세계를 지키는 의지의 힘을 당신에게 맡깁니다.
당신에게 받은 은혜를 갚으러 왔습니다.
붙잡혀 있는 성무기님을 구해 주십시오, 방패 용사님.

이런 메시지와 함께 항목이 고정화됐다.
"오……."
"뭐, 뭐야?!"
……내 손에는 거울처럼 생긴 방패가 들려 있었다.
"……."
낙하하는 기요틴의 칼날을 막아 내고 없애 버렸다.
시야에 나타나 있는 것은 영귀갑 거울이라는, 방패 같은 형상의 거울.
이건 혹시 지팡이 때 나타났던 것 같은 특례 무기라는 녀석 아닐까?
확인을 위해 웨폰북을 조사해 보았다.
이 세계에서만 쓸 수 있는 방패와 상당히 가까운 형태의 거울들이 무수히 나타나 있었다.

지팡이 때는 펜리르 로드밖에 쓸 수 없었던 걸 생각해 보면…… 이건 특례 무기가 아니라, 단순히 권속기의 선택을 받은 셈이라고 생각하면 될까?

이츠키 쪽을 보니, 책의 빛이 이츠키에게 깃들려고 하다가 퍽 하고 튕겨 나가는 것이 보였다.

권속기 쪽이 소지자를 선택하지 못하고 있는 상황인가?

결국 체념한 건지, 책의 권속기는 빛으로 변해서 벽을 관통해 사라졌다.

"어머어머어머!"

"거기 서! 붙잡아야 해!"

윗치가 기다렸다는 듯이 주위에 지시를 내려서, 책의 권속기를 추격하려 했다.

"어림없지!"

나는 거울을 휘두르며 윗치 패거리 앞을 막아서고 스테이터스를 확인했다.

이건 방패가 아니라 거울이니까 지팡이처럼 공격이 가능하기를 기도하는 수밖에 없겠군.

……방패 때의 스테이터스를 약화시킨 것 같은 숫자만이 나열되어 있었다.

젠장! 공격력이 없잖아!

전 소유자…… 알버트라고 했던가? 그 녀석이 쿄에게 조종당하고 있을 때는 분명히 공격을 했었다. 그런데 그때와는 다른 거냐?!

"나오후미가, 거울의 권속기에게 선택받은 건가요……?"

"나오후미 님!"
라프타리아와 글래스의 안색이 환해졌다.
"권속기를 손에 넣었다고?! 그런 절묘한 일이 악에게 일어날 리가 없잖아! 거짓말도 작작 좀 하시지!"
갑옷남이 표적을 나로 바꾸고 도끼를 휘둘러서 공격해 왔다.
"에어스트 실드!"
……반사적으로 외쳤지만 아무것도 발동되지 않았다.
스킬의 구조가 달라진 건가?
그때 스킬 항목이 출현.
평소에는 인식하지 않았었는데…… 오? 지금 사용할 수 있는 스킬들이 나와 있잖아.
아직 방패와 거울 간의 정보 전달이 제대로 되지 않고 있는 건지, 어두워져 있는 스킬이 많았다.
하지만, 이건 사용할 수 있는 모양이었다.
"1식 · 유리 방패!"
내가 그 항목을 의식하자 반투명한 유리 방패가 출현했다.
"뭐야?! 하지만 이 정도로는 어림없다!"
갑옷남이 내가 출현시킨 유리 방패를 도끼로 후려쳤다.
그러자 유리 방패는 날카로운 소리와 함께 깨져 나갔다.
"하하핫! 방패의 마왕이 쓰는 가짜의 위력 따위, 어차피 뻔할 뻔 자지!"
크…… 방어력은 에어스트 실드보다도 낮은 건가?
애초에 갑옷남이 갖고 있는 도끼는 칠성무기인 데다가, 커스 시리즈일 것으로 보인다.

공격력 면으로 따지자면 돌파 당하는 게 당연하겠지. 혹시나 몰라서 기를 불어넣어 봤지만 소용없었던 모양이다.

그렇게 생각하고 있으려니, 깨져 나간 유리 조각이 공중에 흩날려서…… 갑옷을 향해 날아갔다.

유리 조각이 갑옷에 푹푹 박히고, 갑옷에서 피가 솟구쳐 나왔다.

"뭐, 뭐야?! 끅…… 이 자식이이이이이이이이이이이!"

피가 흐른 탓인지, 갑옷은 아까보다 더 격앙돼서 날뛰었다.

"전설의 무기가 가진 힘에만 의존하는 비겁한 이세계 놈들! 건방 떨지 마!"

"비겁하다니…… 네놈들이 할 소리는 아닐 텐데! 그리고 여기서는 네놈들이야말로 이세계인이잖아!"

자기들 멋대로 소환해 놓고, 무슨 말도 안 되는 헛소리냐.

애초에 이 녀석 지금 무슨 소리를 하는 거지? 아예 말이 안 통하는 거 아닌가 하는 생각까지 들기 시작했다.

아아, 말은 처음부터 안 통했던 것 같지만.

"죽어!"

흥분한 갑옷남은 나를 향해 도끼를 찍어 내렸다.

기를 나열시키고 힘을 불어넣어, 평소에 즐겨 쓰던 스킬명을 의식했다.

그렇군……. 이렇게 사용하면 된단 말이지.

"스타더스트 미러!"

그 즉시 강화 상태의 유성방패가 전개되어 갑옷남의 도끼를 완벽하게 막아 냈다.

"이럴 수가…… 말도 안 돼! 이런 일은 절대 있어서는 안 돼! 내가 바로 정의란 말이다! 이 세계의 권속기는 마왕의 편을 드는 사악한 무기라는 건가?!"

강화가 안 된 상태에서도 그럭저럭 쓸 만한 성능을 갖고 있군.

그렇게 생각했지만 결국 유성방패는 깨져 나갔다. 아무래도 거울이다 보니, 방패보다는 방어력이 뒤떨어지는 것 같았다.

그나저나 이 갑옷남…… 자기를 적대하는 자는 전부 다 악이라니 끔찍한 사고방식이군.

"흥! 권속기를 손에 넣었다고 해서 우쭐대지 마시지."

미야지가 거들먹거리는 말투로 말하며 연주를 시작했다.

하지만 그 직후, 미야지와 갑옷남에게 마법 구슬이 명중했다.

"끄억!"

"뭐, 뭐야?"

"한눈파시면 안 되죠."

어느샌가 이츠키가 풀피리를 불어서 연주를 재개한 상태였다.

뒤이어서 이츠키가 발동시킨 마법 구슬이 바위의 형태로 변해서, 미야지의 동료들과 윗치를 향해 날아갔다.

"엘레멘트 하모니? 풀피리로 그런 고위 마법을 발동시킬 수 있는 건가요?!"

주위에 떠다니는 마법을 보며 글래스가 전율하고 있었다.

"이게 그렇게 어려운 거야?"

"정확하게 연주해야 겨우 발동시킬 수 있는 공격 연주마법입니다. 필로 씨라 해도 노래만으로는 발동시키기 힘들 거예요."

그렇게 노래를 좋아하는 아이돌적 존재인 필로도 힘들다고?

"어머어머어머. 머리가 좋은가 보네. 그쪽 세계의 마법을 사용할 수 없다면 이쪽 세계 마법을 쓰면 된다는 거지?"

바보녀가 세인과 힘을 겨루면서 감탄 어린 목소리로 말했다.

"헛! 악기마법 전문가는 나다! 악기의 용사가 얼마나 무서운지 똑똑히 가르쳐 주마!"

미야지가 손가락을 튕기자, 병사들을 비롯한 동료들이 줄줄이 방에 들어왔다.

패거리를 늘려서 단번에 밀어붙일 작정인가!

"들어라, 쓰레기들! 내 최강 지원마법을! 내 동료들의 힘에 벌벌 떨어라!"

미야지가 바이올린 같은 악기의 현에 활을 대고 연주하기 시작해서 이츠키에 맞서려 했다.

"곡의 흐름이 잡다해서 종잡을 수가 없네요. 필로 씨나 다른 분들에게 들은 걸 한번 실천해 보죠."

이츠키가 풀피리를 불자…… 뭐지? 이츠키의 연주가 엄청 불쾌한 소리로 들리기 시작했다.

아까부터 우리를 옭아매었던 묵직한 공기 같은 무언가가 흩어지고, 더불어 미야지 주위에 떠돌고 있던 마법 구슬이 터져 나갔다.

"이, 이 자식! 내 연주에 훼방 놓지 마!"

"불협화음이에요. 이 방해 속에서도 제대로 마법을 발동시킬 수 있겠어요?"

영창 방해가 아닌 연주 방해인 셈인가?

나도 잘은 모르겠지만, 불협화음이라는 건 상성이 나쁜 소리를 내는 걸 말하는 건가?

요리처럼 맛을 한층 더 살릴 수도 있는 것 같지만, 이 세계에서는 그 반대로 하면 마법 발동을 불가능하게 만들 수도 있는 것이리라.

미야지가 짜증 섞인 눈매로 이츠키를 쏘아보았다.

"연주로 발동되는 마법은 제가 방해할게요. 나오후미 씨, 빨리 태세를 정비하세요."

"아, 알았어!"

이런 상황에서 이츠키가 무기도 없이 뛰어난 활약을 펼쳐 줄 줄이야.

명중 능력 따위 없이도 충분히 강하잖아.

"라프타리아, 네 쪽은 괜찮아?"

"약간…… 버겁네요."

라프타리아가 가슴을 손으로 억누르며 신음하듯 대답했다.

상대의 커스 스킬을 정통으로 얻어맞았으니 그럴 만도 하겠지.

글래스의 상황도 크게 다르지 않은지, 괜찮다는 듯 일어서서 미야지의 여자들을 상대로 선전을 펼치고는 있지만 점점 밀리고 있는 형국이었다.

"좋아좋아, 세인, 걸음마 잘하네!"

"끄으으으으으으……."

세인은 결박을 뿌리치고 바보녀와 싸우고 있었는데, 그녀 역시 이쪽에 신경 쓸 여유는 없어 보였다.

"지원해 줄게!"

미야지의 여자가 상황을 파악하고 바보녀를 도우려 했다.

이런, 숫자가 부족하잖아. 나는 갑옷남과 미야지를 상대하기에도 벅찬 상황인데!

"뜻은 고맙지만, 너희는 히데마사 님의 적을 상대하고 있으렴. 나는 지금 내 나름대로 즐기고 있는 중이니까."

바보녀가 사슬 끝을 바닥에 박아 넣자 지면에서 사슬 창살이 나타나서, 바보녀를 도우려던 여자들을 가로막았다.

세인을 농락하며 즐기고 있다. 취향 한 번 고약한 여자다.

하지만 한편으로는, 세인 쪽에서 불의의 사태가 일어날 가능성은 얼마 없다는 뜻도 된다.

"세인, 자기 싸움에 집중해. 절대로 지면 안 돼!"

세인은 내 말에 이쪽을 돌아보며 고개를 끄덕이고, 바보녀를 향해 가위를 휘두르며 덤벼들었다.

자, 그럼 나는 라프타리아와 이츠키, 글래스를 보호하는 데 정신을 집중해야겠군.

게다가 윗치와 갑옷남까지 상대해야 하는 판국이었다.

"흥, 악기의 진가는 연주뿐만이 아니라는 것쯤은 알고 있겠지. 아무리 방해해 봤자 네놈들 권속기 소지자에게 통하는 주가(呪歌) 공격을 반복하기만 하면 언젠가는 이길 수 있으니까."

하긴…… 냉정하게 말하자면, 아까 그 정체불명의 커스 스킬을 저지하려면 단순히 막기만 해서는 어려울 것 같았다. 대놓고 저주 공격을 퍼붓는 게 아니기에, 사선을 차단해서 막아 내는 식으로는 방어할 수 없었다.

실제로 라프타리아와 글래스에게 야금야금 대미지가 들어가고 있었다.

아까 그 지푸라기 인형이 매개체인 것 같은데…… 그걸 빼앗기 전에는 해결하기 힘들 것 같았다.

게다가 미야지가 커스 스킬 틈틈이 음표를 날리는 공격을 거듭해서 우리를 방해하고 들었다.

그때, 지금까지 쓸 수 없었던 스킬이, 거울의 스킬 변환을 통해 사용이 가능해졌음을 느꼈다.

이 스킬은…… 방패의 스킬이 아니라서 이름이 안 바뀐 건가? 단순히 SP를 쓰는 스킬이라서 그런 건지도 모르겠군.

하여간 지금은 하나라도 더 일손이 필요했다. 도 아니면 모지만, 효과를 기대해 보는 수밖에.

"컴온 라프!"

나는 기도하는 심정으로 기까지 섞어 가면서, 라프짱을 강제 소환하는 스킬을 발동시켰다.

내 부름에 호응해서…… 빛이 출현했다.

"라프~!"

"페~엥!"

라프짱에 착 달라붙어서 크리스까지 같이 나타났다.

척 하고 착지한 라프짱과 크리스는, 주위를 두리번거리고 나서 내 쪽을 쳐다보았다.

"잘 왔어, 라프짱, 크리스."

"라프!"

"펭!"

두 마리는 의욕이 넘치는 듯 털을 곤두세우며 적들을 경계하고 있었다.

그리고 라프짱과 크리스는 라프타리아와 글래스 쪽으로 재빨리 달려갔다.

"식신이잖아!"

"잔챙이가 늘어나 봤자 우리에게는 상대도 안 돼!"

라프타리아와 글래스를 향해 달려가는 라프짱과 크리스를 향해, 미야지의 여자들이 저마다 공격을 시작하려 했다.

하나—— 퐁 하고 라프짱의 환각마법이 발동, 라프짱과 크리스가 무수히 늘어난 것처럼 보였다.

"뭐, 뭐야?!"

"마법은 봉인된 것 아니었어?!"

"애석하게 됐네. 그 녀석들은 식신이니까, 우리와 같은 마법을 사용하는 게 아니거든."

라프짱의 환각마법이 어떤 구조인지는, 실은 아직 제대로 해석되지 않았다. 우리가 쓰는 마법도 마음만 먹으면 쓸 수 있겠지만, 지금 이 상황으로 보아 유사한 별개의 마법도 사용할 줄 아는 것이리라. 식신은 일단 마물에 속하기도 하고.

탄생 배경으로 보아 이 세계의 존재에 가깝다. 그렇기에 방해하기가 좀 힘든 것이리라.

그리고 크리스의 환각을 치려다가 불발에 그친 여자의 배후에, 2미터 가깝게 대형화된 크리스가 나타나서 물갈퀴로 강력하게 후려친 후, 있는 힘껏 떠밀었다.

"꺄——."

여자가 나가떨어졌다.

"페~엥!"

"크, 크리스가……."

"페~엥."

어때? 나 강해졌다니까, 라는 듯 크리스가 글래스를 향해 승리의 포즈를 취했다.

글래스는 말문이 막힌 채 내 쪽을 쏘아보았다.

내 잘못 아니라니까.

곧바로 평소의 작은 모습으로 돌아온 크리스와 라프짱이, 각각의 주인인 글래스와 라프타리아에게로 달려가서 어깨에 올라탔다. 그랬을 뿐인데도, 지금까지 가슴을 부여잡고 고통에 신음하던 라프타리아와 글래스의 표정이 밝아져 갔다.

"가슴의 고통이 누그러진 거야?"

"그러고 보니 이 아이들은 식신…… 저주에 대해 저항하는 기술을 갖고 있지요."

"뭐야?"

미야지가 연신 지푸라기 인형을 후려치는 행동을 반복했다.

그럴 때마다 팅 하고 무언가가 라프짱과 크리스에게 맞는 소리가 울려 퍼졌다.

"랏프!"

"펭!"

라프짱이 꼬리로 쳐내고, 크리스가 부리로 무언가를 쪼았다.

그러자 미야지가 들고 있던 지푸라기 인형이 들썩였다.

"커헉! 저주의 공격을 되받아치다니……."

미야지가 가슴을 부여잡고, 울분 섞인 눈으로 라프짱을 노려보았다.

남을 저주해 놓고 자신만 무사할 수 없는 법……. 축시의 저주 따위를 시도했다가 실패하면 술사가 되려 피해를 입는다는 내용은 만화나 애니메이션에도 자주 나오지. 미야지가 사용한 스킬에는 그런 요소가 있었던 건지도 모른다.

아니, 라프짱과 크리스가 쳐낸 건가?

미야지의 저주 공격에 대한 방해 및 마법 지원도 가능해졌다.

좋아, 이제 전황은 한층 더 안정되겠군.

"스타더스트 블레이드!"

라프타리아가 별빛 반짝이는 광범위 스킬을 발동시켜, 미야지의 여자들과 윗치를 향해 별들을 날렸다.

"그런 공격이 맞기나 할 것 같아?!"

미야지의 여자들과 윗치는 날아오는 별들을 피하면서 반격하려 들었다.

뭐, 윗치의 공격은 내가 모조리 무력화시킬 수 있으니 소용없는 짓이지만.

"윤무 제0식 · 역식설월화(逆式雪月花)!"

뒤이어 글래스도 주특기 스킬을 내쏘아서 반격하러 달려드는 여자들을 쓸어버리고, 내 쪽으로 다가왔다.

"고맙습니다. 크리스 일에 대해서는 나중에 여러모로 따지고 싶은 것들이 많지만, 일단은 감사 말씀만 드리기로 하죠."

"그, 그보다 나오후미 님! 거울의 권속기가 힘을 빌려주고 있는 거죠?"

"아마 그런 것 같아. 그래서 말인데, 라프타리아, 이 무기의 성능을 끌어낼 수 있도록 강화방법을 가르쳐 줄 수 있어?"

키즈나에게서 배운 강화방법도 있긴 하지만, 어차피 우리와는 공유할 수 없다는 걸 알고 있었기에 자세하게 묻지는 않았었다.

한 무기를 오래 쓰면 강해진다느니 하는 소리를 했던 건 기억하고 있지만.

글래스의 강화방법은 전투 상대에게서 흘러나온 마력을 무기로 흡수하는 거라고 들었다.

뭐랄까, 지금 당장 강화할 수 있는 방법을 찾지 못하면 성능에서 밀릴 수밖에 없다.

"그런 틈을 줄 줄 알고?!"

미야지가 나를 향해 음표를 날렸다.

이 자식, 공격도 타이밍을 가려서 하란 말이다.

"2식 · 유리 방패!"

음표가 나오기 직전에, 미야지의 눈앞에 유리 방패를 출현시켰다.

사용법은 에어스트 실드와 같았기에, 익숙하게 쓸 수 있었다.

게다가 체인지 실드를 쓸 필요가 없어서 한 템포 더 빠르게 사용 가능했다.

"젠장!"

쨍그랑 소리와 함께 유리가 깨져 나가서 미야지에게 날아들었다.

이번에는 제아무리 미야지라도 반격을 피할 수 없었기에 유리가 박혔지만, 레벨 때문에 대미지는 들어가지 않은 것 같았다.

"악당 주제에 뻔뻔하게 버티다니……. 정의의 철퇴를 받아라!"

"랏프!"

"두 번이나 맞아 줄 생각은 없어요."

한껏 흥분해서 도끼를 들고 돌격해 오는 갑옷남을 향해 라프짱이 뭔가 마법을 발동시키고, 글래스가 부채로 공격을 흘려보냈다.

상대의 공격력이 정면으로 막아 내면 버텨낼 수 없을 만큼 강하기에, 받아 내는 방법에 신경을 쓴 것이리라.

"크…… 이 방패의 마왕 패거리들, 비겁하게 환각을 쓰다니."

게다가 갑옷남의 눈은 라프짱의 환각에 당해서 핑핑 돌고 있었다.

이대로 제압할 수 있으려나?

"무슨 추태를 부리는 거야?!"

윗치가 갑옷남을 매도했다.

너는 남을 매도할 만큼 활약도 안 했잖아. 계속 나에 의해 마법이 무효화되고 있으니까.

"뭐가 어째? 그렇게 잘났으면 네놈이 방패의 마왕을 몰아붙여 보시지!"

"뭐어? 칠성무기를 지급받고도 이 꼴인 녀석을 내가 왜 도와줘야 해? 애초에 나한테 칠성무기를 줬더라면 더 성능을 끌어낼 수 있었을 거라구! 그런데도 건방을 떨면서 양보를 안 한 게 누군데? 이 싸움에서 못 이기면 나는 못 받게 되잖아!"

오? 윗치가 뭔가 속사정을 술술 흘렸다.

그래, 대충 알겠군. 녀석들은 아직도 뭔가 숨기는 게 더 있다는 거지?

뭐…… 세인의 언니라는 녀석이 갖고 있는 사슬은 제외하고…… 갑옷남의 도끼로 미루어 보아, 소식 불명 상태인 성무기들도 상대의 손아귀에 들어 있다고 생각하는 게 옳겠지.

반드시 되찾아 주고 말겠어.

"장난만 치지 말고 빨리 저 놈들을 해치우란 말이야!"

"끄으으으으."

갑옷남 녀석, 궁지에 몰려서 머리에서 연기가 날 것 같은 기세로 분노하고 있다.

분노 유경험자로서 조언 좀 해 줄까?

"현실을 직시해. 그렇게 뿡뿡 화내 봤자 현실은 타개할 수 없다고. 더 살의를 충만하게 채워서, 냉정하게, 어떻게 하면 상대를 처참하게 죽여 버릴 수 있을지를 생각하란 말이야."

"완전히 마왕의 발상이잖아요!"

라프타리아의 태클이 날아들었다.

뭔가 감회가 새로운걸. 예전에는 이렇게 지냈었는데.

아아, 컨디션이 회복됐군. 이대로 단숨에 몰아붙이자.

"도발도 적당히 하시죠."

신경 꺼. 우리는 항상 이런 식이니까.

어차피 글래스한테 이야기해 봤자 황당해하기만 할 것 같아서 잠자코 있었지만.

"여러분."

이츠키가 풀피리를 불어서 마법으로 지원해 주며 경고했다.

말 안 해도 안다니까.

그러고 보니 어째 몸이 가벼워진 것 같다. 게다가 야금야금 상처도 아물어가고 있다.

은근히 편리한데, 이 연주마법.

"라프타리아, 강화방법."

"아, 네!"

라프타리아가 조그맣게 속삭이듯이 대답했다.

상대에게 들키지 않도록 해야 하니까.

"하지만 도의 강화방법은 정련인데요? 나오후미 님이 플러스라고 말씀하신 쪽이에요."

겹치는 부분도 있는 건가.

하지만 지금까지의 전례로 미루어 보아, 스킬 레벨 같은 건 무기의 강화방법에 대한 자각 없이 감만 가지고는 사용할 수 없을 것이다.

일단 현재 보유한 재료로 거울을 강화해 두자.

실패 확률이 같은 건지 어떤지는 모르겠지만, 어쨌거나 +6까지는 올려 두었다.

한 방에 성공한 걸 보면 운이 좋았던 거라고 해 두자.

"글래스 씨의 강화방법은 알고 계시죠?"

"그래."

싸우는 상대에게서 흘러나온 마력 같은 것을 흡수해서 강화하는 것이다. 지금으로서는 불가능한 강화방법이다.

"라르크 씨는 처치한 마물의 혼을 부여하는 거예요."

"스피릿 인첸트……?"

모토야스에게서 배운 창의 강화방법이었는데.

"대충 비슷해요."

호환성이 있을 것 같으면서 없는 게 영 마음에 안 드는군.

어라? 영귀갑 거울에는 영귀의 혼이라는 게 고정적으로 붙어 있잖아.

오스트 덕분인가? 방어력을 중심으로 스테이터스를 전체적으로 올려 주는 것 같다. 그리고 쿨타임이 있는 것 같기는 하지만 강력한 공격을 한 번 튕겨 내서 상쇄시킬 수도 있는 모양이다. 위력이 너무 높으면 상쇄시키지 못하는 것 같지만.

이걸로 갑옷남의 공격을 튕겨 낸 건가……. 그런 거였군.

물론 내 경우 공격력은 오르지 않는다.

게다가 보너스로 체력이며 마력, SP 자동 회복까지 붙어 있다. 영귀란 참 대단한데.

그건 고정 옵션이라서 하나를 더 달 수 있는 것 같군……. 방패의 효과로 미루어 보아, 방패 안에 있는 백호 클론 소재를 사용해서 부여해 두는 게 좋겠다.

민첩성이 향상되는 것 같다. 아트라의 효과도 기대해 볼 수 있을지도 모르겠다.

……말은 나눌 수 없지만 우리는 이어져 있다.

불경한 생각일지도 모르지만, 아트라와 오스트가 내게 힘을 주고 있는 거라고 생각하고 싶다.

“키즈나가 이야기했던, 부적을 붙이는 건?”

“나오후미 님이라면 이게 좋을 것 같네요.”

라프타리아가 품속에서 부적을 꺼내 내게 건넸다. 그것을 거울에 집어넣고 조정해 보았다.

오? 방어력 상승 효과가 있는 것 같다. 확실히 나한테 딱 걸맞은 물건이군.

“에스노바르트 씨가 갖고 있던 배는, 무기에 넣은 아이템의 종류에 따라 보너스가 붙는 거였어요.”

수집가들이 좋아할 것 같은 강화방법이군.

“대충 이 정도예요. 그런데 거울의 강화방법은 뭐죠?”

도움말을 확인……. 이건 지금 당장 쓸 수는 없을 것 같군.

“바로 쓸 수 있는 건 아닌 것 같아.”

“그렇군요……. 알았어요.”

“이제 좀 싸움에 집중하세요!”

글래스가 갑옷남의 맹공으로부터 우리를 보호하며 항의했다.

정기적으로 유리 방패며 스타더스트 실드를 쏴 주고 있으니까, 좀 기다려 줘도 되잖아.

“준비 다 됐어. 간다!”

“네!”

“글래스, 쓰레기 2호…… 츠구미의 남자가 즐겨 쓰던 마법을 나한테 써 줄 수 있어?”

“당장 쓰기는 힘들 거예요. 그나저나 그 호칭은…….”

흠칫. 잘못하면 이름을 제대로 못 들었다는 걸 들키겠잖아.

“그런 것보다도…….”

미야지와 그 패거리 여자들, 갑옷남과 윗치를 일소하기에는 힘이 부족하다.

아니…… 이런 스킬이 있었잖아.

나는 한 손을 들고, 어떤 스킬을 연상해서 발동시켰다.

“1식 · 부유경(浮遊鏡), 2식 · 부유경.”

플로트 실드 같은 거울을 두 장 출현시켰다.

"헛! 무슨 짓을 해도 헛수고다!"

미야지가 질리지도 않는지 또 음표를 날리는 스킬을 내쏘았다.

색깔이나 모양이 달라 보이는 걸로 미루어 보아, 아마 별개의 스킬이리라.

"나오후미 님!"

"괜찮아. 보호하는 건 내 임무니까. 그리고 라프타리아……."

"네?"

공중에 뜬 거울의 각도를 조종하면서, 날아드는 음표를 막아냈다.

그러자…… 음표가 거울 속으로 들어갔다가, 곧바로 미야지 쪽으로 튕겨 나갔다.

"우오! 반사라니! 더러운 짓거리를! 그런 비열한 공격을 맞아줄 줄 알고?!"

반사가 비열하다니……. 그나저나 이 거울…… 플로트 미러처럼 마법만 튕겨내는 건 줄 알았는데, 스킬도 반사시킬 수 있었던 건가. 제법 편리한데.

그건 그렇고…….

"마법은 무효화, 스킬은 반사. 이 정도면 너희는 아무것도 못하는 거 아니야, 미야지?"

업신여기는 표정으로 도발해 주었다.

전형적인 상성을 타는 스킬들이었지만, 결과적으로 미야지를 상대하기에 안성맞춤인 상황이 갖춰진 것이다.

"뭐가 어째?! 지금 내가 약하다는 거냐?!"

"그래. 너 정도는 나와 이츠키 단둘이서도 해치울 수 있어."

실은 공격 담당이 있으면 더 좋겠지만, 무효화해 가면서 결박하는 방법도 있었다.

결과적으로 미야지를 기점으로 하나씩 격파해 나가면…….

아니, 우리의 목적을 생각해야 한다. 우리의 목적은 악기의 권속기 소지자를 해치우는 게 아니었다.

키즈나를 구출하는 것이 우리의 목적이었다.

그 녀석만 구할 수 있다면 이런 적지에서 싸울 필요도 없고, 선택지의 폭도 늘어날 것이다.

12화 내분

"글래스! 크리스를 데리고 먼저 가!"

"하지만……."

"우리의 목적을 잊지 마! 빨리 가!"

지금 가장 위협적인 상황은 키즈나가 인질로 잡히는 것이다. 그렇게 되면 전황이 단번에 뒤집힐 수도 있다.

"알았어요. 나오후미, 뒷일을 부탁드려요."

"반드시 키즈나를 탈환해 와."

"네!"

"펭!"

내 지시에 따라, 글래스는 크리스를 어깨에 태우고 미야지와 갑옷남에게 돌격해 갔다.

"보내 줄 줄 알고?!"

"놓치지 않는다!"

"통과시킬 거야. 이런 식으로!"

나는 라프타리아가 소유한 도의 칼집에 박힌 보석에 용맥법으로 마법을 발동시켰다.

지금 라프타리아가 갖고 있는 칼집은 필로의 하이퀵이 작동되는 칼집이었다.

성공할 수 있을지 어떨지는 도 아니면 모다. 용맥법은 발동시킬 수 있을 거라고 생각하는 수밖에 없다.

칼집에 박혀 있는 보석에서 모종의 의지 같은 것이 느껴진 것 같긴 하지만, 나는 테리스처럼 보석의 말 같은 걸 알아들을 수는 없었다. 그래도 힘을 빌려주겠다는 의지는 느낄 수 있었다.

마력 부분에 손을 대기가 힘들었지만, 칼집의 보석 쪽이 자진해서 힘을 전해 주었다.

머릿속에 떠오른 퍼즐은 용맥법과 같았다. 이제 익숙했다. 발동시키고자 하는 마법을 재빨리 구축해 나갔다.

자! 잠깐이라도 좋아! 힘을 빌려줘!

"주얼 하이스피드!"

지원마법이 글래스를 향해 날아가서, 그야말로 찰나의 순간에 가속을 걸어 주었다.

원래부터 움직임이 빠른 글래스가 한층 더 재빠르게 움직여서 미야지의 배후로…… 그리고 여자들을 흩어 놓으며 뒤쪽의 문을 강행 돌파하는 것을 확인했다.

"크…… 멈춰!"

미야지의 여자들 세 명이 그런 글래스를 추격했다.

“끄어어어억!”

오오, 글래스 녀석, 가는 길에 갑옷남을 공격해 준 모양이다.

갑옷남이 신음하면서 고통스러워하고 있었다.

“어머어머어머, 기대했던 것보다 형편없는걸. 도망을 용납하다니.”

바보녀가 미야지를 매도했다.

“아뇨아뇨! 히데마사 님! 더 힘내세요! 아직 얼마든지 녀석들을 해치울 수 있어요!”

점수를 따려는 건지, 윗치가 듣기 좋은 말로 격려했다.

눈은 웃고 있지 않은 것 같은데?

“배화(倍化)의 경편(鏡片).”

유리 파편 같은 뾰족한 것을 미야지에게 내던졌다.

“우리를 잊지 마라아아아아아아!”

갑옷남이 드디어 라프짱의 환각을 극복했는지, 파편들을 후려쳐서 떨어뜨렸다.

칫, 솜씨 한번 좋은 놈이군.

“얕보지 마! 훼방꾼만 없으면 내가 최강이란 말이다!”

미야지가 악기를 피아노로 바꾸고, 엄청난 기교라도 부리듯 손가락을 움직여 곡을 연주하기 시작했다.

하지만 이츠키가 불고 있는 풀피리가 연주마법을 끊임없이 방해했다.

그러나 풀피리의 한계인지, 결국 마법이 발동되고 말았다.

“영웅의 선율!”

미야지의 동료들에게 정체불명의 마법이 걸렸다.

"가라!"

"네!"

미야지가 여자들을 거느리고, 종전보다 두 배는 더 빠른 속도로 일제히 덤벼들었다.

"스타더스트 미러!"

"그런 얄팍한 방어막 따위, 단번에 파괴해 주마!"

방벽이 깨지고, 여자들이 쏟아지듯 몰려들었다.

인해 전술 공격인가……. 나도 좋아하는 전법이지만, 당하는 건 질색이군.

"무기라는 건 이런 식으로 쓸 수도 있는 거다! 어디 한 번 이것도 반사해 보시지!"

미야지가 악기를 섬뜩한 음색의 전자 기타로 바꾸어서, 그것을 치켜들고 내게 휘둘렀다.

그게 저주의 무기라는 건 이미 다 알고 있단 말이지.

"죽어라! 방패의 마왕!"

너는 대사가 그것밖에 없는 거냐, 갑옷남!

"이렇게 오랜 시간 방치해 두고, 내가 그냥 넋 놓고 있었을 줄 알았다면 오산이에요!"

"라프으!"

라프타리아와 라프짱이 뛰쳐나가서, 꼬리를 부풀리며 마법을 영창했다.

"환각 · 영일문자(影一文字)!"

라프짱의 마법과 라프타리아의 마법이 결합된 기술이군.

라프타리아의 형체가 무수히 늘어나서, 무엇이 본체인지 알 수 없는 지경이 됐다.

"어림없는 짓! 뭐야?!"

갑옷남이 공격하자, 가짜가 연기처럼 일렁이며 사라졌다.

갑옷남도 미야지의 여자들도 어느 것이 본체인지 분간하지 못한 채 라프타리아의 공격을 허용하고 말았다.

라프타리아의 칼부림에 의해, 쩌억 하고 방의 벽에 두 줄의 구멍이 생겨났다.

"커허어어억! 깔보지 마아아아아아아아아! 정의의 철퇴를 받아라!"

갑옷남이 피를 토하며 뒤쪽으로 휘청거리면서도 도끼를 휘둘러 내렸다.

나는 떠다니는 거울로 그 도끼를 막고 비껴 냈다.

"큭……."

퍽 하고, 정체불명의 장벽이 미야지와 여자들을 보호했다.

이츠키의 마법이 적들에게 맞은 건 마침 적 스킬의 효과가 끊긴 순간이었나 보군.

연주하는 동안에는 효과가 끊긴 순간을 노리기 힘들 듯하다.

"단단하네요……. 하지만!"

영웅의 선율이란 거, 되게 강력한데.

라프타리아의 대형 기술을 튕겨 내다니……. 역시 지원마법의 효과는 위대하다니까.

보아하니 능력 상승+방어막 생성 효과가 있는 것 같다.

"커헉……. 뭐야, 내장이……."

오오……. 라프타리아는 『점』을 적에게 꽂아 넣어서 방어비례 공격을 한 건가.

방어막에 전부 다 막힌 줄 알았는데, 추가 효과까지는 막지 못하는 모양이군.

유성방패처럼 벽을 만드는 게 아니라, 받는 대미지를 일정량 다른 곳으로 흘려보내는 마법인가?

그나저나 이런 녀석들은 왜들 이렇게 단련이 부족한 건지 모르겠다니까.

하긴, 나를 포함해 소환 직후의 용사들은 하나같이 단련이 부족했었다. 뭐든지 다 자기 뜻대로 될 거라고 착각하다 보면 이렇게 되는 것이겠지.

"빌어먹을!"

미야지가 끈질기게 스킬을 내쏘았다.

"악마의 선율!"

수없이 많은 음표들이 마구 출현해서 이쪽을 향해 날아왔다.

"소용없어요! 스타더스트 블레이드!"

라프타리아가 스타더스트 블레이드 스킬로 별을 내쏘아서, 날아드는 수많은 음표들을 쳐 냈다. 보아하니…… 악기의 권속기는 어디까지나 연주마법이 주무기이고 스킬 공격은 도 등 다른 권속기보다 못한 모양이었다.

라프타리아가 놓친 음표는 스타더스트 미러에 부딪쳐서 튕겨 나갔다.

강화가 약간 부족한 상태였지만, 기를 담음으로써 출력을 향상시켜 내쏜 덕에 그럭저럭 막아 낼 수 있었다.

"얘들아! 버텨! 내 연주를 들어!"

그건 어떤 세계의, 음악으로 세계를 구하려 들던 전투기 조종사의 대사잖아?

미야지는 거대한 스피커를 소환해서 연주를 시작했다.

"하아아아아아아아아아!"

라프타리아와 갑옷남의 힘겨루기도 시작됐다.

글래스마저도 관통당할 만큼 강력한 무기 공격이었다.

갑옷남이 히죽 미소를 지었다. 글래스 때와 같은 결과가 나올 거라 생각한 것이리라.

"1식 · 유리 방패."

그 순간을 노려서 라프타리아 앞에 거울을 출현시켰다.

쨍그랑 하고 유리가 깨져서 갑옷남에게 박혔다.

"윽…… 사사건건 잔재주를 부려 대다니——."

"진짜 잔재주로 공격해 주지. 2식 · 3식 유리 방패."

갑옷남의 배, 등, 양쪽 방향에 유리 방패를 전개시켰다.

함부로 부쉈다간 파편에 찔리고, 그렇다고 그냥 뒀다가는 제대로 움직일 수도 없었다.

위력은 그리 강하지 않지만 움직임을 봉쇄하기에는 충분할 것이다.

『힘의 근원인 차기 여왕이 명한다. 삼라만상을 다시금 깨우쳐, 저자를 지옥의 업화로 불살라라!』

"드라이파 헬파이어!"

"끈질긴 자식. 계속 몰아붙인다고 마법이 성공할 줄 알았다면 오산이라고, 윗치. 안티 드라이파 헬파이어."

이제 윗치의 마법은 발동 습관을 모조리 다 읽을 수 있었다.

어지간히 긴박한 타이밍이 아니면 방해하는 것쯤은 식은 죽 먹기였다.

혹시 맞는다고 해도 간지럽지도 않으리라는 걸 알 수 있었다. 윗치와 갑옷남의 기초 레벨은 그만큼 낮았다.

이 세계에 온 지 얼마나 됐고, 얼마나 레벨을 올린 건지는 모르지만, 이렇게 유리한 상황이라면 오히려 우리가 밀어붙일 수 있다. 공격의 위험도로 따지면 도리어 권속기 소지자인 미야지가 더 위협적이었다.

"크! 이 비열한 방패 좀 그만 쓰란 말이다!"

"자기가 밀리니까 비겁하다는 거냐? 무슨 어린애도 아니고!"

고작 두 장의 방패에 움직임을 봉쇄당한 주제에 무슨 불만이 그렇게 많은지.

나는 전에 세 장을 전개해서 제압을 시도했는데도 모조리 피하고, 오히려 역이용하기까지 한 여자도 만난 적이 있었단 말이다.

"흥! 대룡권(大龍卷) Ⅲ!"

결국 갑옷남은 자신을 중심으로 회오리를 발생시키는 스킬을 사용, 힘으로 거울을 파괴했다.

깨져서 산산조각 난 유리 파편들이 바람을 타고 갑옷남에게 격돌했다.

"끄아아아악!"

그냥 부수는 것보다 더 많은 파편이 생긴 거 아니야?

뭐…… 카운터 효과 자체는 별로 강하지 않은 듯, 갑옷남도 그리 심한 부상을 입은 것 같지는 않았다.

게다가 커스 무기의 플러스 효과는 제대로 발동하는 듯, 야금야금 갑옷남의 부상도 사라져 갔다.

"꺄아아아아악!"

미야지의 여자들 중 몇 명이 갑옷남의 회오리에 나가떨어져서, 벽에 부딪치고 정신을 잃었다.

자기 몸을 지키려고 자기 동료를 공격하다니 머리 나쁜 놈이군.

"내 동료에게 무슨 짓을 하는 거냐!"

"가까이 있었던 게 잘못이야!"

황당한 논리다. 동료 간의 연계라는 걸 이해는 하고 있는 건가?

"하여튼……."

갑옷남이 휘감고 있는 검은 아우라가 점점 더 짙어져 갔다.

"후후후, 이제 사용법도 제법 익숙해졌어. 아까처럼 만만하게 봤다가는 큰코다칠 걸! 제이슨 머더 Ⅳ!"

갑옷남이 별안간 출현한 하키 마스크를 쓰고, 도끼를 드높이 치켜들었다.

"라프타리아! 이츠키! 머리 숙여!"

라프타리아와 이츠키의 어깨를 붙잡아서 우격다짐으로 찍어 눌렀다.

순간적인 판단이었지만, 그것이 옳은 판단이었다는 것이 바로 증명됐다.

우리가 있던 방향…… 정확히 머리가 있던 위치 전후로 벽을 관통하는 커다란 균열이 생겨나 있었다.

그것도 스타더스트 미러를 관통해서.

맞았더라면 나라도 위험했을 가능성이 높았다.

"하, 하면 되잖아. 좋아, 너한테도 영웅의 선율을 걸어 주마."

미야지가 승리의 웃음을 지으며 거만하게 갑옷남을 칭찬했다.

조금 전까지만 해도 자기 동료 여자들이 나가떨어졌다고 화내던 게 누구였는데?

"흥, 우리 정의의 테마라도 연주해 보시지. 아무짝에도 쓸모없는 놈."

"뭐가 어째?! 건방 떨지 마! 연주해 주십시오, 라고 해야지!"

……이 녀석들, 진짜 사이가 험악하군.

어찌 됐건, 갑옷남이 칠성무기 사용법에 적응하기 시작했다.

이렇게 되면…… 글래스가 먼저 간 상황에서, 공격의 핵심이 라프타리아와 라프짱밖에 없다는 건 솔직히 좀 버거운 상황이군.

미야지와 여자들도 은근히 성가시게 굴고, 적과 아군을 가리지 않고 갈겨 대는 갑옷남의 공격이 점점 강력해지기 시작했다.

윗치는 언급할 가치도 없다. 접근하고 들거든 라프타리아에게 명령해서 목을 쳐 버리려고 했지만, 멀리서 어차피 무효화될 게 뻔한 마법만 연신 영창해 대고 있을 뿐이다.

현재 가장 위험에 빠진 건 세인이었다.

세인이 패하면, 우리 쪽에 큰 위협이 될 바보녀가 전투에 참여하게 될 것이다.

불행 중 다행인 건 미야지의 공격이 별 볼 일 없다는 것 정도일까?

이츠키가 후방에서 방해해 주고 있는 게 큰 도움이 됐다.

빨리 글래스가 키즈나를 구출해 주면 좋을 테지만…… 아직 글래스가 키즈나를 구출하러 간 지 얼마 되지 않은 상태다.

내가 그런 생각을 하고 있으려니, 미야지가 살기 어린 시선으로 갑옷남을 쏘아보았다.

"이 자식, 계속 건방 떨면 죽여 버리는 수가 있어."

"할 수 있거든 해 보시지. 그러면 우리의 정의가 네놈을 단죄하게 될 테니까."

"빨리 방패를 처분하기나 해! 싸움은 눈앞의 마왕을 처치하고 나서 하라구."

"당연하지."

젠장……. 아무리 갑옷이 있다고 해도, 현재의 방어력으로는 갑옷남의 공격을 견뎌 낼 자신이 없는데.

아우라 X가 봉쇄된 시점부터 이런 상황은 충분히 예상할 수 있었다.

게다가 미야지는 연주로 자기편을 지원할 수 있다. 이대로 적이 연계 작전을 펴면 단번에 밀릴 게 뻔했다.

"지금은 이놈들을 죽이는 걸 우선시하겠지만, 네놈은 나중에 죗값을 치러야 할 줄 알아!"

그러면서 미야지가 영웅의 선율을 연주하기 시작했지만, 이츠키가 방해하기 위해 거기 맞춰 풀피리를 불었다.

"야비한 훼방 따위가 우리 정의에 통하지 않는다는 사실을 깨달아라!"

갑옷남이 집요하게 우리를 향한 공격을 재개했다.

"1식 · 2식 유리 방패…… 연쇄 포박 거울!"

"소용없는 짓! 흥!"

체인 실드의 변화 형태인 연쇄 포박 거울을 발동시켰지만, 갑옷남의 맹공을 막아 낼 수가 없다!

크……. 결정타가 없다 보니 싸우기가 버겁군.

이츠키가 필사적으로 방해의 소리를 연주했지만, 완전히 막아 내지는 못했다.

"영웅의 선율! 자! 냉큼 해치워!"

기어이 완성되고 만 스킬이 갑옷남과 윗치에게 걸리고, 아까보다도 더 강하게 위력을 상승시켰다.

"월도(月刀) · 초승달!"

"라프!"

라프타리아가 발도술 자세로 갑옷남의 팔을 향해 스킬을 내쏘았지만, 커스 무기화된 갑옷남의 도끼에 휘감긴 아우라와 영웅의 선율에 의해 생겨난 방어막을 뚫지 못했다.

라프짱의 환각마법 역시, 갑옷남이 스킬로 회오리를 만들어 흩어 버렸다.

미야지의 여자들은 위협을 느끼고 뒤쪽으로 물러난 상태라, 피해를 입지 않았다.

그 여자들은 후방에서 우리를 방해하기 위해 연주와 마법, 화살이며 부적을 날려 대고 있었다.

"그럼 숨통을 끊어 주마! 제이슨 머더 Ⅳ!"

갑옷남이 우리를 향해 스킬을 내쏘려 한, 바로 그 순간——!

"에어스트 스로우 X! 세컨드 스로우 X! 드리트 스로우 X! 토네이도 스로우 X!"

"끄아아아아아아아!"

갑옷남에게 세 개의 투척구가 적중하고, 회오리를 발생시켰다.

이 스킬은?!

목소리가 난 방향을 쳐다보자, 리시아가 벽을 부수고 모습을 드러냈다.

"드디어 합류했네요!"

"리시아!"

역시 리시아였다.

주인공 체질은 여전히 건재한 듯, 동료의 위기라는 절묘한 타이밍에 나타났다.

설마 타이밍을 노린 건 아니겠지? 리시아의 성격상 그건 아닐 테지만.

"아까 책의 권속기가 제 앞에 나타나서 방향을 가르쳐 주었어요. 덕분에 가까스로 늦지 않고 도착한 거예요."

오오…… 아까 그 책이 리시아를 인도해 준 건가. 그거 고마운 일이군.

좋아! 보아하니 바보녀의 말대로 칠성무기 쪽은 사용 가능한 모양이다.

성무기를 봉인했다. 그것은 즉 칠성무기는 사용 가능하다는 뜻이다.

"리시아 씨."

"이츠키 님! 괜찮으세요?"

"네, 괜찮아요. 리시아 씨 덕분이에요."

리시아는 이츠키가 무사한 걸 확인한 후, 우리를 둘러보고 갑옷남 쪽을 쏘아보았다.

"이거이거, 누군가 했더니 방패의 마왕 밑으로 들어갔던 리시아였잖아…….”

갑옷남은 대놓고 깔보는 눈길로 리시아를 쳐다보고 있었다.

너 같은 머저리가 주인공인 리시아를 이길 수 있을 거라고 생각하는 거냐?

아니, 그러고 보면 이 녀석은 각성 후의 리시아를 모르고 있다.

카르밀라 섬에서 우연히 루코르 열매가 담긴 통으로 활약한 녀석 정도로 인식하고 있겠지.

“마르드 씨?! 왜 여기 계신 거예요?”

뒤이어 리시아는 윗치 쪽으로 눈길을 돌리고, 표정을 찌푸렸다.

“의미 없는 질문이군. 그야 당연히 우리가 정당한 싸움을 하고 있기 때문이다. 방패의 마왕을 이세계에서 해치우고, 우리 세계의 평화를 되찾고, 정의의 빛을 민중에게 보여 주는 것이다.”

“나오후미 님은 전혀 나쁘지 않아요. 이츠키 님도 그 점은 인정하고 계세요.”

“…….”

이츠키는 말없이 리시아를 응시하고만 있었다.

아니, 이 태도는 좀 수상해 보이는데? 아직 저주 때문에 고분고분해진 것뿐인 것 같기도 하고.

“후……. 가짜 용사가 인정했다는 게 무슨 의미가 있다는 거냐. 리시아, 계속 그러면 우리 정의의 철퇴를 너 같은 잔챙이에게 휘두르게 되는 수가 있어. 빨리 투항하고, 그 무기를 넘겨라.”

마지막 대사……. 갑옷남, 네놈은 왕따 주동자 같은 소리밖에 못 하는 거냐?

“맞아, 맞아. 그럼 나도 무기를 가질 수 있다구.”

"아까부터 왜 이렇게 괴상한 원군들이 나타나는 거야?! 이제 진절머리가 난다고."

미야지, 네놈이 할 소리는 아닐 텐데. 도대체 여자들을 몇 명이나 데려온 거냐?

함정에 빠져서 각각 갈라졌지만, 그 녀석들도 동료 중 누군가가 위기에 빠진 것을 알아채고 달려오려 노력하고 있다.

우리를 도우러 오는 자가 있다고 해서 이상할 건 아무것도 없단 말이다!

"마르드 씨, 제르토블에서 이츠키 님을 이용한 건에 대해 당신에게 여쭤보고 싶던 참이었어요. 어디로 도망친 건가 하는 점 등등……. 하지만."

리시아는 주위를 둘러보고, 뒤이어 갑옷남과 그 무기를 경멸 섞인 시선으로 쏘아본 다음, 전투태세를 취했다.

"이 상황, 그 무기……. 절대로 간과할 수 없어요. 이 세계의 무기들도 당신이 그릇된 행동을 한다고 말하고 있어요."

리시아가 주위의 기를 긁어모아서, 주위에 휘감기 시작했다.

"저는, 제가 믿는 정의를 위해 힘을 발휘하겠어요."

리시아가 투척구를 힘껏 움켜쥐고, 이츠키를 보호하듯 나섰다.

좋아, 리시아가 각성 상태에 들어섰다. 이제 전황이 조금이나마 우리 쪽으로 기운 셈이군.

왜냐하면 리시아는, 어느 쪽이 악인지를 알아내면 악에 대해서 감정을 폭발시키는 성격이기 때문이다.

누가 봐도 갑옷남이 비열한 짓을 하고 있으며, 전에 이츠키를 속이고 도망친 적도 있었다.

게다가 윗치까지 같이 있으니, 어느 쪽이 나쁜 놈인가 하는 것쯤은 한눈에 알 수 있다.

그리고 리시아는 지금까지 해 온 수련 덕분에 이미 완전 각성을 마쳤다. 성능을 완전히 끌어낼 수 있는 것이다!

"정의인 척하는 놈이 더 늘어나다니 넌덜머리가 나는군. 그 정의가 진정 옳은 건지, 내가 확인해 주지."

미야지가 여전히 거만한 말투로 뇌까렸다.

야금…… 야금…… 리시아와 갑옷남이 서로 간의 거리를 좁히다가…… 내달렸다.

"리시아 따위가 우리에게 대들다니 가소롭구나! 빨리 정의의 이름 아래 죽어 버려! 제이슨 머더Ⅳ!"

갑옷남은 아까 중단했던 스킬을 리시아에게 내쏘았다.

그 갑옷남의 강력한 도끼 공격을…… 리시아는 투척구를 단검으로 바꾸고 기를 담아서 쳐냈다.

"볼라 블래스트 X."

그 직후, 리시아는 투척구를 볼라라고 불리는, 무수한 로프 끝에 추를 매단 투척 무기로 바꾸어 내던졌다.

볼라는 갑옷남의 몸에 휘감기고, 그 직후에 거대한 폭발과 함께 타올랐다.

필로의 무기였던 모닝스타를 개조해서 만들어진 볼라에서 얻은 스킬이었다.

"끄아아아아아아아아아아아아아아! 이 자식이이이이이! 리시아 따위가 건방지게 덤비겠다는 거냐!"

폭발에 휘말려 한참 나가떨어진 갑옷남은 교묘하게 착지했고, 한껏 흥분한 채 리시아를 향해 재빨리 달려들었다.

"하아아아아! 나이프 레인 Ⅴ!"

직후, 리시아는 후방으로 펄쩍 뛰어 물러서서, 투척구를 단검으로 바꾸어 내던졌다.

그러자 나이프가 여러 개로 분열해서, 렌이 과거에 사용했던 헌드레드 소드처럼 갑옷남에게 단검의 비를 퍼부었다.

"오오오오오오오! 파워 브레이크 Ⅲ!"

갑옷남은 멧돼지와도 같은 기세로 단검의 비를 돌파해서 리시아를 후려쳤지만, 리시아는 갑옷남의 손목을 짚고 백 텀블링, 등을 발판 삼아 한 번 더 뛰었다.

"섀도 바인드 Ⅳ!"

리시아가 갑옷남의 그림자를 향해 단검을 내던졌다.

"윽…… 움직일 수가 없잖아……. 거기였구나! 샤인 액스 버스트 Ⅲ!"

그림자가 묶였다는 것을 곧바로 알아챈 갑옷남이, 도끼에서 빛을 내뿜는 스킬을 사용해서 결박을 풀고 도끼를 휘둘렀다.

볼 때마다 느끼지만, 리시아의 움직임은 참 대단하다니까.

"리시아 주제에 건방지게 빨빨거리고 설치다니! 이것이 방패의 악마가 행한 비열한 인체 개조구나!"

그냥 보이는 모습 그대로, 성장했다고 생각할 수는 없는 거냐. 자기는 저주받은 무기로 싸우고 있는 주제에.

"비열한 게 아니에요. 나오후미 씨와 스승님, 많은 분들이 제게 가르쳐 준 힘의 사용법이에요!"

변환무쌍류의 재능이 있음이 밝혀진 뒤로 리시아가 선보인 활약들이 떠오르는군.

"한눈팔 틈이 있는 거냐?"

"한눈판 적 없어요."

이츠키는 주위 여자들과 갑옷남을 강화하려 드는 미야지를 방해하기 위해, 쉴 새 없이 풀피리를 연주했다.

"끈질긴 자식 같으니!"

"그건 제가 할 말이에요. 리시아 씨의 일대일 대결에 훼방을 놓는 짓은 절대 용납 못해요."

이츠키와 미야지의 연주 대결이 펼쳐졌다.

날아드는 스킬은 라프타리아와 내가 격추하고, 여자들은 라프타리아의 스킬이며 기술, 라프짱의 지원을 통해 가까스로 제압하고 있다.

조금만 더 머릿수가 있으면 제압할 수 있을 텐데.

리시아처럼 누군가가 더 와 주면 몰아붙일 수 있을지도 모른다.

아니면 글래스가 키즈나를 구출하기만 해도 상황 타개에 도움이 된다.

그런 생각을 하고 있다가…… 미야지가 갖고 있는 악기의 권속기에 박힌 탁한 보석이 어렴풋한 빛을 발하기 시작한 것을 깨달았다.

이츠키도 그걸 발견한 듯, 시선이 리시아와 미야지 사이를 오가고 있었다.

공격하기 위한 에너지라도 모으고 있는 건가?

그리고…… 타쿠토가 달고 있던 액세서리와 같은 걸 달고 있다는 점도 마음에 걸렸다.

도끼가 갑옷남의 손에 있는 것도 저것 때문이 아닐까? 한 번 겨냥해 보자.

“라프타리아, 저 액세서리를 한번 파괴해 봐.”

“아, 알았어요.”

그러자 곧바로 바보녀가 시선을 이쪽으로 돌리며 놀란 듯 말했다.

“어머어머어머. 히데마사 님, 조심해. 당신한테 준 액세서리를 잘 지키지 않으면 권속기가 결박을 풀고 떨어질 거야. 당신보다 더 소지자로 적합한 사람의 영향을 받아서 권속기가 활성화되고 있다구.”

“뭐야?!”

“잠깐! 그걸 까발리면 어떡해?!”

상대방도 액세서리에 대해 언급했기에, 나는 다시 미야지가 악기에 장착한, 보라색의 수상쩍은 물건에 시선을 집중했다. 저건 타쿠토에게서 빼앗은 리시아의 칠성무기에도 달려 있던 거 맞지?

나 때는 사성무기의 힘을 이용해 우격다짐으로 뜯어 냈지만, 그 대신 칠성무기가 녀석들의 손으로 날아간 거겠지.

“어머어머어머. 안 알려 주면 유탄에라도 맞아서 떨어져 나갈지도 모르잖아? 애초에 상대가 노리려 들기도 했고.”

바보녀의 지적 덕분에 오히려 확증을 얻었지만.

“처음부터 미야지가 정당한 소지자가 맞는지 의심스러웠었는데, 녀석보다 더 적합한 인재가 이 자리에 있다는 거군.”

풀피리 하나로 맞서 싸우는 이츠키 쪽으로 시선을 돌렸다.

하긴 힘에서나 기술에서나, 모든 면에서 이츠키가 더 적합한 인물이긴 하지.

무엇보다 내가 거울의 권속기를 사용하고 있는 이상, 이츠키가 악기의 권속기를 사용하게 된다 해도 이상할 건 없다.

"저 액세서리 때문에 결박이 강해지고 있다는 거군……."

이거 좋은 정보를 들었는데.

"리시아! 너도 그 갑옷남의 액세서리를 노려!"

"끄응! 약점을 노리겠다 이거냐, 방패의 마왕 놈! 비열하구나!"

비열하긴 뭐가! 그건 네놈들이 즐겨 쓰는 걸 텐데.

"그런 짓을 용납할 것 같으냐! 이 무기는 내 거다! 이 무기에 걸맞은 건 나다! 다들 들어! 내 연주에 취해라!"

이츠키에게 봉쇄돼 있는 마당에도 계속 연주하겠다는 거냐.

상대방 입장에서는 접근전을 펼치거나 스킬로 응전해야 하겠지만, 나는 그런 걸 가르쳐 줄 생각 따위 없었다.

이곳에서도 내가 아는 마법 법칙이 어느 정도 동일하게 적용된다면 합창마법을 통해서 이츠키의 방해를 무력화시킬 수 있겠지. 하지만 그렇게 느긋하게 합창을 하다가는 여자들이 라프타리아에게 당할 것이다.

그럴 여유가 없다는 것쯤은 녀석들도 알고 있겠지.

"당신, 언제까지 동생이랑 놀고만 있을 거야? 빨리 싸움에 참가하라구!"

전세가 불리하게 돌아가는 걸 알아챈 윗치가 바보녀에게 지원을 요구했다.

"나는 세인이랑 노는 게 재미있어서 못 견디겠는걸. 너희에게 신경 쓸 여유는 없다구. 아니면 그냥 세인을 풀어 줘도 되겠니?"

바보녀는 미야지와 갑옷남을 가리키며 말했다.

"세인의 특기는 속박 기술이란다. 연주는 고사하고, 어중간한 무기로는 꽁꽁 묶여서 옴쭉달싹도 못 하게 될 텐데?"

"네가 힘을 발휘해서 해결하면 되잖아!"

"그래! 우리에게 지시를 내리고 싶으면 자기 힘을 증명하란 말이다!"

거참 깍깍거리고 말 많네. 상황이 불리해지니까 이 모양이냐.

바보녀도 나와 같은 의견인지, 한숨을 지으며 말했다.

"한심하긴……. 이런 위기도 못 넘어서고 얻을 수 있는 게 있을 것 같아? 힘이 곧 정의라면서? 곤경에 처했을 때 다른 사람에게 의지하는 걸 힘이라고 할 수 있는 걸까?"

은근히 속을 긁는 말투군. 나는 항상 곤경에 처해 있다고.

"이 쓸모없는 계집! 나중에 따끔한 맛을 보여 주겠어!"

아, 미야지가 연극적인 말투를 집어치우고 욕지거리를 내뱉었다. 이게 녀석의 본심이군.

애초에 숨겼어도 뻔히 다 드러나 보였지만.

"이것이 비장의 카드! 영웅의 선율 따위와는 비교도 안 될 줄 알아! 이리 와!"

"네! 히데마사 님을 위해서라면!"

미야지의 여자들 중 하나…… 스피릿이 반투명화되어 미야지와 한 몸이 됐다!

"원래는 이런 잔재주는 쓰기 싫었는데 말이야."

정체불명의 압박감이 주위를 채웠다. 무슨 짓을 하려는 거냐.

“이놈들, 스피릿의 올바른 활용법을 모르는 것 같으니까 가르쳐 주마. 이것이 스피릿과 인간의 힘을 제대로 사용하는 법이다!”

미야지가 득의양양하게 말한 직후, 미야지 주위에 벼락이 쏟아졌다.

13화 강제빙의

“우와아아아아?!”

“꺄아아아아아아아아아아아아아아아아아악!”

느닷없는 공격에 여자들이 절규를 내질렀다.

절규가 터져 나오는 순간 미야지가 여자의 이름을 불렀지만, 알아들을 수가 없었다.

“어라—?”

그때 미야지 패거리 뒤쪽, 글래스와 크리스가 나간 쪽 문에서 실디나가 나타났다.

“히, 히데마사 님! 며, 면목 없습니다!”

……미야지와 마찬가지로 실디나에게서 스피릿 여자의 모습이 겹쳐 보였다.

그런데 스피릿 여자의 표정은 끔찍한 고통에 물들어 있었다.

“저항해 봤자 소용없어.”

“끄으으…….”

“괜찮아, 나오후미?”

격노해서 신음하는 미야지를 무시한 채, 실디나가 내게 말을 걸었다.

"다친 곳은 없긴 한데……. 방금 그건 뭐야?"

"습격해 온 스피릿에게 신탁을 걸었더니 강제로 빙의됐어. 일회용이지만 엄청난 힘을 낼 수 있어."

어이……. 뭐야, 그 비인도적인 기술은?

"이 자식! 감히!"

너도 비슷한 기술을 쓴 것처럼 보이는데?

게다가 실디나 녀석이 등장하면서 한 공격…… 신탁으로 재현한 것과는 달랐던 것 같았다.

"그럼, 마법을 쓸 수 있는 거야?"

"아니. 여기에 힘을 불어넣어서 내가 영창한 거야."

실디나가 내게 부적을 보여 주었다.

리시아 때와는 전혀 다른 공격을 할 수 있는 것 같군.

"그 녀석들에게 맡기기에는 역부족이었군. 게다가…… 이용당하기까지 하다니……. 비겁한 놈! 그 애를 풀어 줘!"

보아하니 미야지 녀석은 실디나 쪽에도 뭔가를 배치해서 발을 묶으려 했던 모양이었다.

하긴 상식적으로 생각하면, 기껏 전력을 분산시켰으니 함정을 치는 게 당연하겠지.

"나오후미, 잘 봐. 그럼, 당신은 여기서 쓰러져."

"끄으윽…… 힘이, 빨려 나가요오오오오히데마사니이이이임!"

아, 반투명해졌던 스피릿 여자가 실디나에게서 분리돼서 쓰러졌다.

실디나는 부적을 대량으로 던지고, 거기에 마력을 투과시키며 영창에 들어갔다.

『나 지금 그대에게 명한다. 부적이여…… 나의 말에 응하라. 탁류가 되어 적을 휩쓸어라!』

"해신!"

실디나가 치켜든 부적에서 마법으로 생성된 물이 대량으로 쏟아져 나와, 적으로 인식된 자들을 쓰나미처럼 쓸어버렸다!

혼자서 합창마법 수준의 위력을 내고 있는 거 아니야?

그나저나 실디나도 이츠키처럼 이 세계 마법을 제대로 쓸 줄 알았던 거냐.

게다가 스피릿을 끌어들여서 마력 탱크로 쓰고 있는 것 같고…… 완전 괴물이잖아.

"꺄아아아아아아악!"

"꺄아아아아아아!"

"윽…… 뭐야?! 싸움에 훼방을 놓다니 비겁한 놈들!"

미야지와 여자들, 갑옷남, 윗치에게 마법이 명중했다.

바보녀는 사슬을 붕붕 돌려서 막아 내 버렸다.

언동은 바보 그 자체지만, 이 중에서 제일 강한 녀석임이 분명하다.

……세인이 상당히 밀리고 있었다. 빨리 구하러 가지 않으면 위험할 것 같다.

"아까 하던 이야기…… 나도 다 들었어요."

실디나가 마법을 영창하는 동안에 그런 목소리가 들려오더니, 수없이 많은 정체불명의 종이들이 물속을 교묘하게 헤엄치

듯 미야지의 악기를 향해 날아가, 악기에 달라붙었다.

"파암(破岩)의 서 · 폭(爆)!"

종이가 화르륵 빛나며 폭발, 미야지가 나가떨어졌다.

젠장, 제대로 낙법을 취했잖아. 그래도 미야지는 고통에 찬 표정으로 배를 부여잡고 있었다.

"끄악! 후훅…… 어, 어림없어! 컥…… 내장을 할퀴어 대는 것 같은 이 고통은 대체 뭐야?!"

눈에 익은 형태로 빛나는 무언가가 미야지의 몸속을 통과해 가는 것이 보였다.

저건 변환무쌍류의 『점』 아닌가?

실디나가 만들어 낸 쓰나미가 물러간 후, 실디나의 등 뒤에서 수많은 종이들을 휘감고, 종이를 발판 삼아 에스노바르트가 나타났다. 그 손에는 책이 들려 있었다.

현재 상황으로 미루어 보아, 쿄가 갖고 있던 책의 권속기인가?

"에스노바르트야?"

"네."

"필로도 있어—."

필로가 에스노바르트 뒤에서 쏙 고개를 내밀었다.

"아마도 책의 권속기는 근처로 텔레포트됐던 리시아 씨와 실디나 씨, 그리고 저와 필로 씨를 여기로 유도하려고 한 것 같아요."

"그 책은?"

"유도를 마친 책이 제 손에 깃들어서, 소지자로 인정해 준 모양이에요."

호오……. 하긴 에스노바르트는 원래 도서토라는 마물이니,

배보다 더 잘 어울리는 것 같기도 하다.

"본격적으로 변환무쌍류를 배우고 충분한 수련을 거친 제가 권속기까지 얻었으니…… 이제 전력 외라고 할 수 없겠죠."

"그래? 그럼 저 녀석들을 해치워 줘."

재회를 기뻐할 틈이 없었다.

"물론 그래야죠. 부정한 힘으로 권속기를 구속하고 있는 거라면, 그 결박을 풀어 주겠어요!"

에스노바르트의 의지에 따르듯이, 책의 권속기가 종잇장을 날려서 미야지를 옭아맸다.

"변환무쌍류와의 병용 스킬…… 기식(氣式) · 마법폭렬, 정도의 이름이 적합해 보이는 공격이에요."

쿄가 쓰던 스킬과 비슷한 스킬명……. 그건 기를 병용해서 쏜 거였군.

"으끄으윽……. 큭, 무, 무슨 짓을 한 거냐?!"

"기를 담아서 당신 몸속을 순환하게 한 것뿐이에요. 종이 한 장 한 장이, 몸 밖으로 나오려 하는 기를 붙잡아서 내부에서 날뛰게 하고 있지만요."

우와, 은근히 지독한 공격을 하는군. 타격을 빼내는 법을 습득하기 전의 내가 기 공격을 받았다면 몸이 폭발해 버렸을지도 모른다.

"물론 출구는 정해져 있죠. 바로 그 액세서리예요."

"가, 감히 그런 짓을…… 끄악!"

에스노바르트가 불어넣은 기가 미야지의 몸속을 통해, 망가지기 직전이던 액세서리를 뚫고 나왔다.

째질 듯한 소리와 함께 액세서리가 깨져 나갔다.

"끄으으으윽……. 큭, 하지 마! 이건 내 거야! 떨어지지 마! 내 거란 말이다아아아아아아아아아!"

더 이상 자기 것으로 유지하기가 버거워진 듯, 미야지가 악기를 들고 절규했다.

악기는 마치 탈피라도 하듯 꿈틀거리더니, 빛이 되어 미야지의 손을 떠나 내 쪽…… 이츠키에게 부딪쳤다.

그리고 이츠키의 손에는…… 역시 악기가 쥐어져 있었다.

형태는 바이올린이었다.

기능이 정지되어 작은 액세서리로 변해 있던 활이, 바이올린의 활이 되어 다시 커졌다.

"권속기의 목소리가 들렸어요……. 사악한 힘의 침략으로부터 지켜 달라고……. 제가 적합한 인물인지 어떤지는 모르겠어요. 하지만, 그 바람에 부응하고 싶어요."

이츠키는 졸린 눈으로 바이올린을 확인한 후, 현에 활을 대고 켜기 시작했다.

미야지가 연주할 때와는 비교도 되지 않을 만큼 투명한 선율이 주위에 메아리치기 시작했다.

"와~ 굉장해굉장해! 필로도 노래할래~."

필로가 허밍 코카트리스 형태로 변해 이츠키의 뒤로 이동, 곡에 맞추어 노래하기 시작했다.

아마 미야지가 영웅의 선율이라고 했던 그 곡 같았다.

그럼에도 소리의 폭이 너무나 넓어서, 같은 곡이라고는 믿을 수 없을 만큼 굉장하게 느껴졌다.

주위에 무수한 마법의 빛이 떠올랐다.

"영웅의 선율……이라고 했었죠?"

우리 전원에게 지원마법이 걸려서, 능력이 껑충 뛰어올랐다.

그래도 레벨레이션 아우라 X만큼은 못하지만.

하여튼…… 이거 좋은 타이밍이군.

나는 미야지를 흉내 내서 머리칼을 쓸어 올렸다.

"훗훗훗! 하—핫핫핫! 이것 참, 그 얼빵한 얼굴을 보니까 웃음을 참을 수가 없네! 아까 이렇게 말했던가? 형세 역전이군."

아까 미야지가 이런 식의 대사를 내뱉었었다. 그 짜증 나는 대사를 되받아쳐 준 것이다.

이제 좀 속이 시원하군.

"이, 이 새끼가아아아아아아아아아아아아아아아아!"

내가 표독스러운 웃음을 짓자, 미야지가 머리에서 김이 나는 게 아닐까 싶을 만큼 얼굴을 새빨갛게 물들이고 고함쳤다.

"왜 원숭이처럼 깍깍대고 떠드는 거야? 네가 먼저 한 짓이잖아! 자기가 당하는 게 싫으면 남한테도 하지 말았어야지!"

약간 어린애 같은 대처인 것 같기도 하고, 같은 수준으로 전락하는 것 같은 느낌도 들었지만, 일방적으로 당하고만 있는 게 어른스러운 대응이라고 할 수는 없을 테니까.

"또 상대방의 화를 부채질하는 행동을……."

라프타리아가 황당하다는 듯 이쪽을 쳐다보고 있지만, 알 게 뭐야.

"내 무기를 빼앗다니! 이 도둑놈들! 내가 얼마나 훌륭한 인물이고, 이 나라를 얼마나 번영시킨 용사인지 알기나 하는 거냐!"

“이제 소지자가 바뀌어서 네놈이 악기의 권속기를 강제로 구속하고 있었다는 사실이 밝혀졌는데, 그걸 어떻게 변명할 거지?”

게다가 키즈나를 유괴하고 다른 용사들은 죽였잖아? 변명의 여지 따위 조금도 없다고.

“히데마사 님…….”

미야지의 여자들이 걱정스러운 얼굴로 미야지의 어깨에 손을 얹었다.

“죽여 버리겠어……. 이렇게까지 나를 불쾌하게 만든 놈은 오랜만이야. 네놈들 전부 다 몰살시켜 버리겠어! 가자! 얘들아! 그 전에…….”

처음부터 죽일 작정이었으면서…… 라고 생각한 직후, 미야지는 갑옷남을 뒤에서 덮쳤다.

“무슨 짓이냐?!”

“그 무기를 내놔!”

갑옷남의 손에서 도끼를 빼앗으려고 쟁탈전을 벌이고 있었다.

황당하기 짝이 없는 그들의 행동에, 전투 중이던 리시아를 비롯한 우리는 멍하니 그 모습을 쳐다보았다.

“애초에 처음부터 악기라는 것부터가 불만이었어. 그런데 이 나라에 있는 권속기는 악기밖에 없다고 해서, 하는 수 없이 썼던 것뿐이야. 그러니까 빨리 그 도끼를 나한테 넘겨! 내 힘이 있으면 액세서리 없이도 권속기를 다룰 수 있어! 너보다 더 잘 쓸 수 있단 말이다!”

……타쿠토와 비슷한 능력을 가진 녀석인가 보군.

그런데 이 녀석은 다른 녀석의 소환에 휘말려서 여기 온 거라고 하지 않았던가?

인과 관계가 반대이긴 하지만…… 역시 이 녀석은 파도의 첨병이 틀림없다!

그렇게 확인을 마쳤을 때였다.

"마운틴 브레이크 Ⅳ."

갑옷남이 미야지를 향해 힘차게 도끼를 휘둘러 내렸다!

"끄아아아아아——!"

권속기를 상실한 미야지는 그 일격의 위력을 견디지 못하고 어깻죽지부터 일도양단되어 두 조각이 나고, 선혈이 주위에 흩뿌려졌다.

"꺄아아아아아아아아아아아아아아아아아아아아아아아아악!"

"히데마사 니이이이이이이이이이이이이임!"

여자들의 절규를 내지르고, 전투에 참가하고 있던 미야지의 패거리들이 혼란에 빠졌다.

"애초에 그 연기하는 것 같은 느끼한 말투를 들을 때마다, 저기 저 가짜가 생각나서 짜증 났었단 말이다! 무기가 없으면 악이나 마찬가지, 뒈져 버리는 게 자연의 섭리!"

최후의 일격이라는 듯 다시 도끼로 쪼개어 버렸고…… 미야지는 누가 보기에도 완벽하게 절명했다.

"라프……."

"우와, 엄청 화내고 있네."

라프짱과 실디나는 미야지의 혼이 보이는 모양이었다.

갑옷남이 도끼를 붕붕 휘둘러 어깨에 걸머지고, 도발적인 눈으로 우리를 쳐다보았다.

"아…… 사라졌잖아."

미야지 녀석, 갑옷남의 폼 잡는 동작에 휘말려서 혼까지 쓸려 나간 건가. 어떻게 보면 불쌍한 놈이군.

그나저나 이 녀석들…… 실은 우리한테 정신 공격 같은 걸 하고 있는 것 아닐까?

이쯤 되면 황당한 걸 넘어, 요란한 개그 공연이 아닐까 싶을 정도였다.

"자, 이번에는 네놈들이 이렇게 될 차례다."

그리고 아군을 죽인 갑옷남이 우리를 향해 도끼를 겨누었다.

"아군을 죽여서 전력이 줄어든 네놈이 뭘 할 수 있다는 거지?"

미야지의 여자들도 더 이상은 협조하지 않을 텐데 말이지.

"어림없어요!"

리시아가 투척구를 움켜쥐고 갑옷남에게 덤벼들었다.

"분명, 액세서리를 파괴하면 된다고 그랬었죠?"

"그래. 갑옷남…… 다음은 네 차례야. 네 도끼도 빼앗아 주마."

"좀 더 온건하게 말씀하실 수도 있는 거 아닌가요?"

라프타리아의 태클이 예리하군.

하긴…… 새삼 생각하니 어쩐지 악역 같은 대사였다는 생각이 드는군.

"흥!"

달려드는 리시아를 향해 호쾌한 스윙으로 맞서는 갑옷남.

하지만 벽이며 천장을 발판 삼아 종횡무진으로 덤벼드는 리시아의 속도를 따라잡지 못하고 있었다.

"에어스트 스로우 X 세컨드——."

"대룡권 Ⅳ!"

갑옷남이 리시아의 투척 스킬을 막아 낸 직후, 회오리를 발생시키는 스킬로 반격하고 들었다.

또 그거냐!

"어머어머어머. 황당해서 말도 안 나오는걸. 그렇지, 세인?"

바보녀 쪽을 쳐다보니, 세인이 사슬에 칭칭 묶여 있었다.

아까까지는 좀 열세에 있는 정도였는데, 순식간에 이렇게까지 내몰린 건가?!

……응? 미야지의 여자들 몇 명이 바보녀를 향해 애원하듯 고개를 숙이고 있잖아. 복수라도 해 달라고?

"부디 우리도 당신과 같은 분을 섬기게 해 주세요."

어이! 황당해서 하마터면 고꾸라질 뻔했다.

14화 전향

"예전부터 저 느끼한 녀석의 태도가 마음에 안 들었어요."

"제발 부탁드려요!"

어디에나 윗치 같은 여자들은 널려 있군.

자기가 좋아했던 남자가 살해당하기가 무섭게 다른 녀석에게 전향하다니, 어떤 의미에서는 칭찬해 주고 싶을 정도다. 질척질척한 전개인데 상쾌함까지 느껴져서 무서울 정도다.

“그래……. 그 사람도 당신들에게 눈독을 들이고 있는 것 같았으니까, 마침 잘됐네. 내 입장도 있고.”

지난 대화로 보아 미야지와 동맹 관계였던 것 같은데, 지금 그게 할 소리냐?

“그럼……. 이제 슬슬 내가 뒤치다꺼리를 해야 할 때인 것 같네.”

“읔…….”

바보녀는 세인을 결박해 놓고, 세인을 무시한 채 이쪽으로 돌아섰다.

세인은 처절하게 저항하고 있었지만, 결박은 꿈쩍도 하지 않았다.

“라프타리아, 실디나, 에스노바르트, 저 여자를 집중적으로 겨냥해.”

“네!”

라프타리아의 목소리에 다른 자들도 고개를 끄덕였다.

그 직후.

“응?”

바보녀가 우리에게서 의식을 떼고, 귀에 손을 갖다 댔다.

“어머어머어머, 수렵구를 탈환당했어? 그렇다면 하는 수 없지……. 응? 모래시계 쪽도 못 막았다구? 전직 악기의 용사님과 이 나라는 영 쓸모가 없는걸.”

어딘가와 통신이라도 하고 있는 것이리라.

아마 글래스와 라르크의 활약이겠지. 보아하니 그쪽도 그럭저럭 해결된 것 같았다.

"이제 슬슬 철수할 때가 온 것 같네. 악기도 빼앗겼고, 소식 불명 상태였던 거울이랑 책까지 나타났으니 너무 불리해. 어떻게든 해결할 수 있을 줄 알았는데 이 꼴이라니……. 돌아가자!"

"순순히 보내줄 줄 알고?"

내 대답을 듣기도 전에, 바보녀는 이츠키와 리시아, 갑옷남 쪽으로 눈길을 돌렸다.

"으롸아아아아아아아아아! 가짜 놈들에게 정의의 철퇴를 날려 주마! 도망치는 자는 악으로 취급한다!"

갑옷남이 이츠키와 리시아에게 덤벼들고 있었다. 남의 이야기를 들을 생각이 없는 놈이군.

"마르드, 최소한의 자비예요. 제가 상대해 드리죠."

"가짜가 무슨 건방진 소리를……. 우움?!"

갑옷남 주위에 이츠키가 내쏜 음표들이 떠다니고 있었다.

이츠키와 필로는 지금까지 영웅의 선율이라는 것만 걸고 있는 줄 알았는데, 어느 틈에 이런 걸 하고 있었던 모양이다.

"네놈 같은 악의 공격 따위, 나에게는 아무런 효과도 없다!"

갑옷남이 떠다니는 음표를 도끼로 후려쳐서 흩어 버렸지만, 이츠키는 그 틈을 놓치지 않았다.

"뮤직 스트라이크."

이츠키가 가만히 중얼거린 말에, 바이올린으로부터 화살 같은 것이 사출되어 갑옷남의 액세서리에 정확하게 명중했다.

명중 능력이 이런 상황에서 발휘되는군.

"으윽?!"

직후, 음표가 갑옷남의 등에 명중하자 갑옷남의 몸이 홱 젖혀졌다.

기를 담았나 보군. 높은 스테이터스가 오히려 역효과를 가져온 것이리라. 갑옷남이 다시 피를 토했다.

"아직 끝나지 않았다! 악의 비겁한 공격 따위에 정의가 쓰러질 리가 없지 않느냐!"

생각보다 팔팔하군.

그리고 이츠키는 물 흐르듯 매끄럽게 곡을 연주했다.

"가짜 놈! 다 알고 있다! 네놈은 근접전에 약하다는 걸!"

갑옷남이 재빠르게 이츠키에게 접근해서 도끼를 치켜든 순간, 악기의 형태가 커다란 종으로 변했고, 이츠키는 그것을 옆으로 휘둘렀다.

데—엥! 하는 낭랑한 소리가 나고, 곧이어 이츠키가 멀찍이 물러서자 그 움직임을 따라 연신 종소리가 울려 퍼져서, 움직임만으로 곡이 연주됐다.

"으그흑!"

"안됐지만 거리에 따른 빈틈 같은 건, 리시아 씨와 함께 훈련한 제게는 존재하지 않아요."

"아프잖아! 비, 빌어먹을!"

이거 제법 굉장한 거 아니야? 근접전에도 그럭저럭 대처할 수 있게 되다니, 이츠키도 많이 성장했는데.

"이런 얍삽한 공격을 하다니!"

상대방에게 불리한 근접전으로 몰아붙여서 해치우려고 들었던 녀석이 할 소리냐?

"……갑니다."

이츠키는 재빨리 후방으로 도약해서 벽에 발을 딛고 옆으로 몸을 날리더니, 화살 같은 것을 사출하는 스킬을 갑옷남의 도끼에 달린 액세서리를 향해 연신 내쏘았다.

고속으로 사출된 그 화살이 모조리 갑옷남에게 명중했다.

"뮤직 스트림."

굉장한데. 리시아의 전투 시 움직임과 별반 다르지 않은 움직임을 선보이고 있잖아.

"끄으으으으으윽……. 비겁하게 저격을 하다니! 정정당당하게 치고받으란 말이다!"

치고받으면 도끼를 가진 너만 유리하잖아.

"이럴 수가……. 저 기술은 마구잡이로 공격을 날리는 것뿐일 텐데. 그걸 한 점을 향해 집중적으로 쏘다니……."

미야지를 배신한 여자 하나가 전율하는 표정으로 이츠키의 움직임을 살폈다.

빠직 하고 액세서리에 금이 갔다.

"어림없다! 흥!"

갑옷남이 도끼를 치켜들고, 이츠키가 내쏜 화살을 요격하기 시작했다.

"움직이니까 몰아붙이기가 어렵네요. 좀 얌전히 계세요. 스턴 비트!"

이츠키가 무기를 기타로 바꾸고 곡을 연주하자, 음표가 수없이 나타나서 갑옷남을 옭아맸다.

"뭐, 뭐야?! 그, 그딴 공격은 정의 앞에서는 무력하다는 걸 똑똑히 깨달아라! 대격진 Ⅲ!"

지진을 일으키는 스킬로 모조리 쓸어버릴 작정인가?!

"안이하네요, 마르드."

갑옷남이 쓸어버리려던 음표들이 폭발했다.

시선을 집중해 보니, 빛과 함께 전기 같은 것이 갑옷남에게 휘감겨 있는 것을 알 수 있었다.

"끄으으윽……."

갑옷남이 얼굴을 싸쥐며 신음하고 있었다.

어쩐지 상태 이상에 걸려 있는 것처럼 보이는군.

"뭐야!"

윗치가, 이츠키의 공격에 눈이 핑핑 돌며 휘청거리는 갑옷남에게 달려가서…….

"그 무기 이리 내!"

도끼를 낚아채서 거만하게 웃으며 나를 쳐다보았다.

……왜 이 녀석들에게는 연계니 동료 의식이니 하는 것들이 없는 건지 모르겠군.

"받아 보시지! 드라이파 헬파이어 Ⅳ!"

오? 미리 영창을 끝내고, 힘을 모아 둔 상태로 무기를 빼앗아서 강화된 마법을 내쏜 건가?

윗치치고는 제법 머리를 굴렸군.

실디나나 이츠키가 안티 마법을 쓰려고 하는 기색을 보였지만, 나는 한 손을 들어서 그들을 제지했다.

윗치가 있으면 바보녀와 싸우는 데에도 거치적거릴 테니까.

궁지에 몰릴 만큼 몰렸는데도 도망치지 않은 점에 대해서는 높이 평가해 주지.

사실 마법 발동을 저지하는 건 식은 죽 먹기지만.

그것을 굳이 저지하지 않은 데에는 이유가 있었다.

이제 슬슬 지겨우니까, 나 자신의 손으로 이 쓰레기녀에게 따끔한 맛을 보여 주고 싶었던 것이다.

"죽어어어어어어어어어어어어어어어!"

고속으로 발사된 불덩어리를, 나는 거울을 들어 막아 냈다.

"바보 아니야? 칠성무기의 가호를 받은 내 마법을 고작 그 정도로—— 뭐야?!"

"으랴아아아아아아아아아아아!"

나는 거울에 부딪친 불덩어리를 야구의 투수 강습처럼 윗치를 향해 되받아쳤다.

만약에 거울을 이용한 반격이 불가능했다고 하더라도, 기를 응용해서 궤도를 트는 식으로 되던질 수도 있었을 것이다.

하지만 뜻대로 잘 풀렸군. 거울을 쓰는 방법도 이제 대충 감이 잡힌다.

방패가 물리적인 방어 성능을 갖고 있다면, 거울은 마법에 치우친 방어 성능을 갖고 있다.

게다가 반사라는 면에서는 방패보다 더 다루기 쉽지 않을까?

거울에 기를 담고…… 반사되는 마법에 한층 더 마력을 실어서 되받아쳤다.

그러자…… 오오, 되받아친 불꽃이 거대해져서 기를 휘감은 채 윗치에게 적중했다.

반사시킬 때 마력을 담으면 위력과 효과가 한층 더 강화되는 모양이군.

"오, 오지 마──! 꺄아아아아아아아아아아아아아아아아아악!"

윗치는 자기가 쏜 마법을 얻어맞고 불덩이가 되어 뒹굴었다.

"하하하, 아주 잘 타네!"

이거 통쾌하군. 윗치 녀석, 자기가 쏜 불꽃에 발버둥 치고 있잖아.

이야, 지금까지 손써 주지 못해서 답답하던 참이었다니까.

이제야 내 손으로 징벌을 가할 수 있게 됐다.

"끄아아아아아아아아아아아아?!"

아, 불티가 갑옷남에게도 튀어서 불덩이로 만들어 버렸잖아.

"좋아! 마무리다! 도끼를 되찾아 주마! 겸사겸사 윗치의 팔찌도 빼앗아. 그러면 이번에는 레벨레이션 아우라를 써 줄 테니까."

라프타리아 등의 동료들에게 액세서리 파괴를 지시했다.

자, 이제 되찾아 주마!

"하아……. 체인 디펜스."

바보녀가 사슬을 휘둘러서 윗치와 갑옷남을 옭아맸다.

"나 좀 곤란하게 만들지 말아 줬으면 좋겠네. 아까 철수하자고 했잖니?"

"으으으윽……."

바보녀가 사슬을 꽉 옥죄자, 윗치와 갑옷남의 목소리가 사라졌다.

도끼도 같이 끌려갔잖아. 액세서리를 파괴해야 하는데!

일단 이 바보녀를 처치하는 걸 우선시하는 수밖에 없겠군.

"그나저나 당신들……."

바보녀가 우리를 둘러보았다.

"뭐, 이 정도면 제법 선전한 것 같은데? 칭찬해 줄게."

엄청나게 거만한 말투군.

"상황도 불리해진 것 같으니까, 이제 슬슬 본격적으로 돌아가야겠는걸."

"아까도 이야기했지만, 순순히 돌려보내 줄 것 같아?"

포위되어 있는 상황인데도 바보녀의 표정에는 여유가 넘쳤다.

"아마 도망칠 수 있을 것 같은데? 적어도 이 정도 포위라면."

"이런 포위 상태로 도망칠 수 있다는 거냐?"

"……나를 너무 얕잡아 보면 곤란한데."

바보녀가 가진 사슬이 심상치 않은 빛을 내뿜어서 바보녀를 감쌌다.

그러자 정체불명의 아우라 같은 것이 일었다.

뒤이어 바보녀는 세인이 자기 손에 있다는 것을 과시하듯, 사슬을 움켜쥐어 세인을 우리 쪽으로 내밀었다.

큭…… 세인이 제압당해 있다. 어떻게 구해야 하지?

그런데 바보녀는 세인을 우리 쪽으로 내던졌다.

나는 반사적으로 세인을 받아 냈지만, 그와 동시에 가로 방향으로 강렬한 충격을 받고 나가떨어졌다.

"커헉——."

나가떨어지는 중에 주위를 살펴보니, 방 곳곳에서 사슬이 튀어나와서 나를 비롯한 전원을 재빨리 후려치고, 있는 힘껏 내팽개치는 모습이 보였다.

"아파, 아파~."

"라프으……."

"이건…… 빨라도 너무 빨라."
"후에에에에."
"큭…… 나오후미 님……."
"피할 틈조차 없다니……."
전원이 벽에 내팽개쳐져서 신음했다.
이렇게 강력한 공격을 쓸 줄 알면 처음부터 썼으면 될 거 아니야, 라는 볼멘소리가 나올 만큼 엄청난 속도의 일격이었다.
"강화가 아직 한참 부족한걸. 그 정도라면 이 꼴이 나는 게 당연하지. 내가 놀아 주고 있었다는 걸 깨달으렴."
권속기의 선정을 받은 지 얼마 안 되어서 강화가 전혀 되지 않은 상태라는 점이 뼈아팠다.
애초에 꼼꼼하게 쳐 놓은 함정에 빠트려 놓고 무슨 무인이라도 되는 것처럼 구는 거냐.
의식을 잃은 세인을 바닥에 눕히고, 자리에서 일어서서 바보녀를 향해 거울을 겨누었다.
나 혼자 힘으로는 공격할 수 없지만, 그렇다고 그냥 누워서 구경만 할 수는 없었다.
유리 방패 같은 스킬을 쓰거나 카운터 효과가 있는 무기로 바꿔서라도 반격해 주고 말겠다.
그런 내 생각을 알아챘는지, 바보녀는 거만한 웃음을 지어 보였다.
상황이 바보녀에게 유리하게 돌아가기 시작한 걸 알아챈 미야지의 여자들이 떠들어 대기 시작했다.
"굉장해! 자, 어서요! 이 녀석들의 숨통을 끊어 버리세요."

"저 놈들이 오는 바람에 히데마사 님이 죽었어요! 원수를 갚아 주세요!"

그런 여자들의 말에 바보녀는 성가시다는 듯 양손을 들었다.

"싫어, 귀찮아. 나는 돌아가겠다고 했잖아."

"뭐?"

단호한 거절에, 여자들은 넋이 나간 표정이었다.

"애초에 원래 악기의 용사를 죽인 건 우리였잖니. 엉뚱한 데 화풀이하면 못쓰지."

그 말마따나 살해범은 갑옷남이지 우리가 아니었다.

이 여자, 바보면서도 의외로 정상적인 이야기를 할 때가 있단 말이지.

"지금, 더 이상 자극하면 어떤 기적이 일어날지 알 수 없는 상황이잖니? 그런 불필요한 피해는 보고 싶지 않아. 이해하겠어?"

"그, 그래도……."

"무엇보다 수렵구를 빼앗긴 걸 보면 아까 그 여자도 곧 돌아올 테고, 지상에 있는 녀석들도 원군을 데리고 나타날 거야. 지금 안 도망치면 집중 공격을 당해서 죽을 텐데?"

바보녀가 경멸 가득한 눈으로 미야지의 여자들을 쳐다보았다.

"알았지? 승부에는 이길 수 있을지도 모르지만 전체적인 전황은 불리한 상황이니까, 나는 돌아갈래."

바보녀는 나를 향해 손을 흔들어 키스를 날리고 발걸음을 돌렸다.

"아, 맞아. 강력한 지원마법이 있다고 해서 우쭐대고 있는 것 같은데, 대항 수단이 오늘 쓴 것밖에 없다고 생각하지 않는 게 좋을 거야. 구체적으로 말하자면 해제 계열 마법도 있고, 동등한 강화마법이나 스킬도 있으니까."

크……. 쓰라린 곳을 정확하게 찌르다니.

해제계 스킬이라는 말에, 세인이 우리를 구했을 때 나타난 적이 떠올랐다.

알 레벌레이션 아우라 X를 걸었다가 해제되면 다시 걸면 될지도 모르지만, 상대가 영창하는 해제마법과의 꼬리잡기가 되풀이되는 광경이 눈에 선했다.

상대방도 같은 강화를 한 상태라면…… 그걸 해제하느라 선수를 빼앗기게 될 것이다.

충분히 경계해야 할 필요가 있었다.

"전에 여기 이 잔챙이들과 교전해 본 적이 있었다지? 그래서 만만하게 봤는지도 모르겠지만, 너무 얕잡아 보다간 큰코다칠걸?"

그 녀석들을 보고 잔챙이라니. 뭐…… 모토야스도 그럭저럭 처리할 수 있을 정도였다고 하긴 했지만…….

"나 참, 여기는 영혼을 인식하는 종족이 많은 곳이라, 복귀하기 전에 공격받아 죽기 싫다고 안 오려던 녀석들이 워낙 많아서 짜증 나던 참이었는데, 이런 말썽까지 일어나다니 지긋지긋하다니까. 하긴, 너희 쪽 세계에 갔다가 소멸된 녀석이 있으니 겁을 집어먹을 만도 하겠지만."

알 것 같다. 바보녀의 세력은 죽지 않는다는 전제가 있을 때만 강하게 나갈 수 있다는 거군.

하지만 우리는 부활이 불가능하도록 완전히 죽이는 기술을 갖고 있기에, 함부로 침략할 수 없었던 것이다.

그 심정도 이해는 간다. 몇 번을 죽어도 좀비처럼 되살아날 수 있다면 얼마든지 적에게 돌격할 수 있겠지.

그나저나, 이 여자, 잘도 떠벌려 대는군.

“아—, 귀찮아 죽겠다니까. 돌아가는 길에 수렵구 이외의 성무기를 가져가야 하는데……. 그러니까 세인, 다음에 또 나타나면 용서 안 할 줄 알아.”

바보녀는 경멸 어린 시선으로 세인을 쳐다보며 도발적으로 말한 후, 나를 가리키고 말했다.

“그럼…… 슬슬 돌아가는 게 좋겠네. 그럼 잘 있어, 이와타니!”

그런 말을 던지고, 바보녀는 욹아맨 윗치와 갑옷남을 데리고 홀연히 모습을 감추었다.

상황이 호전돼서 몰아붙일 수 있을 줄 알았는데 이 모양이라니…….

그나저나, 저 녀석, 내 성을 태연하게 말했잖아.

뭐, 소문으로 들었을 수도 있고 윗치도 있으니, 내 성을 알 기회는 얼마든지 있겠지만…….

그렇게 치면 세인과 만났을 때 했던 말과 아귀가 들어맞지 않는다.

세인은 세인대로 자기 자신의 신상에 대해서는 말을 안 하니까. 그래도 이제 본격적으로 물어봐야 할 때가 된 것 같았다.

“으윽…….”

라프타리아가 신음하면서 일어섰기에 부축해 주었다.

“결국 졌네요.”

“우리 목적은 달성했으니까 진 건 아니야. 단, 적을 놓친 건 사실이지만."

그렇게 중얼거린 직후, 글래스와 사디나가 나타났다.

"괜찮으세요?!"

"어머나~? 이거 어떻게 된 거니? 이 언니, 혹시 너무 늦었어?"

사디나가 고개를 갸웃거린 직후, 라르크와 테리스까지 우리 앞에 출현했다.

이건 전송의 함정에 걸려들었을 때 같은 출현 방법이군.

"꼬마들! 괜찮아?!"

그 바보녀, 진짜 타이밍 좋게 내뺀 거 아니야?

운이 좋은 건지, 아니면 물러날 때를 정확하게 계산하고 있었던 건지……. 아마 후자겠지.

상황을 완전하게 파악하고 있었다……. 그런 녀석치고는 이렇다 할 활약 없이 세인과 놀기만 했지만.

나불나불 지껄여댄 게 전부였지만, 윗치와는 수준이 다른 분석 능력을 갖추고 있었다.

녀석의 능력이라면 세인을 제압하는 것쯤은 식은 죽 먹기였을 텐데……. 그건 미야지나, 녀석이 신인이라고 불렀던 윗치 일당의 발목을 붙잡으려고 그런 거겠지.

신인의 실패를 상부에 보고하는, 재수 없는 상사 포지션이라고 생각하면 납득이 갈 것도 같다.

상대의 내부 관계 덕을 본 영향도 있었던 셈이군…….

"글래스, 키즈나는 확보했어?"

"아, 네……. 중간에 사디나 씨가 교전하는 걸 발견하고 합류해서, 바로 키즈나 씨를 구조해 낼 수 있었어요."

"하지만 키즈나가 안 보이는 것 같은데?"

"그게 좀~, 이 누나도 놀랄 만한 사태가 벌어져서 말이야."

"현재, 키즈나는 크리스가 지키고 있습니다. 그 일에 대해서는 곧 설명드리겠지만, 키즈나를 확보했기에 나오후미 일행을 지원하러 돌아온 거였는데……."

이어서 나는 라르크 쪽을 쳐다보았다.

이 자식, 또 나를 꼬마라고 불렀겠다?

"용각의 모래시계는 점령했어. 위에서는 우리가 불러온 지원군들이 한창 싸우는 중이야."

"명공님의 힘으로 무쌍의 활약을 펼칠 수 있었어요."

"아, 그거 다행이네……."

증원 병력으로도 충분히 상대할 수 있을 정도였기에 이쪽으로 온 거군.

젠장, 조금만 더 있었으면 완전히 궁지에 몰아넣을 수 있었을 텐데.

그때 세인이 비틀비틀 일어섰다.

봉제 인형 사역마도 꼴이 말이 아니어서, 배에서는 솜이 터져 나와 있었다.

"괜찮아? 지금 나는 회복마법을 못 쓰는 상태지만 테리스는 쓸 수 있을 거야. 회복시켜 줄까?"

"괜찮아."

"그래……. 그나저나 네 언니는 주저리주저리 참 말 많은 녀석이더군."

"응. 기본적으로 수다쟁이."

어……? 세인의 말이 소리가 튀지 않고 정상적으로 들리는 것 같은데?

"있는 것 없는 것 다 주절대는 배신자. 그 사람에게는 용사 따위——."

세인이 그녀답지 않게 분노를 드러내는 걸 보고, 나는 어깨를 두드리고 엄지를 추켜세웠다.

"복수하겠다면 내가 도와주지. 거짓말쟁이와 배신자는 딱 질색이니까."

눈에는 눈을, 이에는 이를, 배신자에게는 단죄를.

게다가 윗치와 한패라면 백 번 죽어 마땅하다!

"썩 추천하고 싶은 일은 아니지만, 상대가 상대니까요……. 설마 이 세계에서 저분들을 만나게 될 줄은 생각도 못 했어요."

"그러게 말이야. 하지만 그자들이 녀석들과 비밀리에 이어져 있었다는 걸 알아낸 것만 해도 수확이라고 해야겠지……."

"반드시 숨통을 끊어 놓을 거야. 소중한 곳을 멸망시킨 그 녀석들과 한패가 된…… 언니를!"

세인의 결의는 굳건해 보였다.

그나저나, 덕분에 지금까지 거의 알 수 없었던 세인의 경력을 조금이나마 알 수 있었다.

뭐, 멸망한 세계의 권속기 소지자였다는 건 알고 있었지만. 같은 세계의 생존자가 있었고, 그 자가 동포들을 배신하고 적의 부하가 되어 있는 상태라면 간과할 수 없겠지.

세인을 농락하면서 놀기까지 했고 말이지. 고약한 전법을 좋아하는 녀석인 것 같았다.

“뭔가 복잡한 사정이 있다는 건 알겠는데 말이야, 나오후미와 에스노바르트, 그리고 활 꼬마, 그 손에 들고 있는 건 뭐야?”

그러고 보니 그랬었지. 그 점에 대해서도 설명해야겠군.

나는 미야지와의 대화, 세인의 적대 세력 패거리의 공작, 그 외의 일에 대한 경위를 라르크 일당에게 전부 설명했다.

설마 방패나 우리 세계 쪽의 마법을 쓸 수 없게 될 줄은 꿈에도 생각 못 했었다.

“어쨌건 거울의 용사로 선정된 이와타니 나오후미야. 앞으로 잘해 보자고, 선배.”

“악기의 권속기를 빼앗은 카와스미 이츠키예요. 잘 부탁드려요.”

“후에에에에…….”

리시아 녀석, 스위치가 꺼진 듯 맥없는 소리를 내고 있군.

예상치 못한 사태를 머리가 따라잡지 못하고 있는 건가?

“전승에서는 도서토가 소지한 적도 있었다고 나와 있지만, 제 시대에 다시 손에 넣게 될 줄은 몰랐어요. 원래 저는 배의 권속기를 소지한 자였지만요.”

에스노바르트도 한 손에 책을 든 채로 쓴웃음을 짓고 있었다.

녀석은 인텔리니까 배보다는 책이 어울리는 것 같은데 말이지.

“뭐, 아무렴 어때. 악기의 권속기를 소지하고 있다면 마침 잘됐어. 이 나라의 용사는 죽었다고 선전하면, 이 나라 녀석들도 더 이상은 안 설치겠지. 아직 해야 할 일이 좀 남아 있으니까 따라와 줘.”

“네.”

이츠키가 라르크의 부탁에 고개를 끄덕였다.

미야지와 윗치, 세인의 숙적 세력과 벌인 이번 공방전은, 이렇게 해서 일단은 미야지를 격파한 것으로 만족해야 하는 결과가 됐다.

15화 거울

"너희가 믿던 용사는 가짜 용사였다는 게 밝혀졌다! 이게 바로 그 증거다!"

이렇게 이츠키가 악기 연주로 마법을 발동시키면서 지상을 행군하자, 국가의 병사들이 술렁거리기 시작하고, 서서히 전의를 상실해 나갔다.

일부는 그래도 끈질기게 저항했지만, 국가의 왕이 패전 분위기를 재빨리 감지하고 적대 행위를 중단시켰다. 그 결과, 라르크와 이츠키를 대표로 한 자들이 교섭에 나서서 어찌어찌 이 나라와 동맹 관계를 맺는 데 성공했다.

반쯤 점령에 가까운 결과였지만, 어쨌든 무난하게 교섭에 성공한 모양이었다.

한편, 용각의 모래시계 주변은 라르크와 테리스가 한바탕 날뛰어 댄 탓에 난장판이 되어 버렸다고 했다.

그리고 미야지의 여자들에 대해 언급하자면, 일부는 역시 바보녀의 산하로 들어가서 소식 불명 상태.

나머지는 권리 박탈 후에 모든 직책에서 경질된 것 같았다.

뭐, 패배한 자들은 그런 취급을 받는 게 당연하겠지. 게다가 미야지는 엄청나게 큰 죄를 저질렀으니까.

경우에 따라서는 처형도 있을 것이라 했다.

이 세계에서도 사성용사의 권위나 역할은 우리 세계와 별반 다르지 않은 것 같으니까.

사성용사 살해는 엄청난 중죄로 취급됐다.

게다가 사성용사 중 유일한 생존자인 키즈나를 타국에서 유괴하기까지 했으니, 처벌에서 벗어날 여지가 없는 셈이었다.

참고로 이 나라의 왕녀는 행방불명 상태라고 했다. 바보녀의 파벌로 들어간 건가?

그렇게 이츠키와 라르크가 지상의 문제를 처리하고 다니는 동안, 우리는 뭘 하고 있었느냐 하면…….

"이쪽입니다."

글래스가 우리를 키즈나에게로 안내해 주었다.

"처음에는 정체불명의 장비들이 있는 방에 붙잡혀 있었지만, 저와 크리스, 그리고 사디나 씨가 협력해서 구해 냈습니다."

"페~엥!"

문을 열어 보니, 방 안에서는 크리스가 거대화 모드로 키즈나를 경호하고 있었다.

글래스와 우리를 발견하고는, 소형화해서 이쪽으로 달려왔다.

"아까는 왜 키즈나를 데려오지 않았던 거야?"

합류할 때 데려왔으면 됐을 텐데도, 글래스와 사디나는 둘이서만 우리 쪽으로 달려왔었다.

아무 뭔가 사정이 있었을 테고, 글래스도 그걸 암시하는 발언을 흘렸는데…….

"그게……."

글래스가 그렇게 말하면서 가리킨 곳을 보니…… 거기에는 키즈나의 형체를 한 물건이 있었다.

왜 '사람'이 아니라 '물건'이라고 했는가 하면…….

거기에 있는 것은 멍하니 낚싯대를 드리우고 있는 키즈나 모양의 석상이었기 때문이다.

이게 키즈나라고? 석상이 아니라?

그러고 보니 낚싯대가 눈에 익어 보이긴 했지만, 좀 섬뜩한 디자인인데.

생각해 보자. 이 세계에는 게임 같은 스테이터스가 있고, 상태 이상이라는 것도 존재한다.

내 게임 경험과, 글래스가 키즈나라고 지칭한 석상을 대입해 보자.

"석화된 거야?"

"네……."

으엑. 석화 같은 상태 이상도 존재하는 거냐.

그러고 보니 방패의 해방 효과 중에 석화 내성이라는 것도 있었던 것 같기도 하다.

지금껏 그런 공격을 받은 적은 없었는데, 이런 일도 일어날 수 있는 거였군.

"죽은 건 아니고? 괜찮은 거 맞아?"

"――일단, 약간 시간이 걸려도 고칠 수는 있을 것입니다."

무사하다고 표현하기는 힘든 상황이지만, 키즈나와의 재회를 기뻐하도록 하자.

"지금 나는 마법류를 거의 쓸 수 없는 상태라서 치료마법을 쓰기는 힘들어. 빨리 석화가 해제되기를 비는 수밖에 없겠지."

미야지가 죽고 바보녀가 철수한 뒤에는 방패나 마법을 쓸 수 있을 줄 알았는데, 상황은 그렇게 순조롭게 풀리지 않았다.

녀석들이 설치한 함정이 세계 곳곳에 깔려 있어서, 우리의 무기와 마법을 계속 봉인하고 있는 모양이었다.

"그럼 일단 옮기자."

"네. 협조해 주셔서 감사합니다."

그렇게 우리는 석화된 키즈나를 옮기기로 했다.

이거 은근히 무거운데……. 레벨이 부족한 건 아닐 텐데.

"저도 도울게요."

에스노바르트가 키즈나의 석상 운반을 거들어 주었다.

석상의 크기상 더 이상의 인원을 투입하기는 좀 힘들겠군.

하여튼, 키즈나 탈환은 성공했다.

그리고 비교적 무난하게 용각의 모래시계를 점거한 덕분에 귀로의 용맥을 사용할 수 있었으므로, 우리는 라르크의 나라로 돌아왔다.

"비교적 짧은 시간에 다수의 세력을 갖추는 데 성공한 게 그나마 다행이었군."

"그래, 나오후미 꼬마 일행이 와 준 덕분에 살았다니까."

나와 라르크는, 국가의 시설에서 치료를 받는 키즈나 석상을 바라보며 대화를 나누고 있었다.

“도련님, 너도 참 끈질긴 놈이라니까.”

“헛! 이제 안 통해. 나오후미라는 이름만으로 부르는 건 어쩐지 낯간지러워서 그러는 거니까 상관없잖아.”

하아……. 이렇게 미안한 기색 하나 없이 대꾸하니 황당하군.

이쯤 되니 일일이 지적하기도 지쳤다. 그냥 마음대로 부르게 놔둬야겠다.

“본론으로 돌아가서, 키즈나가 원래대로 돌아오려면 얼마나 걸리지?”

“글쎄……. 상당히 심한 석화 마법에 걸려서 말이지. 그래도 테리스나 국가의 술사들, 에스노바르트가 나서서 필사적으로 치료하고 있으니까 이틀 정도면 해제될 거야.”

“그렇군.”

치료 중인 키즈나를 글래스가 처연한 눈으로 바라보고 있었다.

그것만 봐도, 둘 사이에 굳건한 신뢰 관계가 구축돼 있다는 걸 알 수 있었다.

“그럼…… 라르크, 이번 일을 통해 우리는 단순한 협력자의 차원을 넘어섰어. 이 세계에서 암약하는 적들을 제거하기 위해, 지금보다 더 열심히 활동해야겠지.”

키즈나가 복귀하면 정세가 우리 쪽으로 한참 기울게 될 것이다.

문제는 나나 이츠키의 본래 무기와 마법을 사용할 수 없는 점.

게다가 윗치와 갑옷남이 이 세계에 와서 암약하고 있다는 점이었다.

지금까지는 이츠키 쪽 세계에 있는 파도의 첨병만 처치하면 그만이었지만, 지금은 윗치와 갑옷남, 그리고 세인의 적대 세력까지 가담한 상태다.

만약 우리 쪽 세계에서 이런 일이 벌어졌더라면 더 다양한 수단을 강구해 볼 수 있었으련만.

이러니저러니 해도 그쪽 세계는 이제 각국의 연계도 원활해졌고, 적대적인 국가는 거의 제거된 상태다.

적어도 몰래 뭔가 꿍꿍이를 꾸미려 드는 나라는 없다.

키즈나 쪽 세계는 어째 분위기가 중구난방이고, 키즈나 이외의 사성용사들은 죽은 상태다.

게다가 바보녀의 이야기가 사실이라면 성무기까지 포획됐다.

가능하면 상황을 해결해 주고 싶었다.

다음에 또 이 세계가 위기에 빠졌을 때 다시 라프타리아가 이쪽으로 전송되어 버리거나 하는 건 싫으니까.

도의 권속기를 버리기라도 하지 않는 한 외면할 수도 없다.

……애초부터 외면할 생각은 한 적도 없었지만.

나는 더 이상 내가 아는 동료들을 잃고 싶지 않았다.

"세인의 적이나 윗치는 신출귀몰한 구석이 있어. 아마 권력자에게 아부하는 형태로 암약하고 있을 가능성이 높을 것 같아."

"그렇게 따지면…… 지금 우리와 적대하고 있는 세력 중에서 제일 큰 곳은, 작살 녀석이 있는 나라인데."

"흐음……. 어차피 싸워야 할 상대였잖아? 일단 작살의 권속기 소지자를 당면한 적으로서 처리하는 방향으로 가는 게 좋겠지."

녀석들이 정말 이 세계에서 암약하고 있다면, 결국은 모종의 행동을 취하고 나설 것이다.

애초에 작살의 권속기 소지자는 성무기의 용사를 죽인 것으로 추정되는 녀석이고.

일단 대화는 해 봐야겠지만, 파도의 첨병이라 가정하고 경계하는 편이 좋겠지.

"그나저나……."

"응?"

라르크가 팔짱을 낀 채 한 손을 턱에 대고, 나를 머리 위에서 발끝까지 훑어보았다.

"나오후미 꼬마가 거울의 권속기로 선정될 줄은 꿈에도 생각 못 했다니까."

"동감이야. 방패 사용이 불가능해졌으니까, 임시 소지자 자격으로 소지를 허가해 준 거겠지."

"활 꼬마도 악기를 얻은 걸 보면, 무슨 일이 일어날지 알 수가 없다니까. 아직 우리가 모르고 있는 것들이 너무 많아."

"이츠키야 뭐, 미야지보다 악기 연주 실력이 뛰어난 것 같으니까 소질이 있다고 여겨진 거 아니야? 에스노바르트도 책과 아주 잘 어울리고."

"그러고 보니 누가 나오후미 님을 차지할지를 두고 권속기들끼리 다투는 것처럼 보이던데요."

라프타리아의 지적에 나도 고개를 끄덕였다.

타이밍을 맞춘 건 아니겠지만, 권속기들이 나를 향해 다가왔었다.

"뭐, 책의 권속기는 쿄 사건 때문에 나오후미 꼬마에게 은혜라도 느낀 게 아닐까? 한동안 행방불명 상태였는데 말이야."

문득, 방패의 세계에서 뛰어다니던 두 정령이 떠올랐다.

쿄나 미야지 같은 파도의 첨병으로부터 몸을 숨기기 위해 내 근처에 숨어 있었다거나…… 그런 건가?

거울의 전 주인도 제법 수상한 경위의 소유자였던 것 같으니, 전 주인에게서 해방되면서 뭔가 느끼는 게 있었을지도 모른다.

"그나저나, 거울이라……."

방패와 취급이 별반 다르지 않아서 운용하기는 어렵지 않았다.

다루기 쉬운 건 장점이지만, 공격 성능이 없는 게 아쉬웠다.

참고로 아이언 메이든은 사용할 수 없을 것 같았다.

"책과 거울 중에서 따지자면, 나오후미 님에게는 거울이 딱 어울리는 것 같은데요."

라프타리아가 어째선지 납득한 듯 고개를 끄덕였다.

"왜? 내가 나르시시스트라도 된다는 거야?"

"네? 그야, 나오후미 님은 한번 당하면 상대방에게 그대로 돌려주는 걸 좋아하시잖아요."

"음?"

"강간 누명으로 오명을 뒤집어썼을 때는 주모자를 개명시켜서 오명을 뒤집어씌웠잖아요. 부조리한 짓을 하는 자에게는 부조리한 짓으로 되받아치는 식이었고요. 원수에게는 원수진 일을 그대로 되갚아 주시죠."

그 말을 듣고 지금까지 있었던 일을 떠올려 보니, 수긍하지 않을 수가 없었다.

받은 건 그대로 되갚아 주는 게 내 신조라는 점은 틀림없는 사실이다.

타쿠토 때도, 녀석이 저지른 죄만큼 되갚아 주었다.

"그 행동은, 마치 상대를 비추는 거울 같잖아요."

"그런 소리였군. 나오후미 꼬마의 살아가는 방식을 그대로 표현한 것 같다는 말이지?"

아니, 납득해서 어쩌자는 거야……. 주위 사람들의 인식은 그런 식인지도 모르겠지만.

당한 건 그대로 되갚아 주지 않으면 만족할 수 없는 건 사실이기도 하고.

어찌 됐건 윗치에게도 적절한 죗값을 치르게 해 줘야겠지.

여왕의 신뢰, 쓰레기의 마음을 배반했을 뿐만 아니라, 아트라 살해에 한몫을 거들기까지 했으니까.

반성하는 기색도 없으니, 살려 준다는 선택지는 없다.

"그래그래, 알았어. 좋은 뜻에서나 나쁜 뜻에서나 거울처럼 당한 건 그대로 되갚아 주는 성격이니까 어울린다고 쳐."

그저 거울을 매개체로 방패가 구현되고 있는 것처럼 보이기도 하지만, 강화방법은 이 세계 권속기 기준으로 운용해야 한다.

내가 담당하는 세계로 돌아가면 방패는 원래대로 돌아올 것 같지만, 이 세계에서는 활동할 수 없게 된다.

세인의 적인 바보녀 패거리가 어떤 무기를 감추고 있는지 알 수 없는 데다, 칠성무기도 되찾아야 한다.

강화가 부족하다는 바보녀의 지적도 생각해 봐야겠지.

만능인 줄 알았던 레벨레이션 아우라 X에도 이런저런 결함이 있다는 걸 알아냈으니, 수확이 없었던 건 아닌 셈이다.

어찌 됐건…… 우리의 싸움은 혼돈에 빠지게 될 것 같다.

그렇게 장래에 대한 불안을 느끼고 있으려니, 필로와 라프짱이 나타났다.

"주인님~."

"라프~."

"응? 무슨 일이지?"

"배고파~."

"라프~."

"또 밥 타령이라니……. 필로, 심정은 이해하지만 나오후미님도 피곤한 상태예요."

라프타리아가 필로를 나무라기 시작했다.

그 어깨를 다정하게 붙들고, 가볍게 손을 저으며 말했다.

"내 걱정은 마, 라프타리아."

"네? 하지만……."

라프타리아는 걱정스러운 얼굴로 나를 쳐다보고 있었다.

걱정 말라니까 그러네. 이것도 다 장래를 위해 필요한 일인걸.

"필로, 앞으로 매일 내가 식사를 만들어 줄 테니까 걱정 마."

"정말?! 와~아!"

라프타리아는 신이 난 필로를 곁눈질하며 고개를 갸웃거렸다.

인심이 후해도 너무 후한 거라고 생각하겠지……. 내가 평소에 얼마나 귀찮아했는지를 알 수 있는 장면이라고도 할 수 있겠다.

실제로도 특별한 이유가 없었더라면, 난 귀찮으니까 국가 소속 요리사한테 부탁하라고 쫓아 보냈을 테고.

"뭐, 어찌 됐건 다들 열심히 싸웠잖아. 보상은 해 줘야지."

"어쩐지 다른 이유가 더 있을 것 같다는 느낌이 드는데요."

"용케도 알아챘네."
"이제 나오후미 님과 함께 지낸 지도 제법 오래됐으니까요."
하긴 그렇지. 방패 용사로서 소환된 지도 이제 꽤 많은 시간이 흘렀다.
이미 몇 년쯤은 싸우고 있는 것 같은 기분이지만, 실제로는 그리 오래되지도 않았단 말이지.
어쨌거나 내 기분을 알아봐 주는 동료가 있다는 건 기분 좋은 일이었다.
"거울의 권속기 강화방법과 관련이 있어서 말이야. 일단 밥부터 먹자. 한번 힘 좀 써 볼 테니까 라르크 쪽 사람들도 와."
나중에 전직 거울의 권속기 소유자 알버트의 여자들에게서 들은 이야기인데, 알버트는 거울의 강화방법을 입 밖에 내지 않았다고 했다.
이 강화방법은 들키기 쉬운 편인 것 같은데……. 하긴, 다들 단순히 용사의 가호 덕분이라고 생각한 건지도 모른다. 내 경우도 그랬었으니까.
"꼬마가 직접 만든 음식이라고? 그거 엄청 맛있잖아. 꼭 먹어야지."
"그래, 꼭 먹으러 와야 해."
이렇게 나는 성의 주방으로 발걸음을 옮겨서, 성에 있는 식재료를 이용해서 요리하기 시작했다.

"자, 글래스, 더 있어. 마음껏 먹으라고."
키즈나를 치료하다가 온 글래스도 식사에 참가했다.

나는 잔뜩 만든 밥을 글래스의 식기에 담아 주었다.

"으……. 나오후미, 이제 됐어요. 다른 분들에게나 더 주세요."

"무슨 소릴 하는 거야. 강해지려면 먹어야지. 자, 필로를 본받으라고."

"와~아, 밥이다! 밥이다! 더 먹어도 돼~?"

필로 쪽을 가리키자, 필로는 내가 담아 준 분량을 먹고도 더 먹어치우고 있었다.

"후에에에……. 배는 부른데 손을 멈출 수가 없어요오오오오. 이츠키 니이이임! 살려 줘요오오오오."

리시아는 울면서 이츠키에게 도움을 청하며 먹고 있다. 무슨 밥을 그런 식으로 먹는 거냐.

이츠키 쪽은 연주 연습에 푹 빠져 있는지, 식사도 하는 둥 마는 둥 연주에 몰두하고 있었다.

악기가…… 구운 생선처럼 생긴 건 그냥 간과할 수 없겠는데.

"식신(食神)의 탱고예요. 소화 기관을 강화시키는 스킬이라고 하니까, 모두 안심하고 식사를 즐기도록 하세요."

"그 말을 들으니까 안심을 못 하겠잖아요!"

악기의 권속기 강화방법은 투척구의 강화방법과 비슷하게 금전을 사용하는 것이었다.

투척구의 경우는 실패한 강화를 무효화하거나 다른 강화방법의 효과를 끌어올리는 것이 많았었지만, 악기의 경우는 스테이터스 등을 돈으로 구입하게 되어 있었다.

100엔으로 마력 +1을 사는 식이었다.

단, 마력 +1=100엔이라는 식이 아니라, 다음 단계로 올라가면 가격이 변동하게 되어 있는 것 같았다.

마력 +3은 500엔인 것 같군. 항목마다 다양한 단계가 있고, 경우에 따라서는 성장 속도나 마력 회복 속도 같은 것까지 구입할 수 있었다.

편리하긴 하지만 돈이 꽤 많이 들 것 같은 강화방법이었다. 악기라는 게 원래 비싼 물건이라서 강화방법도 이런 식인 건가?

그나저나…… 강화방법까지 비슷하다니, 리시아와 이츠키도 참 얄궂은 인연이다 싶었다.

"라프으."

"펭."

라프짱과 크리스가 배를 땅땅 두드리면서 누워 있었다.

대형 라프짱의 배를 쓰다듬으면 푹신푹신할 것 같군.

……지금 쓰다듬었다가는 괜히 소란이 일어날 것 같으니까 일단은 참기로 하자.

"술 좀 더 마시고 싶은걸~."

"나도~."

사디나와 실디나는 아직 여유가 있는지, 술과 함께 우걱우걱 먹어치우고 있었다.

원래 거구인 범고래이다 보니, 마음만 먹으면 제법 많이 먹을 수 있는 거겠지.

"자, 라프타리아도 먹어. 옛날처럼."

라프타리아가 파랗게 질린 얼굴로, 내가 내온 음식을 먹기 시작했다.

"저기…… 꼭 이렇게까지 쑤셔 넣어야 하는 건가요?"

"될 수 있으면 먹을 수 있는 한계치까지 먹어 줘. 스테이터스 아이콘은 꼼꼼하게 확인하고 있지?"

"그, 그렇긴 하지만……."

"아, 음식이 하나 더 완성됐군. 속성으로 전력을 강화하려면 피할 수 없는 길이야. 많이 먹고 힘으로 삼도록 해."

스테이터스 아이콘으로 완성된 음식을 확인해 보자…….

흐음……. 기를 병용했더니 숫자가 제법 높아졌군. 적어도 그냥 평범하게 만드는 것보다는 효과가 높은 건 분명하다.

거울의 강화방법이 무엇인가 하면, 뭔가 정확하게는 모르겠지만, 음식을 먹으면 일반적인 레벨과는 별개의 레벨이 오르게 되는 것이었다. 말하자면 식사 레벨인 셈이다.

굳이 표현하자면 이츠키가 가르쳐 준 직업 레벨과 비슷한 느낌인지도 모르겠군.

내가 만든 음식을 먹으면 경험치가 들어가서 별개 항목의 레벨과 능력치가 향상된다.

먹는 음식에 따라 올라가는 능력치도 달라지는 것 같지만, 어느 하나만 특화시키는 게 꼭 좋은 일이라고는 할 수 없다.

고품질, 고성능, 고효율 요리를 쑤셔 넣을 수 있도록, 요리 레벨을 올리고 싶다.

게다가 권속기 소지자가 강화에 대해 제대로 의식하면서 조리한 음식을 먹이면, 용사가 아닌 일반인도 강화시킬 수 있다.

이거 꽤 편리하군. 동료를 강화할 수 있다는 점에서 딱 내 취향이다.

센스 있는 강화방법이군.

“아무리 강화를 위한 일이라도…… 이건 상당히 버겁네요.”

에스노바르트도 자기 몫의 요리를 다 먹고 감상을 늘어놓았다.

“강화 촉진약도 있는 편이 좋겠지.”

“……나오후미 님 마을에 계신 분들이라면, 이 정도는 다 먹어치우실 것 같네요.”

“아…… 하긴 그렇지.”

마을 녀석들도 이렇게 먹어서 능력치를 올릴 수 있다면 만들어 주고 싶다.

돌아가서 이 이야기를 해 주면, 아마 다들 아쉬워하겠지.

“후……. 그 녀석들이 먹다 지치게 만들 수 있도록 키즈나 쪽 세계 녀석들을 실험대로 삼아야겠군. 안 그러면 내가 그 녀석들에게 질 수도 있으니까.”

“대체 무슨 대결인데요…….”

완성된 음식을, 이번에는 라르크에게 가져갔다.

라르크 일파도 처음에는 신나게 먹어 댔지만 이제 거의 한계에 다다른 것 같았다.

테리스는 이미 뻗었군.

그녀가 젤리를 좋아하는 걸 알고 있었기에 보석처럼 가공한 젤리를 만들어 주었더니, 엄청 마음에 들었는지 페이스 조절을 못 하고 마구 먹다가 일찌감치 한계를 맞이한 것 같았다.

“배가 터질 것 같은데도 식욕을 돋우는 폭력적인 맛…… 제발 나 좀 살려 주라.”

“이 누나, 어쩐지 지금 너무 신이 나는 거 있지? 피부도 반질반질해졌지 뭐야.”

……그 말마따나, 사디나 녀석의 피부가 정체불명의 광채를 띠기 시작했다.

그리고…… 세인도 지지 않겠다는 듯 먹어치우고 있다!

반강제로 먹이고 있는 내가 할 소리는 아닌지도 모르지만, 저 가녀린 몸에 저 많은 음식이 어떻게 다 들어가는 거지?

필로나 사디나는 원래 덩치가 큰 녀석들이니 이해가 가지만, 세인의 몸은 아담한 편이다.

그렇게 많은 용량이 있을 거라고는 상상이 안 가는데…….

"더 줘."

그, 그러고 보니 마을에서 세인과 처음 조우했을 때도 내가 만든 음식을 먹으려고 했었지.

게다가 마을에서도 아침 점심 저녁 하루 세 끼를 꼬박꼬박 챙겨 먹곤 했었다.

실은 먹보 캐릭터였던 건가?

그럼 일단 이 안에서 대식가는 필로, 사디나, 실디나, 세인 정도인 셈이군.

"나, 나오후미 꼬마, 이 정도면 된 거 아니야?"

"흐음……. 뭐, 조금 쉬었다가 다시 먹이면 되겠지. 그럼 다음 식사 준비를 해 둬야겠군."

음식의 품질이 높으면 레벨 상승률도 올라가게 되어 있으니, 식재료 손질도 장기적으로 장래에 영향을 미치는 셈이다.

모두 계속 비슷한 음식만 먹다 보면 질리기도 할 테고 말이지.

"크…… 나오후미 꼬마가 들고 있는 냄비가 변기로 보이기 시작했어……. 아예 밥의 용사라고 불러야겠군."

……뭐가 어째?

"좋아, 라르크는 아직 만족 못 한 모양이군. 필로한테 디저트로 주려고 만들어 뒀던 Riz à l' impératrice 디럭스 사이즈다."

"어, 어이?!"

"남기지 마, 라르크. 남김없이 다 먹어. 강해지기 위해서, 나아가 세계를 지키기 위해서. 너는 강화방법을 다 살펴봤을 테니, 내가 만든 음식을 통해 얻을 수 있는 경험치와 보너스도 알 수 있을 거 아니야?"

"크……. 먹으면 될 거 아니야. 우오오오오오오오오오오오오오오오!"

나 참, 누굴 보고 밥의 용사라는 거냐!

예전에 어떤 병사가 내 방패를 보고 냄비 뚜껑 같다고 했던 게 떠오르잖아!

"필로, 나머지는 네가 먹어."

"네~에! 밥이다~!"

필로는 이미 인간화를 해제하고, 배가 꽤 빵빵하게 부풀어 오르도록 먹어 대고 있었다.

"주인님~, 필로 이제 배불러~. 이런 거 처음이야~."

천하의 필로도 슬슬 한계가 다가온 듯, 어쩐지 먹는 속도가 느려진 것 같았다.

……이렇게 우리는, 약간 건강에 해로워 보이는 도핑을 실시했다.

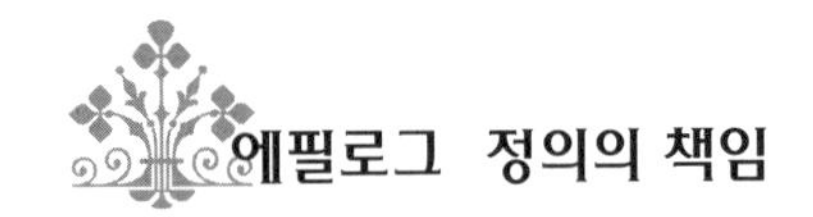

에필로그 정의의 책임

동료들의 태반이 과식에 끙끙거리고 신음하며 잠들었을 무렵.

라프타리아를 먼저 재우고 설거지를 마친 뒤 성의 방으로 돌아가려 했을 때, 전망 좋은 테라스에서 밤바람을 쐬고 있는 이츠키와 마주쳤다.

리시아는…… 방에서 자고 있는 걸까?

일단 리시아가 이츠키를 감시하게 돼 있는데……. 뭐, 지금까지의 반응으로 미루어 보아, 이제 이츠키도 어느 정도는 신뢰해도 되겠지.

"아아, 나오후미 씨였군요."

이츠키는 테라스 밖으로 고개를 내밀어, 밤하늘을 쳐다보던 시선을 내게로 옮겼다.

뭐랄까…… 이츠키는 요즘 들어 너무 조용해져서 좀 섬뜩할 때가 있다니까.

듣기 좋게 표현하자면 순종적이라고 할 수도 있겠지만, 뒤에서 무슨 생각을 하고 있는지 알 수가 없단 말이지.

"달이 예뻐서 보고 있었어요."

"그래?"

그러고 보니 이세계에도 달은 있었지.

우리를 소환한 쪽 세계에도 어김없이 달은 있었다.

뭐, 늑대인간이 있는 세계이기도 하고, 포울이나 키르처럼 변신하는 아인도 있으니까.

"……."

"……."

나와 이츠키 사이에 침묵이 이어졌다.

그냥 이대로 가 버릴까?

그렇게 생각했을 때, 이츠키가 침묵을 깨고 말을 꺼냈다.

"나오후미 씨는 알고 계세요?"

"뭘?"

"저의…… 저주가 풀리고 의식이 멀쩡하다는 걸요."

"……그래."

나도 바보는 아니다. 계속 자기주장을 하지 않는 이츠키를 의심하지 않을 리가 없었다.

"역시 그랬군요……."

"그야 뭐. 분명히 저주를 해제했는데도 증상이 전혀 안 낫는 걸 보면 뭔가 있는 게 분명하다고 생각하긴 했지."

모토야스처럼 완전히 맛이 가 버렸을 가능성도 있었다.

굳이 분류하자면, 모토야스와 같은 취급이었다는 것을 부정할 수 없었다.

하지만 대답은 똑바로 할 줄 알았고, 경우에 따라서는 멀쩡하게 이야기하기도 했다.

리시아도 함께 있었기에, 우리에게 적대적인 태도를 보이지 않는 이상은 굳이 의식하지 않기로 해 왔던 것이다.

"저주가 풀려서 멀쩡해졌는데도 제가 왜 나오후미 씨 곁에 있는지, 궁금하지 않으세요?"

"아니? 리시아의 진심을 받아들여서 얌전해진 건가? 하는 정도로만 생각했었는데."

물론 모토야스처럼 맛이 갔을지도 모른다는 생각도 하긴 했었지만.

"그런 게 나오후미 씨의 넓은 도량을 나타내는 거겠죠."

그런가? 내 입으로 말하긴 좀 그렇지만, 나는 내가 속 좁은 놈이라고 생각하는데?

멋대로 착각하는 건 자유지만, 내가 생각해도 나는 쪼잔한 놈이다.

"솔직히 말씀드릴게요. 저는, 제가 틀렸고 나오후미 씨가 옳다는 걸 이야기할 용기가 없었어요."

자존심상 상대를 인정할 수 없지만, 본심은 상대가 옳다는 걸 알고 있었다는 식이겠지.

성가신 감정이다. 나도 상대를 인정하기 싫을 때가 종종 있다.

마음속으로는 상대가 옳다고 생각하더라도 말이지.

그러면서도 그걸 곧이곧대로 말할 용기가 없어서, 그냥 가만히 있었다는 거군.

"이제 말할 수 있어요. 나오후미 님은 잘못하지 않았어요……. 일방적으로 나쁜 정보만 모아 놓으면 성인도 악인으로 보이게 만들 수 있는 법이죠."

"나는 악인이야."

마을 녀석들은 나 때문에 기꺼이 사지, 전장에 가겠다는 기개를 품게 됐다.

장사에서는 기꺼이 돈을 내게 하는 게 가장 많이 버는 방법이라고 지금도 생각하고 있다.

하지만 내가 생각하기에, 기꺼이 싸움터에 몸을 던지는 자들을 만들어 내는 녀석은 결코 좋은 녀석이 아니다.

"녀석들에게 싸움의 비참함을 가르쳐 주지 않았어."

"그래도……. 그들이 죽지 않도록 지키기 위해서 항상 행동하고 계시잖아요."

"하지만 나는…… 지켜 주지 못했어."

그렇다. 나는 마을 녀석들을 제대로 지켜 주지 못했다.

아트라가 죽었고, 봉황전에서도 희생자가 발생했다.

포브레이와의 전쟁 때도 희생자를 최소화시키긴 했지만, 전혀 없는 건 아니었다.

"그 아이들은 처음부터 싸움의 비참함을 알고 있어요. 원래부터 비참한 성장 환경에서 자란 아이들이니까요."

마을 녀석들에 대해 생각해 보았다.

녀석들이 결국 비참한 처지에 놓여 있다는 점은 달라지지 않는다.

하지만, 뇌리에 떠오르는 건 즐거운 표정뿐이었다.

이제 와서 향수병에 걸린 건 아니지만, 돌아가고 싶어지는군.

"모든 사람을 싸움에서 지켜 주겠다는 건…… 어디까지나 이상론일 뿐이에요. 그래도 그 감정은 아주 고귀한 거라고 생각해요."

"……."

"이제 저도 알아요. 싸울 방법조차 몰라서 모든 걸 나오후미 님에게 의지하기만 하는 마을보다, 스스로 싸울 수 있는 힘을 얻어서 나오후미 님에게 힘이 되어 주고자 애쓰는 사람들이 더 빛나 보인다는 걸."

"궤변이야."

"네, 궤변이에요. 하지만 나오후미 씨가 얼마나 필사적으로 애썼는지를 설명하던 리시아 씨나 렌 씨의 말을, 저도 이제 이해할 수 있어요."

"마을 녀석들을 노예처럼 부려먹은 놈이?!"

내가 아니라고 그렇게 말했는데도 둘이서 열변을 토해 대던 그때 이야기인가 보군.

예나 지금이나, 그때만큼 미묘한 기분이 들었던 적은 없었다.

"나오후미 씨, 그건 아니에요."

"아니라니, 뭐가?"

"사람들을 구하고 이끌려면, 그 사람이 본래 어떤 인물이어야 하는가 하는 이야기를 하려는 거예요."

어째 알아듣기 힘든 표현이군.

"삼용교를 비롯해서, 그 세계 분들에게서 폭넓게 보이던 부패 요소…… 그건 바로 위험한 일이 생기면 용사에게 의지하면 된다는 식의 안이한 사고방식이었어요. 자기 목숨까지 남에게 맡기면, 그 덕분에 목숨을 건진다고 해도 결코 자신들에게 이로운 일이 아니에요."

"그건 나도 부정 안 해."

그건 당연한 일이다. 음지에서 묵묵히 노력하는 사람은, 그 사람이 없을 때에야 비로소 존재가 드러나는 법이다.

하지만 그런 자에게만 모든 걸 의지하고 있으면, 그 존재가 사라지고 나면 자기 힘으로는 아무것도 못 하는 녀석들만 남게 되겠지.

"우리 용사들은…… 자기만족만을 위해서 행동하면 안 돼요. 원래는 저희도 나오후미 씨처럼, 사람들이 진정으로 기뻐하고 썩지 않을 수 있도록 활동했어야 했어요."

메르로마르크에서 행상을 하고 돌아다니던 시절이 떠오르는군.

이츠키는 타국의 혁명에 개입해서 악독한 왕을 처치했지만, 국민들은 그저 단순히 우두머리가 바뀌었을 뿐이라는 식으로만 인식했고, 생활은 더더욱 곤궁해졌다.

확실히 그런 걸 두고 구했다고 할 수는 없겠지.

"나오후미 씨가 입버릇처럼 '내가 원래 세계로 돌아가더라도 너희가 생활해 나갈 수 있는 곳을 만드는 것뿐이다.' 라고 말씀하시는 것도 그것 때문이겠죠."

"원래는 라프타리아에게 보답하고 싶었을 뿐이지만 말이지."

"그렇다 해도 마찬가지예요. 모두 남을 지킨다는 게 얼마나 힘든 일인지를 깨닫고, 자신들이 보호받고 있다는 걸 실감하고 있어요. 그 마을이 좋은 곳이 될 수 있었던 건 그 덕분이죠. 저도…… 지키고 싶어요. 나오후미 씨가 지키고자 하는 정의를."

"정의라……."

나 자신이 옳다고 생각하는 것이 곧 정의라고 말할 생각은 없다.

내가 한 나쁜 짓은 썩어 넘칠 지경이다.

이츠키는 지금, 그런 내가 하는 일을 보고 정의라고 하는 건가?

"정의를 찾으려거든 내가 아니라 리시아한테서 찾아. 나는…… 뭐, 신경 쓰지 마."

이제 다소나마 정신적인 여유도 생겼고, 라프타리아나 아트라 덕분에 모두를 배려하는 마음도 갖게 됐다. 이츠키의 소행을 일일이 나무라는 것보다 더 가치 있는 일이 있다는 것쯤은, 이제 나도 인식하고 있다.

"리시아 씨에게는, 참 못된 짓을 했어요. 능력도 변변치 못하면서 썩어빠져 있던 저는, 영웅이 되고 싶어 하면서도…… 저를 깔보던 사람들과 똑같은 짓을 하고 말았죠. 평가받고 칭찬받는 걸 당연한 일이라고 생각하고, 과거의 저와 비슷한 나약함을 갖고 있던 리시아 씨를 쫓아내 버렸으니까요."

이츠키는 고개를 숙이고 참회하듯 뇌까렸다.

"저는 평생을 들여서라도 리시아 씨에게 속죄하고, 마르드 일당을 저지해야 해요. 이건…… 저의 죄이기도 하고 벌이기도 해요."

"……그래야겠지."

그 갑옷남, 지겹도록 일방적으로 정의 타령을 했었지.

서로를 이해할 수 있는 상대가 아니었다.

라르크도 녀석을 만나자마자 위험한 녀석이라고 그랬었지.

이츠키 때문에 그런 성격이 된 건지, 아니면 원래부터 그런 성격이었던 건지는 모르지만.

"예전의 저였다면 아마 적대하는 자는 모두 처치해야 할 악이라고만 생각했겠죠. 지금까지 몇 번이나 한쪽 의견만 듣고 판단해 왔는지…… 헤아릴 수도 없어요."

윗치 때문에 누명을 뒤집어썼던 때가 떠올랐다.

만약에 렌이나 이츠키가 진실을 깨달았더라면 개과천선하기 전의 쓰레기와 그 윗치가 그들을 어떻게 했을지 암울한 결말밖에 떠오르지 않았다.

“무작정 단정할 수는 없겠는데.”

자칫 잘못하면 더 나쁜 결과가 나왔을지도 모른다.

최악의 경우 사성용사 몇 명이 죽었을 수도 있다.

그러니 이제 와서 생각하면, 이츠키의 섣부른 결단은 결과적으로 잘한 걸지도 모르겠다.

납득은 가지 않지만, 그때는 그만큼 상황이 열악했었다.

“네 정의가 아니었다면 구할 수 없었을 사람도 있어. 리시아처럼 말이야.”

적어도 리시아가 처했던 경우는, 이츠키가 아니면 구할 수 없었던 상황이었다.

나는 지명수배자나 다름없는 신세였고, 렌은 게임 기분에 빠져서 강해지는 것에만 관심을 가졌었다. 모토야스였다면 구해줬을지도 모르지만, 윗치가 있는 이상 나중에 무슨 일이 생길지 장담할 수 없었다.

“고마워요. 그 말씀만 들어도 마음이 가벼워지는 것 같아요.”

나도 이츠키를 따라 풍경을 쳐다보았다.

성 및 도시의 야경……. 메르로마르크와도 실트벨트와도 다른 시가지의 풍경을 보니, 정말 먼 곳에 왔다는 걸 새삼 실감하게 됐다.

원래는 방패 용사였건만, 이제는 거울 용사가 됐으니까.

"일방적인 자기 생각만 가지고 결정해서는 안 된다는 걸……
저도 이제 배웠어요. 안 그러면 저도 미야지 씨처럼 됐을지도 몰라요. 악인으로 보이는 상대와는 이야기할 가치도 없다는 식으로 생각하게 되죠."

싸울지 어떨지는 대화부터 해야 하는 것……. 하긴, 이번 싸움에서 이츠키는 상대와 충분한 대화를 했었다.

상대가 어떤 자인지를 알아보기 위해 대화하는 것은 나쁘지 않은 일이다.

"리시아 씨는 이렇게 말씀하시곤 해요. 다른 사람의 잘못을 지적하는 것은 용기 있는 일이다, 하지만 정의를 강요하는 건 아마 옳지 못한 일일 거라고."

이츠키에게 그런 말을 할 수 있는 정도가 된 건가. 리시아도 많이 성장했군.

마지막에 굳이 '아마'를 붙이는 점이 리시아다웠다.

……요모기가 쿄를 다그치던 때의 기억을 떠올렸다.

쿄가 잘못한 짓을 했느냐고 따졌었다. 그건 분명 용기였는지도 모른다.

쿄는 제대로 된 대답도 하지 않고, 반성하는 기색도 보이지 않았지만.

그래도 요모기는 무엇이 옳은 것인지를 개닫고, 우리에게 협조해 주었다.

"리시아도 정의에 대해 잘 가르쳐 주긴 하겠지만, 이 세계에 있는 요모기라는 여자와도 한 번 이야기해 보도록 해. 올곧고 좋은 녀석이야."

"네……."

이츠키의 목소리가 어쩐지 나약하게 들렸다.

"정말이지, 정의가…… 이렇게 어려운 것인 줄은 몰랐어요."

그렇게 감회에 잠기는 이츠키.

이츠키도 나름대로 변하기 위해 노력하고 있는 것이리라.

그래서일까. 한 번 물어보고 싶어졌다.

"너는 파도가 끝나면 어쩔 거지?"

언제 끝이 보일지 알 수 없는 싸움이 계속되고 있다.

나는 만족스러운 결과를 얻고 나서 원래 세계로 돌아갈 생각인데, 이츠키는 뭘 바라고 있는 걸까.

"저는, 그 세계에 남아서 여행을 해 볼까 해요."

"여행이라니…… 대체 어딜 가려는 건데? 그보다 뭘 하려는 건데?"

"힘든 사람들을 도와주고 싶어요. 이번에는 저 혼자만이 아니라 모두가 만족할 수 있도록 노력해 보기로 마음먹었어요. 더 많이 고민하는 길을 선택하기로. 그 결과 돌을 얻어맞는 신세가 되더라도, 변명하지 않을 거예요."

……이 정도면 병이군. 정의병이 재발했어.

하지만 예전의 이츠키에게서 보였던 거만함이나 자기 변호는 적은 것 같았다. 예전보다 전진한 거라고 믿고 싶다.

확실히 이츠키의 지난 행동은 비록 잘못된 점도 많았지만, 그 덕분에 도움을 받은 이가 있는 것도 사실이니까.

리시아가 대표적인 사례다. 그 뒤의 대처가 최악이긴 했지만.

어찌 됐건 이츠키도 변해 가고 있다는 거군.

“그럼 나오후미 씨, 앞으로도 열심히 해 봐요. 우선은…… 키즈나 씨의 회복을 기다리면서, 그동안 할 수 있는 일을 해야죠.”

“당연하지. 그러기 위해서라도 좀 쉬어.”

“네.”

나도 오늘 밤은 쉬어야겠다. 내일부터는 다시 싸움이 기다리고 있다.

(계속)

방패 용사 성공담 17

2018년 01월 15일 제1판 인쇄
2018년 01월 22일 제1판 발행

지음 아네코 유사기 | **일러스트** 미나미 세이라 | **옮김** 박용국

펴낸이 임광순 | **제작 디자인팀장** 오태철
편집부 황건수 · 신채윤 · 이병건 · 이홍재 · 김호민
디자인팀 박진아 · 박창조 · 한혜빈
국제팀 노석진 · 엄태진

펴낸곳 영상출판미디어(주)
등록번호 제 2002-000003호
주소 21311 인천광역시 부평구 평천로 132 (청천동)
전화 032-505-2973(代) | **FAX** 032-505-2982

ISBN 979-11-319-7032-4
ISBN 979-11-319-0033-8 (세트)

영상출판미디어(주)

아네코 유사기 작품리스트

방패 용사 성공담 1~17

나만 집에 가는 학급전이 1~2

중후, 파격, 참신──.
새로운 이세계 판타지의 새로운 가능성, 지금 여기에──.

변경의 팔라딘 1~4

과거에 멸망한 망자의 도시── 외딴 이 땅에 한 명의 살아 있는 소년이 있었다.
그 소년, 윌을 키운 것은 세 명의 불사자(언데드).
소년은 그들 세 명에게 사랑을 받으며 자라났고, 하나의 의심을 품는다.
「…………『나』의 정체는 대체 뭐지?」
윌에 의해 밝혀지는, 변경의 도시에 숨겨진 불사자들의 수수께끼.
그리고 선한 신들의 사랑과 자비, 악한 신들의 집착과 광기.

──그 모든 것을 알았을 때, 소년은 팔라딘이 되는 길을 걷기 시작한다.

야나기노 카나타 지음/린 쿠스사가 일러스트

영상출판
미디어(주)

아름다운 공주님의 정체는 아저씨!?

동화 나라의 달빛공주 1~5

어느 소국의 공주 셀레네(8세)는 현대 일본의 아저씨가 환생한 아이였다.
전생의 기억이 여전히 남아 있어, 그 이질적인 면 때문에 저주받은 자식이 되어
감금당한 셀레네는 어느 날 대국의 자애로운 꽃미남 왕자에게 구출된다. 하지만 그 선의를
자기 언니의 정조를 빼앗으려는 소행으로 착각한 셀레네는 왕자와 싸울 것을 결의한다.
바로 그 순간 운명의 톱니바퀴가 돌기 시작하고, 무수한 착각에 의해,
셀레네는 대국에 영화를 가져오는 존재 '달빛공주'로 성장해간다.

——오해가 낳은 궁극의 판타지, 개봉박두!

아오노 우미도리 지음 / miyo.N 일러스트 / 오토로 옮김

영상출판
미디어(주)